新潮文庫

星への旅

吉村昭著

新潮社版

2164

目次

星への旅

鉄橋

一

長い鉄橋のたもとの線路の近くで、焚火《たきび》が赤々と焚《た》かれていた。

保線夫や警官が数人、顔を赤く染めながら火に手をかざしていた。漆黒の夜空には、冷え冷えと銀河が流れている。

近くの林から拾ってきた木はすっかり枯れているので、火はよく燃えた。男たちは、時々、林の中を手探りで枯木を拾ってきては、火の中に投げ込んだ。その度に、華麗な火の粉が金粉のように散って、周囲の枯草が明るく照らし出された。

枯草の上に、膨《ふく》らんだ荒蓆《あらむしろ》が置かれていた。

すでに、検視はすんでいた。

トレイニングシャツに縫い込まれた刺繍《ししゅう》で、死体の身許《みもと》も大凡《おおよそ》は見当がついていた。二人の警官が線路の土手をおり坂道を自動車で下って行ったのは、もう三十分ほども前である。事故死をした男の家族をその警官が連れてもどってくるのを、男たちは火にあたりながら悠長《ゆうちょう》に待っていればそれでよかったのだ。

しかし、火をかこんでいる人々には、一抹《いちまつ》の不安がないでもなかった。

死者の顔はむろんのこと、体もほとんど原形をとどめぬまでにこわされていた。ただ、両足だけは列車の車輪で不思議にもきちんと切られていたために片方は足首、片方は腿《もも》から、そのままの形で残されていた。

「全くひどいこわされ方だね。俺《おれ》ももう三十年も保線の仕事をやってきたけど、こんなにひどいのは今まで見たことがないよ」

小柄《こがら》な痩《や》せた最年長の男が、火にあたりながら言った。

事故は、日没時に起った。鉄橋の向い側の山の斜面に日が没しかけていたわずかな間の出来事だった。

列車の機関士は、ひときわ輝きを増した眩《まぶ》ゆい西日を正面からうけて、人の姿を事前に認めることができなかったという。ただ、わずかに列車が鉄橋にかかる瞬間に、人の姿が西日を背に飛び上った姿だけを眼《め》にしたに過ぎなかった。

列車は、急ブレーキをかけた。が、その被害者の体は、陸続とつづいた多くの車輪で丹念に腿の付け根から頭部にかけてよじられつぶされていったのだ。

「しかし、ばらばらになった体を、よく手で持てるもんだな。俺たちには、とてもできない芸当だよ。怖くはないのかね」

まだ血の気の十分にもどらない顔をした若い保線夫が言った。

「馬鹿《ばか》言うない。これだけは何度やっても薄気味悪いさ。今夜は飯も食えないよ。だけど、これだけきれいにこわされていると、肉でもつかむようなもので、思ったよりはいやじゃないよ。ひくひくしてまだ息があるのよりはましさ。しかし、なにがいやと言って、子供を背負った女の飛び込みほどいやなものはないね。少しでも生きていてみろ、たまったものじゃないよ。虫の息でも、女は必ず子供はどうしたってきくんだからな」

小柄な保線夫は、顔をしかめた。

警官たちは、炎の色を見下ろしながら黙って保線夫たちの会話をきいていた。事故が起きて莚の中に死体を収容するまでの間、轢死者《れきしや》の処置は、ほとんどこの小柄な保線夫の手によって敏捷《びんしょう》になされていた。車輪の間に巻き込まれていた胴体を車輛《しゃりょう》の下にもぐり込んで取り出し、鉄橋の上を曳《ひ》きずってきたのも、この保線夫であった。

駈《か》けつけてきた警官たちは、さすがに気おくれして、一人も手を貸す勇気のある者はいなかったのだ。

「遅いね」

警官の一人が、同僚に言った。

二人は、気まずそうに黙りこくったまま線路と反対の方角に眼を向けた。線路は山腹にそって敷設《ふせつ》されているので、東の方角にゆるいスロープが広くひらけ、鉄橋の下を流れている広い川幅の水が白く光って曲折しているあたりには、町の灯《ひ》が夜光虫のように密集している。ネオンの色もまじっていた。

汽車の警笛が、かすかにかすれてきこえてきた。

みると、山肌《やまはだ》にそって弧状に伸びている線路の端を、煙を赤くほっほっと染めた機関車が体を傾けながら進んでくる。

「七時二十七分の下りだな」

保線夫の一人が言った。

列車が、近づいてきた。

人々は、後ろへ退《さが》った。機関車の車体が線路一杯にひろがり、機関室で石炭を投げ込む機関士のかがんだ姿が赤く染まって瞬《また》く間に過ぎた。

焚火の火が車体の通過する風にあおられ、枯草の上に火の粉が散った。

客車の明るい窓の列が、しばらくの間火にあたっている男達の顔を断続的に明るくした。一瞬の間に眼の前をかすめ過ぎてゆく窓の中の乗客たちの姿は、ひどく満ち足りた和んだものにみえた。このレールの上で先行した列車が一人の男を轢《ひ》いた直後だけに、その窓の中の平和な明るさは奇妙な印象にみえた。

列車は鉄橋を轟々《ごうごう》と鳴らし、やがて、尾灯も小さくなって林のかげに消えていった。

急に、あたりにより一層深い静寂がひろがった。

その時、かすかに丘の下の方から、エンジンの音が唸《うな》りながらきこえてきた。曲りくねった坂道を樹《こ》の間《ま》がくれに、ヘッドライトが道の両側の樹木を明るくしながら登ってくる。

「来たようだな」

若い警官が、枯草の小路《こみち》を道路の方へおりてゆく。

自動車が、下の道にとまった。ドアが開き、室内灯がともった。手に、白い布を巻いている若い男が二人いた。

警官に先導されて、黒い人影が、黙々と線路の方へつらなって登ってくる。

保線夫たちは、焚火に手をかざすのをやめた。

男たちは、線路のかたわらに立つと遠巻きに蓆をとり巻いた。やや遅れて、屈強な男に肩を支えられたセーターを着た女が上ってきた。

「奥さん、気をしっかり持って下さい。御主人かどうかはっきり見さだめて下さい」

警官の懐中電灯が、二方から蓆に集中された。

女の眼は、露出していた。蓆に近づくことが恐しいらしく、体をのけぞらして一歩も前へ進まない。

「しっかりしなくちゃ駄目《だめ》だ」

肩を支えている男が、女の体を前に押した。女は、必死にその力に抵抗しながらも眼は蓆に注がれていた。

男が女の肩をさらに押した時、女は、くるりと向きをかえると男の体にしがみついた。

「あの人です。あの靴《くつ》は、うちの人のです」

女は、膝《ひざ》をついた。

人々は、懐中電灯の光芒《こうぼう》の先端を見つめた。そこには、蓆の間から地面に垂直に立った白い運動靴が見えた。

男が、女の体を抱えて土手をおりて行った。

「間違いありませんでしょうか」

警官が、遠巻きに巻いている男たちに言った。

男たちは、しばらく黙っていたが、手に白い布を巻いている若い男が一歩前へ出て蓆の方をうかがった。

「そのシューズは、たしかに北尾さんのに似ていますね」

警官は、近づくと蓆を取りのぞいた。

「このジャケットは、あなた方のクラブのものですね、刺繡で富岡拳《とみおかけん》と書いてありますから……」

男たちは、無言でうなずいた。

「やはり、北尾さんでしょうね」

警官が、男たちを見まわした。

「そう、クラブの者で今見あたらないのは、この北尾さんと小川だけで、小川は今夜大阪で試合をやっているはずですから……」

「そうですか、わかりました。それにジャケットにKという頭文字がついているんです」

男たちは、顔を見合わせて無言でうなずいた。

「たしかにまちがいないです。北尾さんです」

男たちの中の一人が、言った。

死体を引取ることになった。

男たちは、警官たちと一緒になって蓆の四隅《よすみ》を持ち、下の路まで運んで白い警察のジープにのせた。

ジープと、男たちを乗せてきた自家用車が、坂道で反転し、ゆっくりとつらなって坂を蛇行《だこう》しておりて行った。

三人の保線夫は線路ぎわに立って、ヘッドライトが路傍の樹々《きぎ》を明るく照らしながらおりてゆくのを見下ろしていた。

「行こうか」

年長の保線夫が言った。

かれらは焚火を散らし、黙々とつるはしで土をかぶせた。なにか三人とも、自分たちの果した役割がほとんど報いられないような空虚な不満を感じた。

保線夫たちは、火の消えるのを見とどけてから、シグナルだけのともった暗い線路の枕木《まくらぎ》の上を無言で遠ざかって行った。

川瀬の音だけが、鉄橋の下から蕭々《しょうしょう》ときこえていた。


記者団が東京から車でやってきたのは、それから一時間ほどしてからであった。

北尾与一郎《よいちろう》の死体は、ビニールの張られたふとんの上に合わせ絵のように置き並べられ、毛布が掛けられていた。原形をとどめぬまでにつぶされた顔は、白布でおおわれていた。クラブの者たちと妻の光子《みつこ》は、ふとんの両脇《りょうわき》に坐《すわ》って代る代る線香をあげていた。

しかし、そうした空気も、押し寄せた報道陣の来訪によってたちまちかき乱された。フラッシュが閃《ひらめ》き、会長の富岡和夫はむろんのこと、クラブの若い者たちまでが記者の質問攻めにあった。それは、全く無遠慮なもので、それまで保たれていた通夜《つや》の静寂は、いつか記者たちの快活とも思える騒々しさに捲《ま》きこまれ、賑《にぎ》やかな空気に変っていった。若い者たちの中には、不用意にも明るい声で記者の質問に答える者もいた。

記者団の一致した見解は、こうであった。

つまり、北尾の死は、決して事故死ではない。自殺の疑いが、多分にある。

第一に、北尾ほど運動神経の発達した男が、列車に轢かれることなど到底あり得ないことだ。第二に、鉄橋の方角にある山路をロードワークの場所として、北尾が好んで出掛けていたとしても、線路の上を歩いたり駈けたりするということは、常識として考えられない。警察の調べどおり北尾の死に他殺の気配が全くないとすれば、自殺以外にないわけだという。

自殺の原因としてまず考えられることは、桑島一郎とのノンタイトルマッチだ。北尾は、フライ級世界第三位にランクされて、ほとんどチャンピオンとの挑戦《ちょうせん》交渉も成立していた。その手ならしにおこなったこの試合に、不覚にも若い桑島のパンチをうけて、リング生活をはじめて以来、初のダウンを喫して負けている。それで北尾は、自信を喪失し、神経も大分弱っていたのではあるまいか……。

警察でも大体そういう見解をかためているらしいが、なにか思いあたる節はないかと、記者の質問は、執拗《しつよう》にこのことのみに集中された。

しかし、クラブの者たちの答えは、記者たちを苛立《いらだ》たせた。——北尾は、桑島に負けた時も落胆していた様子はなく、むしろ奇妙にも明るい表情をしていたのだという。そして、その後も北尾は、ひどく自信に満ちた態度で、世界選手権を目指してそれまでよりも一層激しいトレイニングをつづけていたという。自殺した……などということは考えられない、とクラブの男たちは、一様に強く否定した。

記者たちは、ひどく不服そうであった。かれらは、クラブの男たちに質問することをやめると、今度は、北尾の枕もとに坐った光子に問いかけた。

首を垂れた光子は、畳の目を見つめたままかたくなに黙りこくっていた。

記者たちは、諦《あきら》めたらしく一人ずつ立ち上った。そして、戸口で明るい声で挨拶《あいさつ》すると前後して戸外へ出て行った。

急に、家の中が森閑とした。

男たちは、今まで記者たちの質問に賑やかに答えていたことが急に恥しくなったのか、気まずそうに黙って坐っていた。

線香はほとんど灰になっていて、ただ蠟燭《ろうそく》が時々砂金のようなまたたきを見せてともっているだけであった。

二

翌朝の新聞は、ほとんどが北尾与一郎の死を自殺とほのめかして報道した。はっきり自殺と断定して書き立てた新聞もあった。

北尾与一郎の葬儀は、盛大をきわめた。桑島一郎に不覚の一敗を喫した後とはいえ、東洋フライ級のチャンピオンである北尾の国際的実力はいちじるしく高く評価されていたので、北尾の家の前はおびただしい花輪で飾られた。

参会者は、まだ興奮がさめきらず、所々に寄りかたまって北尾の死について声を低めて話し合っていた。

が、誰一人北尾が事故で死んだという意見を述べる者はいなかった。記者たちの当然考えたように、北尾ほどの稀《まれ》な鋭い勘を持ったボクサーが、機関車を避けることができなかったということは、北尾という人間を知っているかぎり想像することさえ不可能だった。……それほど、北尾は、特異な秀《すぐ》れたボクサーだったということが言える。

北尾と試合をした或《あ》る老練なボクサーの言葉を借りれば、北尾ほど相手を苛立たせるボクサーはいないという。ここぞと思って打っていっても、かすればいい方で、まともにあたることはまずないといっていい。ガードがないので思いきり打つと、北尾の顔はするすると退って、自分の突き出したグローブの先に行ってしまう。それも一センチか二センチ先なのだ。頼りないことおびただしい。それでこちらが苛立ってラフな攻撃をすると、北尾の左パンチが飛んでくる。負けてもなにか戦ったという気がしない、一人でグローブをいたずらに振りつづけたという気持しか残らない。後味の悪さは、全く類がない——と。

北尾の眼《め》の尖鋭《せんえい》な光を無気味に思うボクサーは多い。しかし、北尾のボクシングの秘密が、実はそこに潜んでいるということに気づいているボクサーはいなかったといっていい。

北尾は、平生、美しい澄みきった小さな瞳《ひとみ》を輝かせている。敏捷そうではあるが、どことなく優しさのこもった眼の色をしている。それが、いったんリングの上に上ると、その澄みきった小さな瞳は、一つの凝結した鋭い光の固まりに一変する。

北尾の瞳は、相手の眼にまたたきもせず凝集する。相手が、なにをしようとするのか、北尾の瞳は、相手の眼の色からそれを読みとろうとする。相手の選手が、或る動きを起そうとする時、北尾の瞳は、相手の眼に一瞬清冽《せいれつ》な流れを走る小魚の銀鱗《ぎんりん》のような閃きが掠《かす》め過ぎるのを見落さない。その瞬間、北尾の全神経は、直感的に相手のグローブの突き出されてくる方向を確実に知悉《ちしつ》してしまう。彼の体は、すでにその攻撃に対処する次の動きの準備をはじめている。グローブの突き出されてくる個所、距離、速度。彼の知覚は、精巧な計器に似てそれらを把握《はあく》している。

相手のグローブが伸びて、それを避けると、北尾の眼には不思議なほどがら空きで広々とした相手の顎《あご》やボディーが見える。北尾は、避けた反動を利用して、相手のその部分に容赦なく思いきった左ストレート、アッパーカットを叩《たた》きつけるのだ。

北尾に、こんな一挿話《そうわ》がある。

或る秋の冷えびえした夕方、北尾は、町はずれから山の方へ、つまり、鉄橋のかかっている方向へ日課になっているロードワークのために、ジャケット、トレイニングパンツという姿で小刻みに足を早めて登って行った。

山を越えた町村に通じる道で、凹凸《おうとつ》は激しい。が、北尾は、どこにどんな石が道の表面に露出しているか、すべて知りぬいている。北尾は、足を痛めることを恐れてそれらを避けながら、毎日踏む土の部分を寸分の狂いもなく規則的な速さで登ってゆく。

道の両側は、杉を主としたかなり密度の濃い林になっている。樹幹から樹幹に、秋の霧がわずかに動いていた。時折り、樹葉に風が渡るのか、しめやかな霖雨《りんう》のような音が遠くから近づき、そしてまた遠ざかってゆく。

坂の中途までできて幾曲り目かの角を曲った時、坂道の片側に、少し車体を傾けた大型の乗用車がとまっているのが見えた。車体の下半分に、おびただしい泥《どろ》の乾いた飛《ひ》沫《まつ》が上っていた。型も旧式で、後部が必要以上に無恰好《ぶかっこう》にふくれている。車の感じからは、人の気配は感じられなかった。路に置き捨てにされた無人の車に思えた。

北尾は、危険物を避けて通る小動物のように油断なく道の反対側を、いつものとおり石をふまないように注意しながら通りすぎた。

人の顔があった。頭部の中央が薄くなった乾いた赤い毛髪の男だった。その男が、不自然なかがみ方で、運転台からじっと北尾の通りすぎるのを見つめていた。その眼の光は、北尾にとって外国人としては初めて見るたぐいのものであった。色素の薄い小さな瞳が、凝結した光を北尾の眼に集中している。殺意に類似したものを秘めた鋭い眼の光であった。

北尾は、男の一方的な視線に途惑いをおぼえながら、その場をさりげなく通りすぎた。その瞬間、北尾の眼の端に、男が運転台にかなり力をこめて抱えているらしいもののの一部を見た。それは、男の腕の力に反抗しているらしい小刻みにゆれる硬そうな黒い髪であった。

北尾は、振返りながら坂を登って行った。眼にした黒い髪が何を意味するのか、はっきりとはつかめないでいた。

北尾の姿を追うようにしていた男の顔が、いつの間にか下に向けられ、薄れた男の頭部しか見えなくなっていた。

北尾は、足をとめて自動車の方を見つめた。

男は、すでに北尾の存在を忘れてしまったらしく顔を伏せて、しきりに自分の抱えたものに腕を動かしていた。その体の動きは異常だった。力をこめてなにかに挑《いど》んでいる、ひどく熱意にみちた仕種《しぐさ》に見えた。

北尾は、二、三歩無意識に坂をもどりかけた。

その時、不意に太い叫び声が起った。同時に、車の中の男の顔が激しくゆがんでのけぞった。

自動車のドアが勢いよく開いた。人の体が、道の上に転がり出た。服のえりに白い筋の入っている女学生服を着た少女だった。

少女は、起き上ると、泣き声ともつかぬ叫び声をあげて林の方へよろめきながら入って行った。スカートがずり落ちて、下半身は白いスリップだけになっている。よく肥えた無恰好な短い足だった。

男が、すぐにドアから出てきた。臀部《でんぶ》のはち切れそうなひどく大きい男だった。

男は、少女に歯を立てられたのか片腕を抑えながら林の中へ少女の後から駈《か》け入った。

林の中からは、少女の不安定な泣き声がきれぎれにしてくる。

北尾は、坂をもどると、林の中へ足早に入って行った。

男は、林の樹木の間を縫って少女の後を追っている。足の地につかない歩き方をしている少女は、いたずらに右に走ったり左に曲ったりしているだけで、男との距離は急速に縮まった。

大きな木の下で、男の手が少女の髪をつかんだ。少女の体が後ろにそりかえった。

北尾は、足を早めた。

仰向けに倒れた少女の体は、手も足もだらしなく開いてもがいている。

「おい」

北尾は、五、六メートルはなれた所から声をかけた。

少女におおいかぶさった男が、ぎくりと顔をあげ、北尾の姿を認めると立ち上った。

色素の薄い眼に、動揺の色と不遜《ふそん》な憤《いきどお》りの色が入りまじって浮んでいた。

「よせ」

北尾は、真面目《まじめ》な表情でたしなめ手を振った。

「ダメ、ダメ」

北尾は、しきりに手を振った。

男の顔に急に血が上り、顔を大仰にふり立てながら、どなりはじめた。腕をふり廻《まわ》し、あっちへ行け、あっちへ行けという身振りをした。

「ダメ、ダメ」

北尾は執拗に手を振った。

男が大きな怒声をあげた。

北尾は、少し血の気のない顔つきで首を振りつづけた。なだめるように、口もとに引きつった微笑さえ浮べた。

男が、口を閉じた。顔が蒼《あお》ざめた。男の手が、ゆっくりとズボンのポケットに入った。手に象牙《ぞうげ》でつくられたものが握られた。男は、それを前に突き出すと、親指を動かした。

かすかな金属音がして、陽光の衰えはじめた林の中で、冷ややかな銀色のものが閃いて飛び出した。

男は、二、三歩北尾に近づくと、その刃を擬して動かした。仕種も顔つきも、ひどく芝居がかってみえた。

少女は、仰向けに倒れたままの姿勢で、大きく肩で息をしながら焦点のさだまらない眼をあけている。

北尾は、その場に立ったまま、身を動かそうともしなかった。子供でもなだめるようにナイフをにぎった男に首を振りつづけた。

男は、しばらく突っ立って北尾の眼をにらみつづけていたが、急に身を動かすと北尾の体に近づいてきた。

「ヨセ、ヨセ」

北尾は、手で制しながら横に体を動かした。

威嚇《いかく》だけの意味しかないと思っていたナイフが確実に突き出されてきたことに、北尾は愕然《がくぜん》とした。男が、この異国の土地で殺傷をそれほどには重大に考えていないらしい驕慢《きょうまん》さに、底知れぬ無気味さを感じた。

北尾は、顔色を変えた。男の不遜な殺意に憤りをおぼえた。

北尾は、身を構えた。

男は、眼に冷ややかな微笑を浮べながらナイフをきつくにぎりしめている。

男の体が、北尾にぶつかってきた。北尾は、瞬間的にそれを避けた。

男は、北尾の体につかみかかろうとして両腕をひろげ、小刻みににじり寄りながらはやい速度でナイフを突き出してくる。北尾は、男の眼を見つめていた。色素の薄い男の小さな瞳には、やはり、あるかげりがかすめすぎていた。それは、リングの上でボクサーが行動を起す直前にみせる眼の光と同質のものだった。北尾は敏捷《びんしょう》に足を動かした。

男の肩が、大きく動き出した。口をあけ荒い息をしている。赤い毛は乱れ、額に汗が湧《わ》いた。

北尾は、林の中の冷ややかな空気を皮膚に感じていた。北尾は、自分の前で激しくあえいでいる肥満した異国の男の姿を眺《なが》めた。

男の眼には焦慮の色がみえ、いつか不遜な色は影をひそめて、眼の光も不安定な鈍りをみせている。

北尾の眼に、かすかな輝きが宿りはじめた。自分の動きが男をいたずらに疲労させ、苛立たせている。形容できぬ歓《よろこ》びに似たものが、胸の底から湧いてきた。そして、それは、男がまたもナイフを北尾にそらされてぶざまに枯葉の積り敷いた土の上に尻餅《しりもち》をついた時に、露骨に表面に現われた。

北尾は、堪《た》えきれず顔を赤らめて笑った。

男は、手を土の上に突きながら、北尾の立っている姿をうかがった。顔に、汗が流れていた。太い金の指輪のはまった指が、ナイフを握りしめながら枯葉の上で小刻みに痙攣《けいれん》していた。

男の瞳に、力がこもった。男は急に足を蹴《け》ると、かがんだ姿勢のまま北尾の体に突進してきた。

北尾は、眼を十分に見開きながら、左に飛び退《の》いた。北尾の立っていた背後に、太い杉の幹があった。頭を突っ込んでのしかかって来た男は、瞬間的に北尾という目標物を失って、その幹を避ける余裕もなく頭をぶつけた。大きな鈍い音がした。

男は、頭をかかえてうずくまった。

北尾は、男の体を眺め下ろした。男の口から呻《うめ》き声が起っている。

しばらくして、北尾はふと気づいて少女の倒れていた方向を見た。少女は、パンツだけの腰を枯葉の上に下ろして、こちらを無心な眼で見つめていた。

北尾は男が投げ出したナイフを拾い上げると、林の中へ思いきり遠くへ投げた。

北尾は、うずくまった男に眼を向け、その体が動かないのを見さだめてから坐《すわ》っている少女の方へ歩いて行った。

北尾が近づいてゆくと、少女の眼におびえの色があらわれた。北尾の眼を、細い眼で見つめている。

北尾が坐った少女の腕に手をかけると、少女は身を引いた。北尾は、荒々しく少女を起し、その腕をつかんで林の中を道の方へもどった。

自動車は、すでに夕色につつまれていた。

北尾は、破れたスカートを道傍《みちばた》から拾うと、少女に無愛想に渡した。

「早く帰れ」

急に抑えきれぬ憤りが湧いてきて、北尾は、スカートをはいている少女に言った。

少女は、うつろな表情で手早くホックをはめ終ると、北尾の顔を見上げ、

「カバン」

と、言った。

北尾は、無言で少女の顔を凝視していたが、自動車に近づくと半開きになったドア

に体を入れ布製の白いカバンをシートの下から拾い上げると少女の足もとに投げた。北尾は、背を向けて少し坂を登りかけたが、四囲がかなり暗くなっているのに気づいて坂をゆっくりと駈け下った。途中、道の曲り角で振向くと、スカートの裂け目を気にしながら暗い道を足早におりてくる少女の姿が見えた。

この小さな事件は、結局、表沙汰《おもてざた》にはならなかった。北尾も、このことについては誰にも話さなかった。ただ、北尾はこのことがあってから、試合中、よくリングの上で顔に笑いを浮べるようになった。相手が空振りしたり、力あまってスリップダウンしたりする時には、マウスピースがはみ出しそうになるほど口もとをほころばせた。マウスピースの白さが、むき出しになった歯列を連想させて、一層北尾の顔を笑いの表情にした。その笑いは、相手の愚かさを冷笑しているように、ひどく不遜なものにみえた。北尾が微笑するたびに、観客は、声をからして北尾を弥次《やじ》った。スポーツライターの中にも、それを気にして、北尾のリング態度の不謹慎さを責める者もあった。

しかし、北尾は、そうしたことには気をかける様子もなく、相手の顔に焦りの色が浮び顔中に汗《あせ》がふき出てくると、頰《ほお》を一層ゆるめる。

苛立った相手が、全く効果のない妙なグローブの突き出し方をする。児戯に似た他《た》愛《わい》ない動きに見える。その滑稽《こっけい》な姿に観客が無遠慮に笑うと、リング上の北尾も、その笑いに釣《つ》られて思わず頬をゆるめるのだ。

観客は、そうした北尾に反感をおぼえる。弥次が北尾に集中される。北尾は、ボクサーとして観客に観られる立場にあるのに、北尾が、観客と対等の立場で観ていることが、観客に不快感を誘発させるのである。

そのうちに北尾の顔から笑いの表情が次第に消えてゆく。北尾の動きが敏捷になる。相手の体に叩きつけられるグローブは、打つ時の激しい速さと同じ速度で手もとにひかれている。観客は、今までの反感も忘れて、北尾の左のK・Oパンチが、相手の選手を倒すことを性急に要求しはじめる。北尾の攻撃は、多彩をきわめる。ブローの一つ一つが、複雑な精密機械さながらに、相手を倒すために的確に放たれる。よどみのない連続的な動きであった。それは、生きている機械ででもあるかのように、正確であり、鋭い強靭《きょうじん》さにあふれていた。そんな時、かたくひきしまった筋肉だけの北尾の体は、精巧な器具を連想させた。

やがて、終末が近づく。北尾の疲れをみせないすさまじい左ストレートが、ノーガードのチンに炸裂《さくれつ》する。相手の選手は、仰向けに倒れる。北尾の顔には、笑いのかげはみじんもみられない。殺意にも似た険しい表情をしている。観客は、歓声をあげ、それが広いスタジアムに反響する。

北尾は、リングの隅《すみ》に行って、ロープに背をもたせかけて、じっと倒れている相手をきびしい表情で見つめている。相手の足が、小刻みに痙攣しているのを見守っている。その時の北尾の表情には、冷たい残忍な色が濃く貼《は》りついている。と同時に、それは、妙に深い孤独な表情でもあった。

グローブをレフェリーに持ち上げられ、K・O勝ちが宣せられると、初めて北尾の顔に微笑が浮ぶ。マウスピースを少し唇《くちびる》からのぞかせて観客に挨拶《あいさつ》する。

「全くあいつは、強いな」

観客は、席を立って出口の方へ歩きながら、感嘆の声をかわし合いスタジアムを出て行くのが常であった。

三

著名なボクサーと鉄道自殺――。この取り合わせには、世間的な興味があった。週刊誌や、スポーツ関係の雑誌記者の熱心さには目をみはるものがあった。北尾のマネージャーでありクラブの会長である富岡は、連日これらの記者に追い廻された。

往年フェザー級のチャンピオンの座にもついたことのある富岡も、おどおどした人の善《よ》さそうな眼《め》しかしていない。北尾とファイトマネーのことでこじれてから、急に気の弱りをみせたという富岡が、北尾の死について記者に脅《おびやか》されるように質問されても、珍しく頑《かたく》なに「知らない。心当りがない」と、強い語調で繰返すだけであった。富岡の態度は、毅然《きぜん》としてみえた。クラブの者にも不思議に思えるほどであった。別人のような変り方であった。

しかし、事実は、富岡に、一つの秘《かく》しごとがあった。それは、北尾と富岡と、そしてこの町に住むある眼科医とだけしか知らぬ事柄《ことがら》であった。

北尾の死んだ後、富岡は、ひそかに北尾の家を抜け出してその眼科医の戸を叩《たた》き、北尾の眼のことについては決して口外してくれるな、とくどいほど頼み込んだ。

北尾の網膜が剝離《はくり》を起したのは、桑島一郎の放った打撃を左の瞼《まぶた》にうけたからであった。試合後、町に帰った北尾は、眼に故障が起きているのに気づき、町の眼科医のもとにおもむいた。そこで、網膜剝離を発見されたのだ。

北尾は、思いのほか平然としていた。むしろ、富岡の驚きの方がひどかった。すっかり取り乱し、うろたえていた。北尾は、富拳《とみけん》クラブの一枚看板である。北尾が富拳クラブにぞくしているおかげで、クラブの名もそれにつれて著名なものになっている。その北尾に有力なプロモーターがついて、世界選手権者への挑戦《ちょうせん》試合がかなりの確実さで進められている。北尾の眼の故障が公《おおやけ》になれば、変転きわまりないこの種の交渉に大きな支障とならぬともかぎらない。富岡には、打算があった。このままひそかに治療すれば、比較的軽度であると診断された北尾の眼は、試合が実現するまでに旧に復するのではあるまいか。

富岡は、北尾にこのことを秘密にした方がよいと、しきりに説得した。北尾にしても、このことが世間に知れ渡るのは好ましくなかった。若いキャリアの少いボクサーの打撃を受けて、治療をうけねばならぬほど眼を痛めつけられたと人に思われることは、北尾の自尊心が許さなかった。

北尾は、この時だけは富岡の言葉に素直にしたがった。毎夜、北尾は、光子にも行先を言わずにひそかに眼の治療に通った。昼間、強い日射《ひざ》しの中でも眼帯をかけることはしなかった。ただ時々眼をしばたたいて、人知れず指先で、そっと瞼を撫《な》でていた。

富岡が記者の質問にはっきりした答え方をしなかったのは、この眼の故障を秘密にしていたためであった。かれは、その秘密を公にした折の世人の激しい非難が、容易に予測できた。おそらく人々は、富岡が北尾を世界選手権試合に出場させたいために、その負傷をひたかくしにかくしていたと解釈するだろう。そして、もしも、それまでに全治しなかった場合も、富岡は、北尾をそのままリングに上らせるつもりだったのだろうと言うにきまっている。これは、マネージャーとして死命を制する失態である。ライセンスを取上げられた富岡の将来は、全くの闇《やみ》である。

北尾の葬式が終ってから、富岡は、急に老《ふ》けこんでしまったような印象を人にあたえた。気落ちしてしまったらしく、時々吐息をついていた。事実、おそらく光子をのぞいては、富岡ほど北尾の死を惜しんだ者はいなかったろう。クラブに顔を出すことさえ億劫《おっくう》らしかった。練習生も、なんとなくその気配を感じて練習をする者もなく、ジムに人の影は稀《まれ》になった。

しかし、富岡は、決して北尾個人の死をいたんだわけではなかった。富岡自身にとって多くの面で利していた北尾という存在を失ってしまったことが、諦《あきら》めきれない口《く》惜《や》しさであったのだ。

富岡と北尾との関係は、決して師弟の関係と言えるものではなかった。富岡と北尾が初めて衝突したのはギャラの問題でこじれた時であった。北尾の受取った金額は、ファイトマネーの三分の一にみたない額であった。これまでに色々費用がかさんでいるのだ……というのが、富岡の言い分であった。

北尾は、顔色を変えた。

「よし、それじゃ、それはあんたにくれてやらあ。ただし、これからは俺《おれ》が直接、契約するから口出しはごめんだぜ」

北尾が富岡に口汚い言葉を叩きつけたのは、この時が初めであった。

その時から、北尾は富岡に対して急に言葉がぞんざいになった。

こうした北尾の態度には、むろん富岡も憤りをおぼえた。しかし、富岡は、すでに五十に近い年齢であった。暮しも決して楽とは言えない。

もしも、ここで北尾と感情的にもつれ、北尾が、他の拳闘《けんとう》クラブに移ってしまったらどうなるだろう。富岡の開いているこの田舎町の小さなクラブは、元どおり名もないクラブに逆もどりしてしまう。北尾の存在があってこそ、富拳クラブの名前は、世に知られているのである。練習生も、急激に減ってしまうだろう。有形無形の利をもたらしてくれている北尾を失うことは、富岡にとって一つの資産を失うことにほかならない。それは、富岡の生活に影響する重大事である。

富岡の眼に弱々しい色が浮ぶようになったのも、この頃《ころ》からであった。そして、それも、北尾が、全日本、東洋と次々とタイトルをかち得てゆくにつれて、富岡の態度は益々《ますます》卑屈に見えるほど遠慮がちになっていった。

ジムで練習生のコーチをするのにも、富岡はごく初歩的な男たちを扱うだけで、北尾がコーチしている選手には口出しをしなかった。選手の方でも、北尾の言うことには無条件にしたがっても富岡の指導にはあまり耳をかさない。

「富岡のおやじの言うことなどまともにきいていたら、一人前のボクサーにはなれないぞ」

北尾は、富岡の存在を無視して、大声で練習生たちに言ったりしていた。

そんな時でも富岡は、弱々しい笑いを顔に浮べて黙っていた。

北尾の活躍は、華やかだった。相つぐ防衛戦にほとんどK・Oで勝ちつづけ、いつの間にか世界フライ級の第三位にランクされていた。富岡の北尾に対する態度は、練習生が顔をしかめるほど卑屈になり、従順になった。

富岡の夢は大きくふくれ上り、同時に不安も増した。北尾が世界選手権者の座に坐れば、自分は、北尾のマネージャー兼コーチとして一躍世の脚光を浴びる。富岡が北尾を世界的大ボクサーに育て上げたと、だれもが信じるにちがいない。経済的にも、収入が急増することは疑いない。

しかし、富岡は、なにかの拍子に不安な感情に襲われることがあった。それは、北尾が自分から離れてしまうことはないか、ということだった。富岡はその度に、深い淵《ふち》に落ち込むような暗い気持になった。

かれは、北尾をどんなことがあっても自分の手もとに引き止めて置きたいと思った。

決して離れてはいけない、捨てられてはならない、と自分に言いきかせた。

富岡は、一層北尾の機嫌《きげん》を損うまいと気を遣った。そんな時、網膜剥離という思いもかけぬ事故が起ったのだ。

富岡がこのことをひたかくしにしたのも、自分の夢を破られる要因になりかねないと判断したからであった。

北尾の死は、完全に富岡の夢を無為なものにした。富岡にとって、きわめて大きな損失であった。

富岡の胸の奥には、一抹《いちまつ》の悔いに似た感情がひそんでいた。それは、推測の域を出ないもので他人にも口にしたことはなかったが、かれは、おそらく自分の想像が的中しているにちがいないと思った。そして、それは日が経《た》つにつれて確信に近いものになっていった。

……富岡は、北尾の死についてこんなことを想像していた。

北尾は、いつものように坂道を登って行った。ふと、線路の土手を登る気になって道から土手に上った。列車の近づいてくるのは、知っていた。西日が眩《まば》ゆく眼に入った。その瞬間、網膜剥離の症状を残しているかれの眼は機能を失った。北尾は、眼がくらみ盲目状態になってよろめいた。列車が至近距離にせまっていた。

つまり、富岡は、北尾が事故で死んだのだという推定を下していたのだ。

「物がにじんで見えて仕様がない」

北尾は、時々富岡にひそかに訴えていた。富岡の打算は、狂ってしまった。眼の故障ということをひたかくしにかくしたために、かえってそれがわざわいになって、北尾は不慮の死にあった。富岡の夢は崩れ去り、自分の保持していた北尾という資産は一瞬の間に消滅してしまった。

今まで、二十近くも歳下《としした》の北尾に対する気遣いや耐えに耐えてきた屈辱も、すべて徒労に帰してしまったのだ。しかも、事故死であるという推定も、人に話すわけにはいかない。口にすれば、結局は、眼の故障をかくしていたマネージャーとしての責任がきびしく追及されることは必定である。

北尾の死の原因について、すくなくとも事故死であろうとはっきり推定した者は、おそらく富岡和夫以外にはいなかったはずだ。

四

記者の中には、北尾の弟子であった有光清《ありみつきよし》の姿が見えないのに不審感を抱いた者もいた。

「あれは、辞めました。がっくりきたんでしょう」

富岡の言葉を、記者はそのまま信じてそれ以上の疑念はいだかなかった。ここにこの記者の手ぬかりがあったと言っていい。

有光を追及し、もしも、北尾と有光との関係をきき出すことができたとしたら、記者は自信をもって北尾の自殺説をはっきりと打ち出したかも知れない。

有光は、北尾の葬儀にも顔を出さなかった。その時刻には、すでにこの町にはいなかったのだ。

有光は、その日の午前中に富岡に退会届を出し、一言も言わず、ボストンバッグと風呂敷包《ふろしきづつ》みを手に駅に急いだ。

かれには、ボクシングをやる気は失《う》せていた。葬儀にくわわれば、ボクシング関係の男たちの特殊な顔が並んでいるのを見なければならない。妙に肥満した、服装だけは派手な男たち。薄い口髭《くちひげ》。これらの男たちと対照的に現役の選手たちは、なにかおどついた卑屈な表情をしている。現役の選手は、ボクシングの世界にいつの間にか関係しているぜいたくな身なりの男たちに、一々頭をさげて通らなければならないのだ。

葬儀で、これらの選手とボクシング関係者の顔を見ることが、有光にとっては堪《た》えられないことだった。

さらに有光が葬儀に出なかった原因は、他にもあった。それは、北尾の妻である光子と顔を合わせることに気まずさを感じていたからだった。

有光は私大出のボクサーで、卒業の年、フェザー級の大学選手権に優勝し、すぐに富岡拳闘クラブに入会した。フライ級の著名なボクサーである北尾与一郎の科学的なボクシングを慕った結果であった。

北尾は、クラブ所属の選手たちにはきわめて冷淡であった。

「自分で研究することが第一だ」

と言って、クラブ員が質問しても素気《そっけ》ない答え方しかしなかった。

しかし、有光には例外であった。時々自分から進んでコーチをしてやることもあった。有光は、北尾の言葉に素直にしたがった。北尾の人格、技術に、無批判に尊敬しきっていたのだ。

クラブ員が蔭《かげ》で北尾を批判すると、有光はひどく怒った。

「あいつは、北尾の腰巾着《こしぎんちゃく》だ」

と、かれらは有光に冷たい眼を向けていた。

しかし、北尾は、格別有光を人間的に好んでいたわけではなかった。

有光の長身から突き出されるリーチの長いこと、そしてスピードの秀《すぐ》れたグローブの動きを、ことのほか重宝がっていたに過ぎない。つまり北尾は、有光を、この上ない練習台に使っていたのだ。

北尾は、有光をよく平生のスパーリング相手にえらんでいた。ヘッドギアーをつけジムのリングに上ると、北尾は、有光に思いきり攻撃をさせる。頭を少し横に動かすだけで、有光のグローブは北尾の顔からそれてしまう。

北尾は、有光の間断なく突き出してくる素早いグローブの動きを楽しみ、自分の感覚の確かさを味わっていた。

有光の額や胸に汗が流れはじめる頃になると、急に北尾の右グローブが有光の腹部に伸びてくる。来たな！　そう思った瞬間には、北尾の左ストレートが自分の腹に食い込んでいる。融《と》けた鉛の液に似た重いものが、その個所から体中にひろがってゆく。有光は膝《ひざ》をつき突っ伏しながらも、北尾の技術に讃嘆《さんたん》の声を発したい妙に感動した気持になるのだ。

有光は、北尾の家にもよく遊びに行った。夕食を共にすることもあった。

「女なんてな、ボクサーには不必要なものなんだ。こいつは、後援会の会長がぜひもらえって言うから、断わりきれなくなってもらったんだ。女房っていうよりも、飯たき女と言ったほうがいいくらいのものなんだ」

北尾は、光子の眼の前で有光にそんなことをずけずけと言う。北尾と光子の間には、夫婦の営みが全くないのだという噂《うわさ》がある。北尾が不能者だという者も少くない。

有光は、北尾の家にゆく度に、光子の顔を興味深くうかがう。光子は、細い眼のあたりにまだ少女らしい稚《おさな》さを残して、返事をするのにも、「はい」「はい」とうなずき、澄んだ声を出す。痛々しいほどに従順に見えた。自分のことを飯たき女と表現されても、光子は顔色も変えない。殊勝気な表情で、食膳《しょくぜん》のかたわらできちんと正坐《せいざ》して北尾の言葉をきいているのだ。

北尾と有光が師弟の間柄《あいだがら》であることは、いつの間にか一つの定説になっていた。事実、二人の間は、ひどくうまくいっていた。性的に欠陥のある北尾が、別の意味で有光と親しいのだ、という甚《はなは》だうがった解釈をする者もいたほどであった。

——二人の間に破綻《はたん》が起きたのは、二カ月ほど前であった。

その日、蒸暑いジムでは若い選手が汗にまみれて黙々と練習をしていた。鏡の前でスタイルを研究する者。スキッピングを飽きずにしている選手。パンチングボールをこね廻《まわ》して打つ男。サンドバッグを連続的に叩《たた》く者。板張りのジムの中には、そうした音が混然となって虫の羽のうなりにも似た鈍い音が充満していた。

ふと、スキッピングをしていた長身の男が、急に手をとめた。

「おや、今井じゃねえか。どうしたんだい」

男は、スキップングロープを片手にまとめると、西日のさした入口のガラス戸の方へ汗も拭《ぬぐ》わず出て行った。

たたきには、西日を背にボストンバッグを手にした小柄な男が立っていた。開襟《かいきん》シャツのえりが汗で黄色く染まっている。

「どうしたんだい、お前」

男は、小柄な面《おも》やつれした男の顔をのぞき込んだ。小柄な男は、少しばつの悪そうな表情をして、汚れたボストンバッグを板張りの床に下ろした。

練習をしていた選手たちが集って来た。

「どこへ行ってたんだい。勤め先からも消えちゃうしさ」

選手の一人が言った。

男は、顔に似合わぬ照れた表情をすると苦笑いをした。

「ずいぶんみんな張切っているんだね」

男は、かこまれた選手に威圧されながらも、同僚としての落着きを取りもどし、男たちをまぶしそうに見まわした。力弱い媚《こ》びるような表情であった。

「チャンピオンカーニバルがあるんだよ。……しかし、一体どこへ雲がくれしていたんだい。女と一緒だったっていうじゃないか」

男は、黙って苦笑していた。

「北尾さん、怒ってないかい」

男は、表情をかたくすると選手たちの顔をうかがった。

「別になんとも言ってなかったぜ、なあ、みんな」

若い男たちは、少し自信のなさそうな顔をしたが、一様にうなずいた。

「また、練習をはじめるんだろ、今井」

「そうなんだ、それで来たんだ。北尾さんにも一応諒解《りようかい》を得ておこうと思って……」

男は、真剣な眼《め》をした。

「今、北尾さんは事務所にいるよ。富岡さんと打合わせをしているんだ。ともかく上れよ。そして、北尾さんにも挨拶《あいさつ》してこいよ」

男はうなずき、靴《くつ》をぬいで、ボストンバッグをジムの隅《すみ》に置くと、床板の上を事務所の方へ歩きかけた。

その時、事務所へ通じるドアが開いて、北尾と練習姿の有光が前後してジムに入って来た。

北尾は、今井にすぐに気づいた。

「どうしたい。生きてたのかい」

白い歯をのぞかせて、北尾は機嫌《きげん》良さそうな笑いを眼に浮べた。

男は、北尾の笑いにつられて媚びた笑い方をすると、頭をかいた。

「すみませんでした。ちょっと新潟の方まで行ってたものですから……」

「そうかい、そりゃ、大変だったな」

北尾の表情は、相変らずやわらいでいた。

「で、今日は、なんだい」

北尾は、わずかに表情を引き締めると、男の顔をのぞき込んだ。

「また、練習をはじめたいと思って、挨拶に来たんです」

「ほおう」

北尾は、大袈裟《おおげさ》に感心した仕種《しぐさ》をして満面に笑みを浮べた。

「冗談言ってもらっちゃ困るな、今井。そりゃあお前、虫があまり良すぎるよ。お前の方はそれでいいかも知れないけれどさ、それじゃあお前、おれの方がまるっきり踏みつけじゃないか」

男の顔に浮んでいた笑いが、不自然にこわばった。

「うちじゃお前も知ってるとおり、一度無断でやめたらもうお断わりなんだよ。それを覚悟でお前もやめたんだろうから、それでいいじゃないか。お互いに恨みっこなしにしようよ、な。今日はみんな忙しいし、邪魔になるとおれの方まで迷惑するから、また暇なときでもこいよ」

そう言うと、北尾は、今井を無視してジムの中央に出て行った。

男は、顔を蒼《あお》ざめさせて立ちすくんでいる。白けた空気がジムの中にただよった。選手たちも、練習を忘れて今井の姿を見つめていた。

「おい」

北尾の不機嫌そうな声に、選手の一人が振向いた。北尾は椅子《いす》に坐り、掌《てのひら》を開いて突き出している。選手は、あわててバンデージを持ってきて、北尾の指に巻きはじめた。他の選手たちも、急に気づいたように練習をしはじめた。ジムの中には、また混然とした虫の羽の鳴るような音が満ちた。

今井が、北尾の方に歩みはじめた。それに気づいた選手の動きが鈍くなった。北尾は、近づいてきた今井の顔に眼を向けた。

今井は、北尾の前に膝をついた。靴下に大きな穴があいていて、汚れた足の裏がのぞいている。

「北尾さん、練習させて下さい」

男は、頭を深くさげた。語尾がふるえていた。

北尾は、男の姿を黙って見下ろしていたが、布を巻く手をとめた選手の動きをうながして掌を動かした。

「あやまります。練習させて下さい」

男の声は、泣き声になっていた。

北尾は黙然とグローブをはめさせていたが、しばらくして口を開いた。

「新潟へ行っていたって、親でも死んだのか」

男は、身をかたくしたまま頭を下げている。

「女の尻《しり》を追っかけて行ったんだろ。振られて帰ってきたのか」

北尾の声は、低かった。

「死んだんです。体が悪いって言うんで、郷里まで送って行ってやったんです」

「そうかい」

北尾は、興味のなさそうな声を出した。

「ボクサーに女は禁物なんだ。俺《おれ》が始終口を酸《す》っぱくして言っていたのをお前も知ってるだろ。それが守れないんだから、お前は一人前のボクサーにはなれないよ。きれいさっぱりやめた方が身のためだぞ」

北尾の声は冷ややかだったが、さとす口調でもあった。

男が、顔をあげた。

「やります。立派なボクサーになります」

「立派な？」

北尾の口もとに蔑《さげす》んだ微笑が浮んだ。

「きっとなります。きっとやってみせます」

男の顔は、紅潮していた。真剣な表情だった。

「馬鹿《ばか》をいうんじゃないよ。お前なんかになれっこないよ」

北尾の笑いが、冷ややかにゆがんだ。

「やってみます。きっと立派なボクサーになってみせます」

男は、甲高い声で言った。

北尾の顔から笑いが消え、顔が蒼ざめた。北尾が、椅子から立ち上った。

「いい加減にしろ。貴様みたいな甘っちょろい考えで一人前のボクサーになれるか」

「なれます、きっとなってみせます」

北尾の顔が、急に紅潮した。

「よーし、それじゃ、なれるかどうか、おれが試してやる。グローブをはめろ」

男は、すぐに立ち上り、開襟シャツとズボンをぬぎ、メリヤスの猿股《さるまた》一つの半裸になった。男の動きには、物につかれでもしたような荒々しい素早さがあった。反抗的な感情の動きがみえた。男の顔は、興奮で少し赤らんでいた。

北尾は、ジムの一角に張りめぐらしたリングの中に入った。男も、あわただしくグローブをはめると、表情をこわばらせてロープをくぐった。

選手たちは、練習の手をとめて、身じろぎもせずにリングの中を見つめていた。

「さあ、立派なボクサーなみに打ってこい！　思いきり打ってこい！」

北尾の均斉《きんせい》のとれた引き締まった体軀《たいく》に比して、男の足は短く、構えも不自然なほど無恰好《ぶかっこう》だった。パンツもたるんでいた。

「ほら、打ってくるんだ」

北尾の右のグローブが、男の鼻柱に乾いた音を立ててあたった。男の顔がゆがんだ。男は、グローブの先で鼻をこすりながら、頼りなげな姿勢で少しずつ右にまわった。

男の右グローブが伸びた。北尾は、かすかに顔を動かした。男の体が、対象物を失って無様《ぶざま》に前にのめって手をついた。

「そのざまはなんだ。練習しないからそんなことになるんだ」

北尾は、蔑んだ笑いを眼に浮べた。

ジムの空気は、凍りついていた。選手たちは、体をかたくし血の気を失《なく》した表情で、リングの上をまたたきもせずに見つめている。

男の鼻から血が垂れた。

北尾のグローブは、もっぱら男の顔に叩きつけられた。眼に残忍な光が浮び、打撃は容赦なく男の顔に向けられた。すさまじい音だった。まず、男の唇《くちびる》が切れた。口から少しのぞいているマウスピースが、魚肉を口にふくんでいるように見えた。瞼《まぶた》が切れた。両眼を真赤にした男の顔は、凄惨《せいさん》だった。男は、何度もマットの上に倒れた。が、その度に男は、すぐに両手を突っ張って立ち上った。その顔を北尾のグローブは、執拗《しつよう》にとらえた。男の体は、ただ立って打たれているだけであった。顔が一個の血塊に見えた。時々しばたたく眼と口の割れ目が、あたかも開いた傷口に見えた。

北尾のアッパーカットが、男の顎《あご》を突き上げた。男は、無抵抗に仰向けにのけぞった。男は、それきり動かなくなった。足が小刻みに痙攣《けいれん》しているだけであった。猿股におびただしく血がついていた。

有光が、ロープをくぐって男の体に近寄った。男の血に染まった眼が、開いたままだった。

有光が眼で合図をしたので、二人の若い選手がリングの中に入って来た。選手の一人が男の体に手をかけた。

有光は、手でそれを制し、

「動かさない方がいいんだ。バケツとタオルを持ってこい」

と、静かな口調で言った。

選手が、バケツに水を入れて持って来た。有光は、それを男に浴びせかけた。

男の体が動き、大きく息をした。

「どうだ、大丈夫か」

リングの外で軽い足ならしをしていた北尾が、わざとらしいほど明るい声で言った。

「息を吹き返しました」

男の顔をのぞいていた若い選手が、振返って答えた。

有光は口をかたく閉ざして、男の顔の血を水にひたしたタオルで拭《ふ》いてやっていた。

その夜、有光は、男のかたわらにつききりだった。リングの上には蚊帳《かや》が吊《つ》られた。

夜明け近くに男は、一言「眼が見えない」と言った。有光は、倍近くふくれ上った男の顔を濡《ぬ》れたタオルで巻き、肩を貸して人通りの少い町の中を自分の下宿へ連れて行った。

それきり有光は、ジムへ顔を出さなくなった。

有光の下宿は、町はずれの小鳥屋の二階にあった。

光子がその下宿を訪れたのは、今井が昏倒《こんとう》してから三日後であった。光子は、小鳥の籠《かご》が所狭いまでに置かれた店先におびえた眼で立っていた。

有光は、階段の上り口の所に立つと、露骨に不快そうな表情を見せた。

「これを主人が見舞いに持って行くように言いましたので……」

光子は、紙包みを有光の眼の前にさし出した。肉付きの良い指の付け根に、可憐《かれん》なくぼみが並んでいる。

「金ですか」

光子は、怖《お》じ気《け》づいた眼で有光を見上げながら、「ハイ」と小さな声で言った。

有光は、蔑んだような笑いを顔に浮べた。

「甘くみないで下さいよ。いくら持って来たのかわからないけど、今井の眼はつぶれちゃいましたよ。どうせ持ってくるなら、男一人の眼に相当するものを持って来てくれなくちゃね」

光子の眼が大きくみひらいた。

「眼が……？　うちの主人がそんなことをしたのですか」

「知らなかったんですか。あなたもずいぶん暢気《のんき》な人ですね。北尾さんが、今井の顔を叩《たた》きに叩きつづけたんですよ。あの人は、気違いじゃないんですか。見損いましたよ。今井はね、昨夜も階段の途中まで這《は》って降りてね、……もっと撲《なぐ》ってもらいに行くんだって……。金で解決しようったってだめですよ。ともかく帰って下さいな。私も不愉快だから……」

有光の顔には、憤《いきどお》りの色があふれていた。光子は、呆然《ぼうぜん》と立ちすくんでいる。有光は、光子の顔をにらみ据《す》えると、足音を立てて二階に上って行った。

今井は、眼に濡れたタオルをあてたまま身じろぎもせずに仰臥《ぎょうが》していた。

翌日、有光が勤めから帰って体の汗をふいていると、小鳥屋の主人が階段の上り口から顔を出して、「お客さんですよ」と言った。

気軽に立って階段を降りてみると、店先の電光の下に光子が立っていた。

「御加減はいかがですか」

少し首をかしげて言った。眉根《まゆね》が、気遣わしげに寄っている。

有光は、光子の無心な表情を見守った。

「わずかですが、ぜひ受取っていただきたいんです。私の気持がすみません」

光子は、有光の顔をすがりつくような眼をして見上げながら、紙包みをさし出した。

有光は、鼻先で笑うとゆっくり階段を上った。気持がいらいらとして落着かなかった。憤りが充満して、思いきりサンドバッグを叩きつづけたい衝動に駆られた。妻を代りにさし向けて安易に収拾しようとしている北尾の気持がやりきれなかった。今井が呻《うめ》き出した。地の底にひびくような低い呻き声だった。痛みのための呻き声ではなく、北尾に殴られつづけた口惜《くや》しさを思い出して呻いているのだ。

有光は、拳《こぶし》をにぎりしめて畳の上に坐っていたが、急に立ち上ると、階段を荒々しくおりた。店先には、すでに光子の姿はなかった。

有光は、下駄《げた》を突っかけて外へ出ると、足早に通りを土手の方向に急いだ。河にそって、土手が弧を描いて黒々と伸びている。左手には街の灯《ひ》が山裾《やますそ》までつづいている。一面に土手をおおっている草に、街の明りがほのかにさしていた。

有光は、土手の上を駈《か》けた。なぜ、むきになって駈けているのか、かれ自身にもはっきりとした意識はなかった。ただ有光は、自分の憤りを表現したかった。怒りが光子には十分に通じていないらしい。光子の持って来た金を受取らないということには、強い憤りがこめられているのだが、それが光子にはつたわっていない。

ようやく人気のない黒い土手の上にほの白いものが見えてきた。有光は、それが光子だということを見とどけると、駈けることをやめて足早にその後を追った。汗の湧《わ》いた肌《はだ》が、川を渡る風に冷えびえとして快かった。

ほの白いものは、少し伏目になったままの姿勢で振向く気配はない。暗い人気のない土手の上を歩くことに不安を感じているのか、その後ろ姿には、おびえたこわばりがはりついている。

有光は、荒々しく光子の後ろに近づくと、無造作にその肩に手を掛けた。恐怖で目を露出した光子の顔が振向いた。光子は、有光の顔をまじまじと見つめた。

有光は、肩で荒い息をしていた。光子の眼が少し柔らいだ。有光は、苛立《いらだ》った。この女に怒りは通じない。光子の濁りのない善良さにさえぎられて、有光の怒りが光子の心の中には浸透して行かないのだ。

有光は、光子の肩を両手でかたくつかんだ。彼女は、妙に無心な明るい眼で有光を見つめている。

有光は、光子の肩を押しやった。土手の川ふちにおりる斜面は急だった。光子はなんのさからう素振りもみせず土手をおりて行く。

かれは、荒々しく光子の体を抱いた。光子の口から呻き声が湧き、その指がかれの肩をきつくつかんだ。かれに罪の意識はなかった。

翌日、光子は、また店先の電灯の下に立った。

「私の気持がすみませんから……」

光子の表情には、前日と異なったものは全く見あたらなかった。

有光はぼんやりと二階へ上ったが、しばらくして階下へおりると外へ出た。土手に上ると、下駄を鳴らして駈け出した。

光子は、有光のくるのを待っていたように立ちどまり振返った。川ふちの草の上に寝かされても、少し眼《め》をそらせているだけでさからう風も見られない。ただ、わずかに頰《ほお》を染めて唇をかんでいるだけであった。

有光の体が離れても、しばらくは眼を薄くあけて身じろぎもしない。かすかにつたわってくる川の流れの音にじっと耳を傾けていた。やがて、光子は立ち上り身仕舞をした。羞《は》じらった風もない淡々とした仕種《しぐさ》であった。

土手に上ると、光子は黙って頭を下げ、少し伏目になって内股《うちまた》加減の足取りで土手の上を遠ざかって行った。

こんなことが何度かつづいたある夜、土手をおりかけた有光は、土手の上をだれかが小走りに歩いてくる気配に気づいて光子の肩を抑え、土手の草の上に坐って人影をやり過そうとした。

急にうわずった声がしたので、有光は土手の上を振り仰いだ。夜空を背に、人影が土手の上に立っている。

有光は立ち上り、土手の傾斜を上って行った。

「きさまは……」

声が、不安定なほど震えている。眼は血走り、口もとが痙攣している。

北尾は、別人のような動揺した表情をしていた。平生の北尾の尖鋭《せんえい》な精悍《せいかん》さはかげをひそめ、取り乱したその顔つきはひどく愚かなものにすら見えた。

有光は、表情も変えずに北尾の前に無造作に立った。

北尾の拳が、有光の顎を打った。有光は膝をついた。が、有光は北尾の打撃が、いつもとは異なって散漫で、弱々しいのを感じた。

有光は、膝をついたまま北尾の顔を眺《なが》めた。

光子は、土手の中途に立ちながら二人の姿を見つめていた。

五

北尾の死後、有光がもしも、光子との関係を外部にもらしたとしたら、ジャーナリズムは、おそらく北尾、光子、有光の関係にメスを入れて、妻の不倫による北尾の苦悩を拡大して自殺の主要な原因としたにちがいなかった。しかし、有光の言はなくとも、北尾の死が自殺にちがいないということは、いつの間にか定説に似たものになっていた。

ある著名なボクシングライターは、初めから自殺説を唱えていた。そのライターは、言下にこういう結論をくだしていた。

──北尾は、自殺さ。ボクサーなんて、最も気の弱い人種でね。孤独で、人が善《よ》くって……。みたまえ、リングの上で試合をしている選手の姿を。多くの人間にかこまれて弥次《やじ》られながら、リングの上にあがって相手と二人きりで闘っている姿を。淋《さび》しい姿じゃないか。

北尾が、よくリングの上で笑い顔を見せたのも、気の弱さからだったんだよ。照れかくしの笑いなんだ。それでも、ずっと勝ちつづけてきたから、まだ北尾は救われていたんだ。連続K・O勝ちだったからね。

ボクシングは、負けちゃあいけないよ、絶対に……。片方は、リングの上で勝ち誇って立っているし、片方は、マットの上で倒れているんだからね。いつも相手をマットの上に倒していた北尾のことだから、倒れている人間のみじめな憐《あわ》れさは、彼が一番よく身にしみて感じていたのだ。

桑島一郎とのノンタイトルマッチ。あの時初めて相手のグローブで北尾はマットに身を横たえさせられたのだ。しかも、一発でね。北尾は、カウントが終ってからようやく人手を借りて立ち上ったが、グローブを高々とあげられた若い桑島の華やかな姿を目に焼きつかせたにちがいない。瞼は切られ血が流れて、北尾の顔は見られたものじゃなかった。そんな顔で、北尾は無理に笑いを浮べていた。みじめだった。憐れだったね。

僕も、君たちの知っているように昭和七、八年頃《ごろ》は連戦連勝、K・Oパンチャーとして騒がれもしたが、アメリカ帰りのまだ二十歳にもならない田代《たしろ》光夫に三回でK・O負けして、僕は、永久にリングから下りたんだよ。非常な衝撃でね。自殺しようとさえ思ったよ。今でもね、その時のダウンを想い出すたびに、人前にも出たくないみじめな気持になるよ。

北尾は、自殺。——僕は、まちがいないと思うよ——

北尾与一郎と桑島一郎とのノンタイトルマッチは、フィリピンの選手の保持する東洋選手権に日本のボクサーが挑戦《ちょうせん》するタイトルマッチの前におこなわれた、いわば添え物の試合だった。

勝敗は、初めから問題にされていなかった。桑島一郎は高校選手権をとってプロ入りした若い選手で、右ストレートに天性の強打が秘められていたとは言え、キャリアも乏しいし、第一、北尾の技巧の前では三回まで立っていられれば上出来、というのが一般の予想であった。北尾自身にしても、ただ軽いトレイニング程度に考えていたのである。

北尾がガウンをまとってロープをくぐっても、観客席はなんの反応もしめさなかった。

「桑島ーッ、北尾をダウンしちまえーッ」

と観客は声をあげたが、それはかえってスタジアムに白々した空気をあたえただけだった。

レフェリーに招かれ、型どおりの注意を受けている間も、桑島は、新人らしく興奮した面持《おももち》で神妙に一々うなずいていた。

第一ラウンド、北尾は、すでに桑島の顔に幾度かグローブを叩きつけて、鼻血を顎にまで垂らさせていた。

第二ラウンド、北尾は、軽快なステップで桑島の打撃を空振りさせた。桑島のグローブは、北尾の体にかすることもない。北尾の体は乾いていたが、桑島の体には汗が湧いて、リングの電光に光っている。桑島のリーチは長かった。時々、左のグローブが、はやい速度で一直線に突き出されてくる。北尾は、その度に敏捷《びんしょう》にサイドステップしてグローブを避けた。そんなことを何度も繰返しているうちに、北尾は、ふと、自分の眼が極度に冴《さ》えきっているのを感じた。突き出されてくるグローブの新しい黒光りした皮の表面に、細かい皺《しわ》が寄っているのがはっきり見てとれる。それもかすかな筋目が、一筋一筋鮮明に見えるのである。

北尾は、急に言い知れぬ愉悦をおぼえた。人に自分の視力の鋭さを誇示したい気持にとらわれはじめた。北尾の眼には、相手のグローブの皺だけしか見えなくなった。それを眼にすることが、ひどく楽しみに思えてならなかった。

第三ラウンド、ゴングが鳴って、北尾は、ゆっくりとリングの中央に出て行った。グローブの皺は、さらに一層鮮明に見えた。眼になじんだせいか、少し太くなって見えた。

北尾は、珍しく桑島が打ってくると、その眼から視線をはずし、グローブの皺を見つめた。その皺に、北尾は、相手の動きを察知した。平生よりも、北尾は、自分の勘が研《と》ぎ澄まされているのを感じた。グローブの伸びきってとまる位置、そしてその速度が、グローブの皺を見ているだけで寸毫《すんごう》の狂いもなく察知できる。

しかし、そうしているうちに、いつの間にか北尾の胸に奇妙な感情が鬱陶《うっとう》しく湧いてきた。それは、端的に言えば退屈という感情であった。……グローブが自分の予測どおりの位置でとまってしまう。それ以上は決して伸びてこない。試合をしている相手の動きが、そのまま北尾の神経につたわってきている。そこにスリリングなものはなにも見あたらない。

北尾は、リングの上に立っていることが、ひどくばかばかしく思えてきた。時間の浪費にも感じられた。あまり呆気《あっけ》ないので観客の失望を買うかも知れないが、ここらであっさりK・Oしてリングからおりよう。

北尾は、マウスピースをかみしめた。

しかし、その時、北尾の胸にある考えが閃光《せんこう》のようにかすめすぎた。胸が、無心におどった。そうだ、試してみよう。

——相手のグローブが突き出されてくる。自分の勘が、百の距離避けることを命令したならば、故意に九十九避けるだけにしてみよう。その場合、かすかにグローブが自分の体にふれたとしたら、自分の勘は、この上ないすぐれたものだという証拠になる。

北尾の眼は、思いつきの素晴しさに輝きを増した。

相手は、必死になって加撃してくる。眼には、焦《あせ》りと疲労のかげが色濃く浮んでいる。今にもK・Oされるのではないか、という不安な光も時々かすめている。

北尾は、少し緊張しながら、わざとガードを下にさげてみた。

グローブが伸びてきた。北尾は、意識してバックステップした。が、その瞬間、北尾は、しまったと思った。自分の脚も体も、やはり勘どおりに百の距離を避けてしまった。北尾は、苛立ちをおぼえた。勘に逆らうことの出来ない自分の体が、ひどくもどかしく思えた。腑甲斐なく思えてならなかった。

北尾は、マウスピースをさらに強くかみしめた。そして、またおもむろにガードを下げた。

グローブが突き出されてきた。北尾は、必死に自分の勘にさからった。自分の脚が少しも動くことのないようにつとめてみた。

グローブの皺が伸びてきた。それは、不思議なほど太い幹のようにひろがった。眼にその幹が強引に飛び込んできた。

リングの上に輝いている電光が、眩《まぶ》しく眼に入ってきた。腰がマットにつく感触が、はっきりとわかった。

頭はしびれてしまったが、なぜかひどく気持がよかった。陶酔感に近いものだった。

北尾は、もうろうとした意識の中で、自分の勘にさからったことが自分を見事にダウンさせてしまったことを知り、しきりに笑いが湧いてくるのを感じていた。

北尾は、自分が立ち上ったことも知らなかった。ただ、人が、自分の眼の前に立っているのがおぼろ気ながらわかっただけだった。

富岡に抱かれているのにやっと気づいた。観客の声が、鈍い響きになってきこえていた。フラッシュが閃《ひらめ》いている。

北尾は、リングの四囲に、四回戦ボーイのように子供っぽく腰を折ってお辞儀をした。

控室に入ると、報道関係者にとりかこまれた。北尾は、眼を輝かせながらただ笑っているだけだった。富岡は、北尾の身仕度をそうそうにすまさせ、出口の方へ抱えて連れて行った。自動車に乗せられても、北尾の眼からは笑いの色が消えなかった。

富岡は、時々北尾の瞼《まぶた》の割れ目を指先で気遣わし気にさわっていた。

六

瞼の傷は思ったより浅かったが、眼科医に網膜がわずかに剝離《はくり》していることをきかされた時、北尾は、自分の遊戯にも似た試みの代価があまりにも大きすぎたことに苦笑した。

富岡の沈鬱《ちんうつ》な表情を眼にする度に――わざと自分の勘にさからったんだ、百を九十九にしたまでなんだ――、と笑いながら打明けたい衝動に駆られもした。が、どうせそんなことを口にしても理解されるわけがない、という気持が先に立って、北尾は、富岡の表情を可笑《おか》しそうな眼で眺めていた。

新聞には、性急にも北尾の凋落《ちょうらく》を予想する記事もあったが、北尾はただ苦笑しているだけだった。

北尾の練習度は、日増しに激しさを増していた。眼は、時々かすむことはあったが、医師の診断では、徐々にではあったが快方にむかっていると断言してくれていた。

北尾の練習の激しさは、クラブの者の眼をみはらせるほど徹底したものであった。その原因をクラブの者は、桑島にK・O負けしたためと思い込んでいた。

しかし、北尾には、むろんそんな意識はなかった。むしろ、桑島との試合で自分にかぎりない自信をいだくようになっていた。

北尾の胸には、始終妻と有光とのことが去来していた。その度に胸が焼けただれるような苛立《いらだ》ちをおぼえ、それが、過激な練習となってあらわれていたのだ。

あの夜、家に光子を連れ帰った北尾は、思いきり頬を打った。光子は鏡台に体を打ちつけて、割れたガラスで手を切った。

その時の打撃で、光子の眼の下と右頰には青い痣《あざ》が一面にひろがり、それが消えずに残っている。神経が切れてしまったのか、時々右の口端がひきつれ痙攣《けいれん》していた。

北尾は、家に帰っても黙々と食事をし、そうそうに寝につく。その癖、夜明けに光子をののしりながら乱暴に体を抱くこともあった。

光子は、その度に唇《くちびる》をきつくかんで北尾のなすままにしていた。


山にかこまれたこの町の秋の季節感は、四季のうちでも最も色濃く訪れてくる。

山肌《やまはだ》は、色づいた葉でおおわれ、町中を流れている川の水も、そのまま山奥の秋色を運びこんできたようにひときわ澄んで流れた。

町の空気も、一日一日と冷えていった。

北尾は、朝と夕方ジャケットに上半身をつつみ、山の方向にむかって軽いステップを踏んで駈《か》けた。町はずれから山路《やまみち》にかかると、空気が一段と澄んでくる。身の引き締まる爽《さわ》やかさであった。

世界チャンピオンの座についているメキシコ人ボクサーに挑戦するために、一人山道を登って練習しているという意識が、北尾に野心にみちた緊張感をあたえた。坂道も、落着いた湿りの色をみせている。両側の林にも、秋らしいたたずまいがあった。

北尾のロードワークの時間は常に暗さがつきまとう。朝起きて道路を走り出す時には、まだ路上は暗い。坂を駈け登って山の峠にかかった頃、ようやく町の屋根屋根に炊煙が立ち昇りはじめるのが見えてくる。

夕方は、逆に峠に達して坂を中途まで下りかけた頃、四囲が暮れはじめる。町に入ると、すでにちらほらと家並に灯《ひ》がともっているのが常であった。

その日は、秋晴れの爽やかな一日であった。北尾は、夕方いつもと同じ時刻に町はずれから坂の傾斜にかかった。林の中は落葉がしきりで、道の上にも枯葉が舞っている所もあった。

日はすでに傾き、西日が林の中の空間を斜めに截《き》っていた。

坂は幾曲りかして鉄橋のへりに達し、そこから路は峠にまでつづいている。

西日を背に道を駈け上ってきた北尾は、鉄橋の中央部あたりから対岸にかけて夕照が華やかにあふれているのを眼にして思わず足をとめた。西日に輝いている鉄橋がひどく美しいものに見えた。

北尾は、ふと、土手を上る気になった。かすかに枯草の生えた登り道があった。

その道を上ると、北尾は、なんとなく片足を光ったレールの上に置いた。うっすら浮んだ額の汗が、冷えびえと意識された。

北尾は、初めて見るように鉄橋をながめた。タラバ蟹《がに》の足に似た鉄骨がひどく無骨なものに感じられた。が、同時にそれは、美しい幾何学模様を整然とえがく秩序立った鉄材の組合わせにも見えた。

遠くから眼《め》にしていた鉄橋は、山あいに架けられた細々とした橋に見えたが、眼前に伸びるその鉄橋には、激しい力感があった。大きな鋲《びょう》を西日に浮き立たせ、巨大な体を対岸の山肌に食い込ませているその構造物には、純粋な力学的な意図が露骨に表現されている。西日のあたった鉄骨は、少し黄金色に光って徐々に小さく相似形につらなって向う岸に達している。

北尾は、鉄橋のレールを見つめ、その直線性に心がひかれた。名工の手になった新しい檜作《ひのきづく》りの長い廊下のようにも錯覚された。

北尾の耳に、かすかに汽車の警笛がきこえた。

北尾は、この廊下を驀進《ばくしん》してくる列車の姿を想像した。煙を後ろに激しくなびかせ、黒色の機関車の正面が、正面だけのように平面的に鉄橋にひろがって近づいてくる。それは、鉄骨に調和した逞《たくま》しい姿に見えるだろう。

警笛が、少し近づいてきこえた。

北尾は山肌にそって伸びている線路の方に眼を向けた。そのあたり一帯にも、西日

る。

唐突に黒い機関車が、山肌の蔭《かげ》からやや車体をかしげて現われた。夕映《ゆうば》えに客車の窓が輝きながらつづいてくる。

北尾は、眼を細めて列車を見つめた。

列車は、従順に山肌にそって弧を描いて動いている。

北尾の瞳《ひとみ》がこわばった。自分の視神経に疑いをおぼえた。列車は、北尾の位置から千七、八百メートル離れている。それにもかかわらず、黒い機関車の最前部に鋳込《いこ》まれた真鍮製《しんちゅうせい》の××××という記号が、北尾の眼にはっきりと見えている。夕照に映えているとはいえ、あまりの文字の鮮明さに、北尾は異様な印象をおぼえた。

北尾は、眼をこらしてその文字を見つめた。油煙にくすんだ部分までが鮮明に見える。桑島のグローブの皺の筋目が思い起された。自分の眼は、人間ばなれした異様な発達をしているのだろうか。長い間のボクシング生活の修練で、自分の眼はきたえられ、尖鋭度を増しているのかも知れぬ。

北尾の胸に、奢《おご》った感情が湧《わ》いてきた。今までわずかに対象物をにじませていた網膜剝離も、完全に快癒《かいゆ》しているらしい。

四肢《しし》の引き締まる歓喜をおぼえた。

自分の勘は、神秘的なものにまでたかめられているのかも知れない。桑島との試合で百を九十九にしたことから打撃をうけて昏倒《こんとう》してしまったが、K・Oされたことは、むしろ、自分の勘の卓抜した優秀性を立証したことになる。百分の一、そこに自分のボクサーとしての生命が秘められているのだ。

北尾は、山肌を弧を描きながら進んでくる機関車を見つめた。文字をはっきり浮き出した機関車の前部が、皺をきざませた桑島のグローブとかさなり合った。

脚が、緊張感で痙攣した。

北尾は、いつの間にか自然と機関車の速度を計測しはじめていた。距離はかなりあったが、そのスピードは北尾の眼に正確に把握《はあく》された。

鼓動がたかまった。しかし、かれは自分が異様なほど冷静であるのを意識していた。北尾は、いつの間にか二本のレールの間に足をふみ入れていた。体をやや前へ傾け、眼は機関車の姿を食い入るように見つめていた。

ふと、北尾は、自分がこれからなにをしようとしているのかに気づいてぎくりとした。しかし、おびえの気持は湧いてこなかった。百分の一に自分の勘を賭《か》けてみよう、と思った。かれの胸は、激しい興奮でたかぶった。

列車は、黒煙を山肌に振りかけながら動いてくる。北尾は、レールのつぎ目を鳴らす車輪の音を精確にききとった。列車との距離を測った。北尾は、はやる心をおさえてじっと待った。遅すぎてもいけない。早すぎてもいけない。自分の体が鉄橋を渡りきったその瞬間に、列車は、鉄橋に第一車輪をかけねば意味がない。

　レールを鳴らす音が、一層近づいてきた。

　今だ！　北尾は枕木《まくらぎ》を蹴《け》った。北尾の眼の前には、レールと枕木が一直線に伸びている。北尾は、山腹を進んでくる機関車の文字を見つめつづけて駈けた。

　川瀬の音が、足もとから冷えた空気とともに吹き上ってくる。巨大な鉄骨が後へ後へと倒れてゆく。機関車の正面に打たれた鋲が、油煙にくすんでいるのも見える。文字が次第に近づいてきた。

　鉄橋の中途から、まばゆい夕映えの中に入った。短い北尾の頭髪に、背に、西日が華やかにあたった。炎のように燃えてみえた。

　北尾の脚は、正確な歩度で枕木を蹴って進んだ。列車は、曲って進むことをいつの間にかやめて、ただ鉄橋を渡るためのみのように鉄橋にむかって真直ぐに進んでいる。

　あたりの空気を破るすさまじい警笛の音がひびきわたった。北尾の眼の前には、巨《おお》きな機関車の正面だけが見えた。文字が、不思議なほど逞しく太くなった。

北尾の脚は、的確に動いた。あと鉄骨が二本を残すだけになった。北尾の耳に驀進する列車の轟音《ごうおん》が充満した。

北尾は、唇をかみしめた。鉄橋のたもとの枯れ草が、視線のはしにみえた。機関車に押された空気が顔に吹きつけられてくるのが感じられた。生温かい空気だった。

北尾は、最後の枕木を思いきり蹴って、視野一杯にひろがった鉄塊をさけて横にとんだ。足の裏が、確実に枯れ草の上におりたように思った。枯れた茎のかすかに折れる感触を、足の裏にはっきりと感じた。同時に、頭の中には、おびただしい乾いた砂《さ》礫《れき》がひしめきながら食い込んでくるのを感じていた。

列車の突然の急ブレーキで、乗客たちはよろめいた。かれらは、腹立たしそうな表情で互いに顔を見合わせた。

一人の若い男が窓をあけ、それにつられて他の乗客たちも競って窓を押し上げた。

列車の窓には、乗客の顔が鈴なりになった。

機関車は、鉄橋の中央部で静かに息をついているように煙を吐いている。列車の前部と後部から、機関士と車掌がとび降りた。車掌が機関車の方へ走り、機関士となにか話し合いながら、しきりに車体の下をのぞき込んでいた。

事故の内容を知らされない乗客たちは、窓から首を出しているだけであった。

やがて、機関室から首を出していた若い機関服を着た男が線路の上に降り立ち、車掌の話にしきりにうなずいていたが、背を向けると鉄橋を渡り、線路を駈けてゆくのがみえた。

乗客たちは、退屈しはじめた。席に坐《すわ》り直したり、あらためて窓外に眼を向けたりしていた。そこが鉄橋の上であるということにようやく気づき、白い川筋を見下ろす者もいた。その川筋をつたって眼を伸ばすと、川下にすでに暮れかけている人家の聚《しゅう》落《らく》——町が眼に入った。

乗客たちは、無言で思い思いに四囲の景観を眺《なが》めた。山峡の秋らしいたたずまいが冷えびえとひろがっている。

静止した客車の中にも、川瀬の音が蕭々《しょうしょう》ときこえていた。


（昭和三十三年七月『文学者』）

少女架刑

一

呼吸がとまった瞬間から、急にあたりに立ちこめていた濃密な霧が一時に晴れ渡ったような清々《すがすが》しい空気に私はつつまれていた。

澄みきった清冽《せいれつ》な水で全身を洗われたような、爽《さわ》やかな気分であった。

私は、自分の感覚が、不思議なほど鋭く研《と》ぎ澄まされているのに気づいていた。

家の軒から裏の家の軒にかけて、雨滴をはらんだ蜘蛛《くも》の巣が、窓ガラス越しに明るくハンモック状に垂れているのがまばゆく眼《め》に映じている。

蜘蛛の巣は、裏の家のほの暗い庇《ひさし》の下に固着している。その庇の下に、雨を避けた小さな蜘蛛がひそかに身を憩《いこ》うているのを、私の視覚ははっきりととらえることができた。新芽のように小気味よくふくらんだ華麗なその蜘蛛の腹部に、繊細な毛が無数に生え、その毛の尖端《せんたん》に細やかな水滴が白く光っているのさえ見てとることができた。

私の聴覚も、冴《さ》え冴えと澄んでいた。

軒端から落ちる雨滴の音――それが落下する個所でそれぞれ異なった音色を立てていることも鮮明に聴き分けることができた。

はじけるような乾いた単調な音は、勝手口の石の台の上に落ちる雨雫《あめしずく》の音。明るいなんとなく賑《にぎ》やかな音は、窓ガラスの下の砂礫《されき》の浮き出た土の上に落ちる水滴の音。水滴が土を掘り起し、その小さな水溜《みずたま》りの中で細やかな砂礫が、雫の落ちる度に互いに身をすり合わせ洗い合っている気配すら、私の耳には、はっきりとききとれた。

突然、私の感覚が、かき乱された。

家の前の路地から、軽快なしかし鋭く突きささるクラクションの音が、澄明《ちょうめい》な楽の音にも似た雨滴の音を消してしまった。

迎えの自動車が来たのだ。

私は、耳をすました。

自動車のドアの鈍い開閉音がきこえ、水溜りをとびながら私の家に近づいてくる靴《くつ》の音がした。私は、入口のガラス戸を凝視した。曇りガラスに白いものが薄く映り、ガラス戸のふちに肉色の指頭が色濃く密着すると、ガラス戸がきしみながら引きあけられた。

「水瀬さんは、こちらですね。病院から参りました」

短い薄汚れた白衣を着た痩身《そうしん》の男が、顔をのぞかせた。

父も母も、一瞬、放心した眼を入口の方へ向けたが、急に気づくと立ち上り、あわただしく部屋の中を取り片付けはじめた。六畳一間きりの空間を私の仰臥《ぎょうが》した体が占めているので、母が内職に彩色している白けたお面の山は、乱雑に部屋の隅《すみ》に堆《うずたか》く積み上げられた。

母が区役所に行って手続きをして帰って来たのは、わずか十分ほど前で、すぐに迎えがこようとは、母も父も予測すらできなかったのだろう。

「むさくるしい所でございますけど……」

母は、よどみのない慇懃《いんぎん》な口調で、着物の衿《えり》を病的なほど指先でいじりながら男をうながした。

男は、遠慮する風もなく、すぐに靴を土間にぬいで茶色く変色している畳の上にあがってきた。頬《ほお》の赤い骨ばった顔の男だった。

「いつお亡《な》くなりです」

男は、私のふとんの近くに坐《すわ》ると、それが習性らしくすぐに言った。

「九時ちょっと過ぎでございました」

母は、大きな眼を媚《こ》びるように見張った。

男は、髪も乱れ衣服も垢《あか》じみている母が、思いがけず丁重な口をきくことに少し途惑っているらしかった。

「まだ、お若いようですね」

男は、面映《おもは》ゆ気な表情で手拭《てぬぐい》をかぶせられた私の方を見つめた。

「はい、十六歳でございました」

「それはお気の毒でしたね」

男は、わざとらしく眉《まゆ》をくもらせた。

男の着ている白衣は、何度も洗い晒《さら》されたものらしく織り目も浮いてみえ、ボタンも半分かけて糸が今にもとれそうに垂れさがっている。

「では、早速で恐れ入りますが、埋・火葬許可証を見せていただきたいのですが……」

母は、一瞬、その意味がわからぬらしく、「はい？」と、眼を見張ってみせた。

「たしか区役所でくれたと思いますが、書類を……」

母は、ようやく納得がいったらしくしきりにうなずきながら、身を少しよじって着物の衿元から幾つにもたたんだ書面を取り出し、男の前につつましくさし出した。

父は、眼を赤く濁らせながら、部屋の隅に身をすくませて坐っている。

「それから、これに捺印《なついん》していただきたいのですが……。もしなければ拇印《ぼいん》でも結構です」

男は露骨に急いでいる風を見せて、解剖承諾書と書かれた紙を畳の上にひろげた。

「はい、はい」

母は、愛想よく返事をすると、すぐに立って押入れの下段にはめ込まれた茶簞笥《ちゃだんす》の前に膝《ひざ》をつき、曳出《ひきだ》しから紐《ひも》のついた古びた小さな印鑑をとり出して来た。朱肉がないので、母は、何度も印鑑に息をはきかけた。

「御参考までに申し上げておきますが、病院では丁重にお嬢さんのお体を調べさせていただきましてから、火葬し、きちんと骨壺《こつつぼ》におさめてお宅の方へお返しいたします。もちろんその間の費用は、すべて病院持ちです」

男の声は、何度も言い慣れているらしい荘重さをこめたよどみのないものだった。

母は、神妙な表情で伏目になって何度も相槌《あいづち》を打っていた。

「それから……」

男は、白衣の衿から手をさし入れ、内ポケットから白い紙につつんだものを取り出した。

墨で香奠料《こうでんりょう》と記されている。

「これは、病院からのものです」

男は、あらたまった表情で母の方へ押しやった。

「さようで御座いますか、御丁寧に。……では、遠慮なく頂戴《ちょうだい》させていただきます」

母は、ちょっと面映ゆ気な表情を顔に浮べながら、指を揃《そろ》えて深々と頭をさげた。

身をすくませていた父も、母にならって頭をさげた。

「それでですね」

男の声が、一層事務的になった。母は如才ない表情で少し頭をかしげながら男の顔をうかがった。

「病院の規則で、最低一カ月はお嬢さんのお体をおあずかりすることになっているのですが……、お骨は、いつ頃《ごろ》お返しいたすことにしましょうか」

男の眼には、母の表情を探る色が浮んでいる。

「さようでございますね」

母は、少し身をひいてなんとなく照れた愛想笑いをしながらも、返答のしようがないらしくわずかに困惑の色を顔に浮べた。

「どうでしょう、二カ月ぐらいでは……」

男は、母の思案を封ずる口調で言った。

母は、どう返事をしてよいのかわからぬらしく、顔をこわばらせて父のいる部屋の隅の方を振り向いた。

父は、母と視線が合ったが、ただ眼を臆病《おくびょう》そうにまたたいているだけであった。母が父に、かすかながらもすがりつくようなそんな視線を向けたのを見たのは、私にとって初めてのことだった。父も、母の視線に途惑いを感じているらしかった。

「よろしいですか、それで」

男のせかせかした声に、あわてて男に顔を向けると反射的に、はい、と母はうなずいた。

そうですか、それでは二カ月後——男は、書面に万年筆で書き込むと、

「では、運ばせていただきます」

と言って、立ち上り、ガラス戸をあけて外へ出て行った。

男が出て行くと、母は急にいつもの疲れた険しい表情にもどり、香奠料と書かれた包みを手にして、私の枕《まくら》もとに置かれた蜜柑箱《みかんばこ》の上に置いた。中身の金額を推しはかる不安そうな表情が、母の疲れた顔にひろがった。

父も、紙包みの方をじっと見つめている。

「いいかい」

ガラス戸の所で妙に明るい男の声がして、後ろ向きになった白衣の男が節だらけの寝棺を持って入って来た。もう一方の隅は、髪の濃い若々しい白衣の男が持っている。

部屋が狭いので、棺《ひつぎ》は処置に困るほどひどく大きく見えた。棺は、私の寝床と平行に部屋一杯に下ろされた。

棺の木蓋《きぶた》がとられ、私の薄い掛ぶとんが取りのぞかれた。

私は、マニキュアをした指を母に組まされたままの姿勢で、シュミーズ一枚で仰向けに横たわっていた。

瘦《や》せた頰の赤い男の骨ばった手が、私の腋《わき》にさし込まれ、若い男の肉付きのよい手が、私の両腿《りょうもも》をかかえた。私の体が冷えているためか、二人の男の手が、私にはひどく温かいものに感じられた。

私の体は、二人の手で持ち上げられ棺の中におさめられた。鉋《かんな》をかけていない粗い板なので、私のシュミーズからむき出しになった肩のあたりにかなり大きな木の節目があたっていた。しかし、新しい板らしく、棺の中には木の香が満ちていた。

蓋がはめられ、棺は二人の手で前後して持ち上げられた。

「お父さん、手をお貸しして」

母の声に、父が部屋の隅からあわてて立ち上ると、私の棺の脇《わき》を無器用に持った。

父が片側を忠実に持ち上げているので、棺は傾きながら部屋を出た。

棺が軒を離れると、いきなり棺の蓋に雨が音を立てて白い飛沫《ひまつ》をあげた。棺の中は、雨音で満ちた。

家の前に停車している自動車は黒塗りの大型車で、雨にボディが洗われ、雑然と軒をさしかわしている家並が緻密《ちみつ》に映って美しく光っていた。

後部の扉《とびら》が左右にあけられ、私の棺は男の手でその中に押し込まれた。

不思議なことに私の眼は、四囲が棺にさえぎられさらにその上自動車の車体にさえぎられているのに、雨に濡《ぬ》れた細い路地の光景が、妙に明るく、丁度水を入れかえたばかりのガラス張りの魚槽《ぎょそう》の中を透し見るように瑞々《みずみず》しくすきとおって見える。

路地の両側に並んだ家からは、好奇や蔑視《べっし》の奇妙に入りまじった人々の顔が無遠慮にのぞいている。これほどの高級車が、この路地に入り駐車したことは今までなかったことなのだ。

後ろの扉から、白衣を着た男が二人、身をかがませて勢いよく私の棺の脇にとび込んできた。

「おい、いいよ、出してくれ」

運転台に声をかけた。

「ひどいね、この雨は……」

男たちは、ハンカチを出すと、頭を拭《ふ》き、腕をぬぐった。

自動車が、静かに動き出した。

家の戸口で見送っている面長《おもなが》な母の顔、臆病そうに半分だけガラス戸から顔をのぞかせている父。その二人の姿が雨の中を次第に後ずさりしはじめた。

さよなら、私は、小さくつぶやいた。

路地は狭く、自動車はゆるい動きでわずかずつ進んだ。

女や子供たちが軒の下に立って、近々と過ぎる自動車のガラス窓を身を伸び上らせてのぞいたり、濡れ光った車体に指をふれさせて筋をつけたりしていた。

「全くひどい貧民窟《ひんみんくつ》だな」

運転手は、慎重にハンドルを操りながらつぶやいた。ワイパーがせわしなく動いている。ガラス窓は、雨滴で一杯だ。

ようやく路地を抜け出ると、自動車は、わずかに速度を増した。が、道が狭いため自動車は、時々徐行することを余儀なくされた。

道に、板張りの箱車が置いてあった。自動車は、停車してホーンを鳴らした。低いバラック建ての家から、つぎだらけの雨合羽を着た老人が大儀そうに出て来て、箱車を引いて道をあけた。

ふと、私は、道の片側に番傘《ばんがさ》を傾けて身をすりつけている色白の若い男に気がついた。その顔には見おぼえがあった。藤原富夫という、中学校時代の同級生であった。

富夫は、紺の作業衣を着ていて、胸にはセロファンでつつんだ花束を大切そうに抱いていた。

道の両側につづく薄汚れた家並の中で、セロファン紙に透けたその花の色が、対照的にひどく清らかで美しくみえた。

自動車が、ゆっくりと動きはじめた。

富夫は、家並の板壁に一層身をすり寄せた。

番傘の骨が、自動車の片側を鳴らして通り過ぎた。

私は、自動車の後方をながめた。富夫が番傘を肩にかつぐようにして、雨に濡れた道を遠くなって行くのが見えた。

さよなら、私はまた小さくつぶやいた。

花の色が、眼《め》にまだ残っていた。富夫と花束――それはなんとなく不似合いな取り合わせに思えた。中学生の頃の富夫は、他の生徒と同じ貧しい衣服を身につけていたが、いつもきれいに洗われた清潔なものを着ていた。顔立ちも華奢《きやしや》で、髪を刈ると、その坊主頭《ぼうずあたま》が淡く緑色に染まって爽やかな感じであった。

私は、雨の中を茸《きのこ》のような傘がすっかり見えなくなるまで見送っていた。

自動車は、くねった道を走りつづけている。

「この死体《ライヘ》は、何時頃死んだものなの」

若い男の声がした。

「九時ちょっと過ぎだってさ」

「じゃ、まだ二時間ぐらいだね」

「そうなんだ。全く得難い獲物だよ。研究室の連中、喜ぶぜ」

痩せた男は、煙草《たばこ》の脂《やに》のついた歯を露《あら》わにして微笑した。

「村上さん」

男は、ポケットから煙草を取り出しながら運転台に声をかけた。

「これ、新鮮標本をとるにちがいないから、急いでやってくれよ」

「あいよ」

運転手は、背を向けたまま気さくに答えた。

自動車は町中を抜け、土手に上ると、せわしく車の往《ゆ》きかう長い木の橋を渡った。

若い男は、すっかり曇ったガラス面に指で二筋三筋曇りをぬぐって、白く煙った広い川筋を見おろしていた。

繁華な街の中を、自動車は進んだ。

雨勢がようやく衰え、雨脚も急に細まってきた。

街の一角に、明るく日が射《さ》した。雨の音が消えて、それと入れ代りに自動車の警笛や街の物音がいきいきと湧《わ》き上ってきた。

自動車は、大通りから石塀《いしべい》のつづいた住宅街の坂を登りはじめた。塀から坂の上におおいかぶさってせり出した樹《き》の繁《しげ》りに日があたって、自動車のガラス窓は緑一色に染まった。風があるのか、時折り葉のふり落す大粒の水滴が自動車の屋根に音を立てて落ちてきた。

若い男が、窓をあけた。

「あがったね」

若い男は、窓から外をまぶしそうに眼を細めてながめた。その瞳《ひとみ》に、葉の繁りが凝集して映っていた。

「願ってもないことだ。こう雨気がこもっちゃ、死体の変化が早まるからね」

瘦せた男は、煙草を口にくわえたままもう一方のガラス窓をあけ、棺の蓋を取りのぞいた。

急に、冷えびえした空気が棺の中に入ってきた。

私のシュミーズだけの体が、男の視線にさらされた。

「若い娘だね」

「そうだ、まだ十六だってさ」

男は機嫌《きげん》が良いらしく、魚籠《びく》の中の魚を見さだめるように私の顔をのぞいた。

「顔は稚《おさな》いけど、十六にしてはいい体をしているな」

痩せた男は、私の体を無遠慮にながめた。

若い男は、返事をしなかった。

痩せた男は、私の体から眼を離さず煙草を短くなるまですいつづけた。

その視線に、私は身のすくむ羞恥《しゅうち》をおぼえ、自分のさらされた体を一方的にながめ廻《まわ》されていることに屈辱も感じた。

母が蔑《さげす》まれている、と、私は、咄嗟《とっさ》に思った。

「美恵子は、若い頃の母ちゃんに似てきた」

父が、何気なくそんなことを言ったことがあった。

母は、一瞬、ぎくりとしたらしく、不快そうに眉をしかめて私を一瞥《いちべつ》しただけであった。母は、育ちのいやしい父とむすばれ父の子を生んだことに強い自己嫌悪《けんお》を感じているのだ。

母は、地方の神官の末娘として育ったが、嫁いだ資産家の夫が精神異常者であったため実家に逃げ帰った。経済的な支援を婚家先からうけていた実家では、その度に母を婚家先に送り返したというが、一年ほどして母は遂に堪えきれずに家を飛び出し、ある鳥料理屋に女中として住み込んだ。板前をしていた父とは、そこで知り合ったのだ。

私は、自分が母に似ていることは知っていた。私の肌《はだ》は白く、顔立ちも面長で、鏡をのぞくと母との濃厚な類似がそこにあった。

が、私は、母に似ていることに当惑していた。いささかでも似ているなどということが、分に過ぎた僭越《せんえつ》なことに思えてならなかったのだ。

母の生れの良さを、父は始終私にいいきかせた。事実、私の眼にも母は、私や父とは全く異なった世界で生れ育った人間に映じていた。容貌《ようぼう》にも言葉遣いにも、そして立居振舞にも品位が感じられ、手をついて挨拶《あいさつ》する時など母の指は繊細にしなって幼い頃からの厳しい躾《しつ》けを想像させた。

父にはひどい賭博癖《とばくへき》があって、そのため勤めもしくじり、二、三年前からは朝、ゲートルを几帳面《きちょうめん》に足に巻いては日雇い労務者として家を出て行く。金が少しでも入ると、父は賭《か》け事にその金をすべて費消してしまう。家はそのためひどく貧しく、母は険しい表情でお面を彩色しつづけている。

父が無一文になって帰ってくると、母は憎々し気に物差しで父の体を容赦なく打った。黙ったまま物差しを振りつづける母の姿にも、ある種の風格があった。父は畳に額を伏し、身じろぎもせず母の打擲《ちょうちゃく》に堪えていた。

「素人《しろうと》じゃなさそうだね」

若い男が、男の肩越しにのぞき込みながら言った。

私の髪は薄い小麦色に染められ、指にも足指にも朱色のマニキュアがほどこされている。

「親のために働けるだけ働かされて、死んでしまうと体を売られる。親の食い物にされたんだな」

男は、私の体をながめつづけている口実らしく少し湿った口調で言った。

私は、急に不快な気分になった。自分の親を、男に悪《あ》しざまにいわれていることが腹立たしくてならなかった。

親のために働いてきた……ということは事実にちがいなかった。が、働いて親に貢《みつ》ぎたいとねがったのは、私自身の意志から発したものだった。

私は、中学校を卒業してから働きに出た。給与のよい職場を転々として移り歩いた。むろん、経済的な理由からであったが、私は、母が貧しい生活の中に身を浸していることを不当な罪悪にすら感じていたのだ。

一月ほど前、私がウエイトレスをやめてヌードチームに入ったのも、母に対する私の奴婢《ぬひ》的な感情がそうさせたので、幾らかでも多くの金を母に捧《ささ》げたい自発的な行為であった。

そのヌードチームは、ローラースケートを使うということで特色があった。

無器用で自転車にも乗れなかった私は、練習中、気の遠くなるほど顚倒《てんとう》しつづけた。両腿がしこって痛く、夜も眠られぬほどであった。

練習をはじめてからわずか四日目で、私は半強制的にチームの一員として初めて出演させられた。

……音楽がはじまると、ローラースケートをつけた私たちは、一人ずつ色光のただようフロアーに滑り出て行った。私のかたわらには、チーム四人の中のただ一人の男、胃弱で固型物を決して食べない初老の団長が、くまどった厚いドーラン化粧をした顔に始終にこやかな笑みを浮べながら、それでも慎重に、私が顚倒しないように手をもち腰に手をまわしてくれていた。照明が変ってスウィートな曲が流れると、新顔の私から腰にまきつけた紗《しゃ》をはずし、ブラジャーをぬいでゆく。転ばぬことだけに神経が使われて、私は、初めての時でも恥しさということは忘れていた。

ローラースケートは、フロアー一杯に客席すれすれに滑ってゆく。ぶつかりそうになり客席から女の嬌声《きょうせい》が上った瞬間、スケートは弧を描いて反転しフロアーにもどる。スケートは、曲のリズムに乗って波のような音をたてながらフロアーの上を往きかう。曲が終りに近づく。私たちは、思い思いに最後のポーズをし、そして客席ににこやかに挨拶をすると、一人一人、カーテンのかげに滑り込む。

楽屋に入ると私たちは、急いでスケートをボストンバッグの中にしまい、衣裳《いしょう》をかかえ、体に簡単なものを羽織ってキャバレーの従業員出口から走り出る。そして、タクシーを拾うと次のキャバレーに駈けつける。

私の貰《もら》い分は、一回のショーごとに平均八百円の割で、一夜に三千円近くの収入になった。

「あの団長は、女に全然関心がないのよ。体に欠陥があるらしいね」

古顔の三十歳を過ぎた女が、蔑んだ表情で言ったことがある。女の話では、団長は年に二、三回必ず男のことで事件を起すという。相手は、バンドマンであったりボーイであったり、行きずりの若い男であったりする。薄い髪をきれいに撫《な》でつけている団長が、その時は頰《ほお》もこけて面変《おもがわ》りするほど苛立《いらだ》った表情になるという。

団長は、いつも女のような声をさせて、チームの女たちには薄気味悪いほど優しい。

ただ、突然休んだり、集合時間に一分でも遅れると自分の感情を抑えきれぬのか、額に血管を生々しく浮き上らせて、痙攣《けいれん》した手で容赦なく女たちの頰を叩《たた》いた。そして、その上、懲罰として出演料からもいくばくかの金を差引いた。

いたたまれずに退団する女もいたが、団長は、すぐに代りの女を連れてきて、素人の娘を三日もあれば出演させられる特殊な技術指導の才を持っていた。

一昨夜、私は、家を出る時、すでに体が熱をおびているのに気づいていた。が、欠勤すればかなりの金額を罰として引かれてしまうことを知っていたので、約束の場所へだるい足を曳《ひ》きずりながら出掛けて行った。

キャバレーからキャバレーへの目まぐるしい掛け持ち。そして、遂に最後のキャバレーで急に意識が薄らぎ、演奏しているステージに勢いよく腰を打ちつけ顚倒してしまったのだ。団長に頰を強く打たれたのも朧《おぼろげ》気ながらであった。

家にもどされても、私の熱はさがる気配もなく、額にあてた濡《ぬ》れ手拭《てぬぐい》もすぐ湯気を上げて乾いてしまった。胸をしめつけられる息苦しさで、私は、ただ眼を据《す》えあえいでいた。

医師がきて診察を受けた時、すでに私の体は手遅れになっていた。死因は、急性肺炎であった。

「簡単に助かったものを、なぜこんなになるまで放って置いたのです」

眼鏡をかけた若い医師は、腹立たしそうにきつい語調で言った。

母は、拗《す》ねたように横を向き、医師に茶も出さなかった。

家には、私の稼いできた金が少からずあったはずであった。が、私は、医師を最後まで呼ばなかった母を恨む気持にはなれなかった。

「美恵子が死んでしまう」

父がおびえたふるえ声で言った時も、母は、

「風邪ですよ」

と、不快そうに眉《まゆ》をしかめただけで素知らぬ振りをして取り合おうとはしなかった。

手遅れにしろ母が私のために医師を呼んでくれたというだけで、私は恨むどころか涙の出るほど感謝せねばならなかった。私が物心ついてから、医師が私の家にきたのは、その時が初めてのことであったから……。

それにしても団長が、出演中私が不始末をしたことで損害金を請求しに家にやってきた時、私が熱にあえいでいる枕《まくら》もとで母が団長に浴びせた怒声は激しかった。

想像もおよばぬ野卑な言葉が、母の口から絶え間なくほとばしり出た。

私は、この母の罵詈《ばり》を金銭ゆえにとは思いたくなかった。

「娘をいいように食い物にしやがって」

この母の言葉に、私は、朦朧《もうろう》とした意識の中で涙ぐんだ。母の愛情が、その言葉の中に十分にこもっている、と思った。

団長は、体をひどく痙攣させて戸もしめずに帰って行った。

……自動車が、ゴーストップの近くで停止した。

それきり、自動車はとまったままになった。自動車の前方には、広い舗装路に雨の名残りを残した自動車が、兜虫《かぶとむし》のように濡れた車体を光らせて間隙《かんげき》なくつまっている。警笛も、しきりに湧き起っている。

「どうしたんだい」

痩《や》せた男が、いぶかしそうにフロントガラスを透し見た。

運転手も、窓から身を乗り出して前方を見ている。

「事故でもあったのかな」

運転手が、ひとりごとのようにつぶやいた。

自動車は、動き出しそうな気配もみせない。バスも数台とまり、後部の窓から制帽をかぶった車掌が身を乗り出している。

「弱ったね、動き出しそうもないな」

痩せた男が、苛立った声で言った。

「標本がとれなくなったらなにもならなくなるからな。どうだい、バックして迂回《うかい》したら」

男の声に、運転手は首を曲げて後部のガラス窓をうかがった。

「駄目《だめ》だ、もう出られない」

たしかに自動車の後方には、すでに十台近い車がぎっしりつまり、さらにぞくぞくとその台数を増している。

痩せた男の顔に、焦《あせ》りの色が浮びはじめた。

「なにをしていやがるんだろうな」

痩せた男は、腹立たしそうに舌打ちした。

窓から一心に外を見ていた若い男が、ふと悠長《ゆうちょう》な声で言った。

「なにか通るようですよ」

運転手も、窓から首を突き出した。

日のあたっている反対側の歩道に、女や子供たちや通行人が歩道からあふれるように並んで、一様に前方の大通りの方向に顔を向けている。

その時、甲高い女のマイクを通した声が、レコードらしい埃《ほこり》っぽい音楽の音にまじってきこえてきた。それにつれて歩道の人波が揺れ、交通整理の緑色の腕章をつけた警官が車道にはみ出した人々に注意をあたえはじめた。

「なんだろう」

瘦せた男も興味をいだいたらしく、ガラス窓に顔を押しつけた。

音楽とマイクの声が近づき、あたりに賑《にぎ》やかな空気があふれた。いつの間にか、警笛の音は消えていた。

「ミス××のパレードだよ」

若い男が、突然、はずんだ声を上げた。

車内の空気が、明るくなった。瘦せた男の顔からは苛立った表情は消えて、頰にしまりのない笑いが浮んだ。

初めに音楽とアナウンスを撒《ま》き散らしながら、軽金属の大袈裟《おおげさ》な装飾をほどこした大きな宣伝カーがゆっくりと通り過ぎた。そのすぐ後に造花とモールで彩《いろど》られた華美なオープンカーがつづき、その上に赤いマントを羽織り王冠をつけた若い女が立っていた。

女は、巧妙な美容師の手によって装《よそお》われたらしく、化粧も髪形もなんの乱れもなく細面《ほそおもて》の顔にひどく似合ってみえた。女は、疲れた顔に無理な微笑を浮べながら、しきりに歩道の人や停止している車の中の人々に手を振っている。

私は、キャバレーで華やかな衣裳を身にまとい、にこやかに微笑しながらスケートを走らせていた自分の姿をそこに見た気がした。

女は、微笑することにも手を振ることにも飽いているらしく見えた。女の微笑は固定した一定の表情しかなく、すぐ泣き顔にでも変るようなゆがみが口もとに現われていた。

私の眼には、ドーラン化粧をした女の顔に細かい毛穴が浮いているのがはっきりと見えた。小鼻の脇《わき》には化粧品が少し乾いてかたまり、微笑の度に細やかな亀裂《きれつ》が規則正しく走るのも見た。

あの女は生きている故《ゆえ》に華美な装いをこらしてオープンカーに立ち、自分は死んでいるという理由のために、節だらけの棺《ひつぎ》にシュミーズ一枚で横たわっている。それは当然のことにはちがいないが、その遇され方にあまりにも差異がありすぎるように思えてならなかった。

……瘦せた男が、おどけて手を振った。自動車の中には、陽気な笑い声が満ちた。

その後から、オープンカーが何台もつづいた。ミス××区と書かれた白ダスキをかけた女が二人ずつ乗っていた。微笑もせずに機械的に手を振っている表情のかたい女や、笑みを満面にあらわして疲れも知らぬらしくしきりに手を振りつづける若い女もいた。

歩道の人々も車の中の人々も、一様に笑っていた。その微笑は、申し合わせたように照れ臭そうな笑いであった。人々は、タスキをかけ自分の容姿をさらして行く女たちに羞恥《しゆうち》を感じ、それを人々と共に振り仰いでいる自分に含羞《はにか》んでいるにちがいなかった。

やがて、音楽とマイクの女の声が遠ざかり、パレードは過ぎた。最後尾の少しおくれたオープンカーは、無表情な女二人を乗せてスピードを早めて走りすぎた。

歩道の人垣《ひとがき》が、崩れた。

道につまった自動車の群れから、警笛が交錯しはじめた。

白衣の男たちが、笑いを顔に残しながら坐《すわ》り直した。

「御苦労さんなことだね」

車の中では、ひとしきり落着きのない明るい会話がかわされた。自動車は、少しずつ動きはじめたが、少し動いては、しばらくとまった。痩せた男に焦りの色が見えはじめた。警官の笛の音が、鋭く鳴っている。

私は、棺の中で手を組んだままじっと仰向いて横たわっていた。

二

私の棺は、病院の裏門から入ると古びたコンクリート造りの建物の一室に運び込まれた。

部屋は、壁も天井も床もコンクリートでかためられ、湿気をおびているらしく燻《くす》んだ色をしていた。

部屋の奥には、ブリキ張りの木蓋《きぶた》がついた二畳敷ほどのコンクリートでふちどられた水槽《すいそう》のようなものが六個床に据えつけられ、部屋の隅《すみ》の台の上には、四角い木箱や骨壺《こつつぼ》が雑然と載せられていた。

五分もたたぬ間に、白衣をつけた二人の若い男が入って来た。ひどく背の高い浅黒い顔をした男と、髭剃《ひげそ》りのあとの青々とした色白の男だった。

背の高い男は、大股《おおまた》に近づいてくると棺の蓋を取り、いきなり私の腕を無造作につかんだ。そして、指を組んだままの私の腕を乱暴に上げ下げさせた。

「大丈夫だ。まだ硬直はきていない」

男は、色白の男に振返って言うと、部屋の隅にある戸棚《とだな》からゴム手袋を出してはめ、壁に埋めこまれた電気のスウィッチを押した。

卵の殻《から》のように白く透けた笠《かさ》を持った電灯が、天井に明るくともった。

私の体は、係員の手で棺から出され、硯石《すずりいし》に似てふちだけ高くなっている石造りのベッドに仰向けに置かれた。

「なかなか綺麗《きれい》な子だね」

髭あとの濃い男が、手袋をはめながらベッドに近寄ってきた。

浅黒い男は、苦笑しながら組み合わされた私の指をほどいた。そして、かたわらから鋏《はさみ》を取り上げると、数日前に買ったばかりの私の真新しいシュミーズを脇から真一文字に切り開いてしまった。

下着もすべて切り裂かれ、私の体は、電光の下で露《あら》わになった。

「どうだい、素敵な体をしているじゃないか。若いのにもったいないな」

髭の濃い男は、私の体を見まわしながら胸の隆起を撫でた。ゴム手袋をはめた指が、私の細く突き出た乳頭にひっかかりながら上下した。

「さあ、何をとる」

背の高い男は、解剖器具を木の台の上に並べながら言った。

「生殖器と、乳腺《にゅうせん》と」

「肺臓もとっておこう、新しいし若いんだ、できるだけ取るんだな」

そして、ふと気づいたらしく背の高い男が、

「皮膚科でね、新鮮な死体なら、どこでもよいから取ってくれっていってたよ」

「もう嗅《か》ぎつけやがったのか、欲ばっていやがる」

髭の濃い男は、わざと下卑た口調で言った。が、それでも木の台の上にホルマリンの入ったビーカーを秩序正しく並べはじめた。

メスは、まず私の頰に食い込んだ。私の眼の上に、瞳《ひとみ》を凝らした浅黒い男の顔があった。男の顔をそれほど近くに見たことは、初めてであった。私は息苦しく、顔をそむけたい気がしきりにした。

メスは、四角く動いて小さなタイルの石のように皮膚を切りとり、その一つ一つがホルマリンの入ったビーカーの中へ落された。

それから私の体の表面いたる所に、メスが動いた。腕を上げさせられると、腋《わき》の下の皮膚も切りとられた。二日おきに使うエバクリームで腋毛は落されていたが、皮膚の表面には、短い毛の先端が細かい胡麻《ごま》を撒いたように浮いていた。

腿《もも》、腹、頭皮そして唇《くちびる》の皮膚までが、揺れながらホルマリン液の中に沈んでいった。

「こんなところかな」

男たちは、メスを手にしたまま私の体をながめまわした。

切り削《そ》がれた部分には少し血が凝固したままにじみ、私の体は薄い朱色の貼《は》り絵に似た模様でおおわれていた。

「それでは開腹するか」

背の高い男が言った。

「生殖器は、俺《おれ》が受けもとう」

髭の濃い男が、少し悪戯《いたずら》っぽい笑みを浮べながら背の高い男の顔を見つめた。

「いいだろう」

背の高い男は、苦笑した。

首の付け根にきつくメスが食い込むと、下腹部まで一直線に引かれた。

「よくこんないい死体が手に入ったな。何カ月ぶりだろう」

表皮が開かれ、またメスが首の付け根の同じ部分に食い入った。

「あの区役所の課のやつには、十分話がついているんだ。新しい死体が入ったら、優先的にまわしてもらうことになっているんだよ。うちの部長、なかなか手腕家だからな」

背の高い男は、体を曲げて腹部の筋肉を一心に切開している。

髭の濃い男は、私の足部の方にまわっていた。腿に指がふれると、私の両足は大きくひろげられた。私は激しい羞恥を感じた。

私の腿の付け根に、男の視線が集中しているのを強く意識した。自分の姿態がひどくはしたないものに思え、息苦しくなった。

ふと、下腹部の腿の付け根に落ち込んでいるなだらかな隆起に、なにかが触れる気配がした。そこには、まだ十分には萌《も》え育たない短い海藻《かいそう》のような集落があった。ふれたものが男の指であることに気づいた時、私は、自分の体が一瞬びくりと動いた気がした。

私の耳に、指とその集落の触れ合うかすかな音がきこえてきた。それは、体全体につたわってゆく繊細な、しかも刺戟《しげき》に満ちた音であった。

「おい」

背の高い男が、声をかけた。

髭の濃い男は、含羞んで笑うと指を離した。そして、少し生真面目《きまじめ》な表情にもどると、私の下腹部に入念にメスの先端をあてた。

私の乳房は、背の高い男の手で奇妙なほど敏速にえぐりとられ、ベッドのかたわらにある台の上に置かれていた。それは、大きな血のついた肉塊になって、台の上に二個かたむいて置かれている。乳頭の色は紫色に変色している。

背の高い男が、大きなケースからよく光る鋏を取り出してきた。そして、筋肉を押し開いてから、私の肋骨《ろっこつ》の根本に鋏をあて、一本ずつ入念に骨を切断しはじめた。乾燥した高い音が、部屋の中にひびいた。

「ほっとしたよ、この娘ヒーメンがあるよ。素人《しろうと》じゃなさそうだからひやひやしてたんだ」

下腹部を慎重に切っていた男が、顔を上げた。

私は、下腹部がすっかり切り開かれているのを知っていた。髭の濃い男の顔はひどく整っていて、瞼《まぶた》も男には珍しく二重になっていることにも気づいていた。棺の中におさめられ自動車で運ばれてくる途中、脂臭《やにくさ》い白衣の男に自分の体をまじまじと見つめられた時とは異なって、侮蔑《ぶべつ》されているという感じはなく、ただ羞恥だけがあった。

「俺の方はとうにわかっているよ。乳頭を見れば、バージンじゃないかどうかぐらいすぐ見分けがつくんだ」

「負け惜しみをいうな」

髭の濃い男は、うっすら笑って反撥《はんぱつ》したが、悪戯っぽい表情は消えて変にこわばった色がその顔に膠《にかわ》のようにはりついた。ヒーメンとは、なんのことなのか。胸部を処理している男の顔も、思いなしかひきしまって見えた。

二人は、生真面目な表情で黙々とメスを動かしはじめた。肋骨がはずされ、台の上に置かれた。肺臓が取りのぞかれると、胸部が妙にうつろになった。

台の上にかなりの数の肉塊が並んだ頃《ころ》、急に入口の戸が荒々しく開かれ、汚れた白衣を身につけた老人が、あわただしく部屋に入ってきた。

老人は、私の体の方を見ると一瞬立ちすくんだ。目が大きく開かれ口が半開きになり、歯のない口の中が薄桃色に見えた。

男たちは、老人の気配に気づいて手をとめ振向いた。

老人は、私の体を凝視したまま私の載っている石造りのベッドに近づいてきた。そして、私のえぐり抜かれた胸部を見つめると、反射的に台の上に視線を移した。そこには、大小さまざまな肉塊にまじって、私の肋骨が剣道の面のように一様に弧を描いて血にまみれた骨の肌《はだ》を光らせていた。

老人の体が、かすかに痙攣《けいれん》しはじめた。白い肌に所々浮いた薄茶色のしみが、顔の皮膚のふるえにつれて異様な動き方をした。

老人は、血走った眼《め》で男たちの顔を見つめた。

「この死体《ライヘ》は、私のものです」

老人の声は、語意が不明瞭《ふめいりょう》なほどふるえていた。

男たちは、呆気《あっけ》にとられて顔を見合わせた。

「部長さんが、女のライへが入ったら私にくれるとおっしゃって下さったのです」

老人の眼に涙が湧《わ》いた。口もとも、泣き出しそうなこわばりを見せていた。

「長い間かかって、動物実験で白い透明な骨標本をとることに成功したのです。その第一号に部長さんが、若い女のライへを使わしてやるといって下さっていたのです」

男たちは、ようやく老人の言葉の意味がわかったらしく再び顔を見合わせた。少し蔑《さげす》んだ苦笑が眼に浮んでいた。

「それはね、深沢さん。気持はわかりますけどね、このライへは死後二時間という新鮮なものなんですよ。われわれとしても標本が欲しいですからね。骨標本はどうせ腐らすのだし、古いものでもいいわけでしょう。今度、若いのが入ったら使うことにして下さいよ」

背の高い男が、落着いた声で言った。

老人は、手を小刻みにふるわせるだけで口もきけないらしかった。

「第一、もう肋骨もはずしちゃいましたからね」

背の高い男は、冷たい声で言った。

老人は、男たちの顔を見まわしたり私の体に眼を落したりして黙って立っていた。

が、やがて老人の眼に弱々しい光が浮びはじめた。顔が白けて、皮膚もたるみをおびはじめていた。

老人は、その場にたたずんでいることに気まずさを感じているようだったが、興奮した手前もあって立ち去るきっかけを失っているらしかった。

男たちは、老人の存在を無視するように私の体にかがみ込んで黙ってメスを動かしはじめた。老人は、しばらくその場に未練気に立って男たちのメスの動きをながめていたが、やがて体をめぐらすとベッドのかたわらを離れ、入口の方へ歩いて行った。それは平衡感覚を失ったひどくぎごちない歩き方であった。

ガラス戸の閉まる音がすると、男たちはメスを手にしたまま苦笑した。

「なんだい、あいつ。図々《ずうずう》しいじじいだな。こんな新しいものを渡せるものか」

髭の濃い男が、腹立たしそうに言った。

「若い頃からあんなことばかりやってきたから、頭がおかしくなっているんだ。肋骨をはずしておかなかったら、この死体《ライヘ》にしがみついて放さなかったかも知れないよ」

背の高い男は、少し眉《まゆ》をしかめると、また黙って手を動かしはじめた。

老人の出現で男たちは気分を少し乱されたらしく、それからは口もきかず黙々と作業をつづけていた。

「さあ、どうだ。まだいただいておく所があるかい」

髭の濃い男が、ゴム手袋で私の腹の中の内臓を手探りした。

「こんなところだな」

背の高い男が、腰を伸ばして言った。

「いいかな」

髭の濃い男が、私の体を見まわしながらもう一度念を押した。

「いいだろう」

それで、ようやく二人とも血のついた器具を台の上に置いた。そして、それぞれ手袋をぬぐと、消毒液の入った琺瑯《ほうろう》引きの洗面器に両手を沈め、水道で手を洗った。

二人は、手をタオルで拭《ふ》くと私の体を運んできた棺の上に並んで腰を下ろした。一人が、ポケットを探って煙草《たばこ》の箱を取り出し、他の一人にも一本抜き取らすとマッチを擦った。

二人は、煙をくゆらせながら黙ったままベッドの上の私の体と台の上に並べられた肉塊をながめていた。

しばらくして、男たちは私の股を開いて大腿部《だいたいぶ》の血管をメスで掘り出すと、そこから多量のホルマリン液を注入した。それが終ると、私の体を白い布で露出部のないほど厳重につつみ、黒いゴム張りのシートをかぶせた。

やがて、男たちは、電気を消すと革のスリッパをひきずりながら部屋を出て行った。

急に、あたりに静寂がひろがった。

私は、白布につつまれたまま横たわっていた。自分の体が、奇妙に軽くなったように思えてならなかった。胸から腹部へかけて、私は隙間風《すきまかぜ》の吹き抜けるのに似た冷えびえした感覚におそわれていた。

女としての臓器や、重要な内臓を取りのぞかれた私の体は、どんな意味をもっているのだろうか。母の受け取った紙包みが、こうしたことを代償とするものだとは全く想像もしていなかった。自分の体の臓器や皮膚がいくばくかの金銭と引きかえに取りのぞかれたということが、私には奇異なことに思えてならなかった。

妙にうつろな気分であった。白布につつまれた私は、自分の体の使命がこれで完全に終ったにちがいないと思った。森閑とした安らぎが、私の体の中に霧の湧くようにひろがってゆくのを感じた。

その午後は、長かった。部屋の壁にくり抜かれたガラス窓には、いつまでも昼の明るさがあふれていた。私は、時間の長さを持てあましていた。

ガラス窓の明るさが薄らぎはじめた頃、私はあるかすかな音がシートの上でしているのを耳にした。それは、私の首の上部にあたる個所であった。

私は、眼をこらした。鬼百合《おにゆり》の雄蕊《おしべ》の先端のような頭をもった小さなかまきりが首をもたげていた。

かまきりは、透けた薄い華奢《きゃしゃ》な翅《はね》を糸鋸状《いとのこじょう》の後脚で時々しごいて緑色の翅の下から引き出しては、翅を小刻みにふるわせている。そして時々、眼の大きく張り出した頭を悠長《ゆうちょう》に立て、前肢《まえあし》を擬すように宙にかざした。

そんなことを何度も繰返しながら、かまきりは、乾いた音をさせて少しずつシートの上を腹部の方へ移動して行った。下から間近に見上げると、多くの節のついた膨《ふく》らんだ腹部は絶えずふるえ、尾部の尖端《せんたん》は生々しく動いている。

かまきりは、私の膝頭《ひざがしら》の上までゆくと、体を直立させた。そして、薄く透けた翅を無器用にひろげると、ガラス窓にむかって弱々しく翅を羽搏《はばた》かせながら戸外に飛んでいった。

部屋の中に、また静寂がもどった。私は、じっと身を横たえていた。

夕方の気配が、私の体の周囲にただよいはじめていた。

三

翌日、私は、シートを下半身だけ剝《は》がされ、股《また》を開かれてホルマリン液を注入した同じ個所から、美しい朱色の鮮やかな液を入れられた。そして、またシートをかぶせられると、私はその日も一日放《ほう》って置かれた。

次の日、私は、自分の体中の血管が、前日注ぎ込まれた朱の液で染まっているのに気づいた。細い毛細血管にまで浸みわたっていて、それらはからみ合った糸みみずのようにみえた。

内臓を取りのぞかれた私の体の役割は、まだ終っていないのだろうか。私は、美麗な交通図さながらに彩《いろど》られた自分の全身を不安な感情で見まわした。

その日の午後、背の高い男が解剖室の係員と二人で入って来た。

「脳取りですね」

「そうだ」

男は、興味もないらしくゴム手袋をはめた。前夜遅くでもなったのか、男は眼を充血させてしきりに小さな欠伸《あくび》をしていた。

係員がシートをとり、私の頭部の白布を剝ぐと係員の控室にもどり、解剖器具の入っている箱を持ってきた。

男は、億劫《おっくう》そうに私の頭部を撫《な》でてから、私の頭の頂きを中心に、後頭部から額にかけて縦に一直線にメスを入れた。そして、左右に頭皮をつかむと、頭髪ごと豆の皮をむくように剝いだ。細かい血管の交錯した下に頭骨が見えた。

男は、台の上から細身の鋸《のこぎり》を手にして、頭骨のふちを円形に挽《ひ》いてゆき、やがて、缶詰《かんづめ》の蓋《ふた》をとるように頭の皿を挽き取った。そしてメスを入れると、難なく両手で脳をはがし取った。

「じゃ、これでいいからすぐに入れてくれ」

ホルマリン液の入った大きな円筒形のガラス器の中に、脳が入れられた。白っぽい浮游物《ふゆうぶつ》や赤い糸状のものが、液の中にただよった。

男は、スリッパをひきずって部屋から出て行った。

係員が、もう一人来て白布を取りのぞいた。

私の体は、二人の係員のゴム手袋で前後を持たれ、一坪ほどのコンクリート造りの槽《そう》の中に入れられた。節約しているためかアルコール液はごくわずかで、表面には茶色い死体がむき出しに重なり合い、その上から粗末な毛布がかけられていた。

係員は、死体を幾つか横にずらせて、私の体を液のたまりの中に押し込み、毛布をかけて木の蓋をしめた。

私は、液の中に俯伏《うつぶ》せになって、口を開いた老婆《ろうば》の顔と顔を密着させていた。顎《あご》の所にだれの爪《つめ》か、白けた爪が突き立ってあたっている。

私の体の役目は、まだ終らないのか……。私は、自分の体が薄茶色をおびはじめ、アルコール液が脳のない頭部にも開腹された腹部にも、そして口や鼻の中にも深く浸《し》みてゆくのを感じながら、なんとなく落着かない時を過していた。

——どの位の日時が経過したのだろう、体の色が四囲の死体と変りないほど茶色に変化した頃、足首を係員のゴム手袋でつかまれ、槽の中から引き出された。

茶色い液の中では感じなかったが、私は、自分の手が完全に変色しているのを見た。また、自分の爪がかなり伸びているのにも気づいた。茶色い指の中で、伸びた爪の付け根の部分だけが妙に白けていた。

体が、コンクリートの床の上に放り出された。その衝撃で、私は自分の体がすっかり硬直しているのに気づいた。

私の体は、片足を少し上げた姿勢のままで、しばらくの間床に置かれていた。

やがて、係員の手で持ち上げられ、隣接した大きな部屋に運ばれた。そこには、十台近い石のベッドが一列に並んでいた。

私の体は、一番手前のベッドに載せられた。

部屋の壁には、ガラス窓が明るく輝いて並んでいる。奥の方にあるベッドには、タオルで口をおおった老人が、むこう向きにベッドにかがみ込んでしきりに肩を動かしつづけているのが見えた。

その老人の後ろ姿には、見おぼえがあった。私の体が欲しい、と唇《くちびる》をふるわせていた老人の血走った眼の色を、私は思い起した。白衣のかげからは、時々メスの刃が閃《ひらめ》いて光っていた。

……部屋の隅《すみ》の入口から多くの足音がきこえてきた。それは、白衣を着た初老の男と中年の男に連れられた、真新しい白衣をつけた一団の学生たちであった。女子学生も一人まじっていた。

かれらは、私のベッドの近くにくると立ちどまった。口をつぐみ、表情をこわばらせている。

初老の男が、ゆっくり振向くと口を開いた。

「この死体は、今、教場で説明したとおり死後一カ月。早速これから実習に入る。前列から順々に二人ずつ死体の両脇《りょうわき》に立つ。交替にやるから、あとは自分の番がまわってくるまで見学しているように……」

男にうながされて、私の両脇に二人ずつ白衣の学生が立った。一人は眼鏡をかけた浅黒い顔の女子学生であった。

白衣を着た男の学生は、教授らしい男の方に顔を向けていて、私の体からは視線をそらせていた。が、女子学生は、私の体を白眼のかった眼でまたたきもせずに見つめている。

私の胸に、重苦しい羞恥《しゅうち》の感情が湧《わ》いてきた。羞恥の対象は異性である男子学生ではなく、同性である女子学生に対してであった。それは、私がこの病院に運び込まれてから、すべて男たちの手によって体を扱われてきたために、男というものにある程度鈍感になっていたということも理由の一つであるかも知れない。が、そんなことよりも茶色くなった私の裸身を、同性である女子学生に見られていることがなににもまして苦痛であったのだ。それは、すでにすっかり失われていたと思い込んでいた女としての同性に対する虚栄心が、まだ私の心に根強く残っていたためにちがいなかった。

「それでは、メスを執ってまず表皮を剝いでみる。その裏側にある血管の状態、神経系の状況を観察する。今、実際にやってみせるからよく見ているように」

教授らしいその男は、私の腕の上膊部《じょうはくぶ》にメスを立てると、きれいに表皮を剝いだ。

「わかったな」

教授は、一歩さがった。

初めにメスを執ったのは、女子学生であった。私の腕の付け根にメスを食い入らせると、かすかに唇をかんで一直線にメスを引きおろした。ひどく大胆な引き方であった。

私は、思わず女子学生の顔をうかがった。

細いその眼《め》は、平然と私の体に注がれていた。ほとんど無遠慮な視線ですらあった。口もとには、かすかに冷たい笑みさえゆがんで浮んでいた。

私の心が凍った。この浅黒い女子学生は、醜く変形した私の体を同性として優越感にひたりながら見おろしているのではあるまいか。それとも男性たちの視線を意識して、同性である私の露《あら》わになった体を前に女らしい虚勢を張っているのだろうか。それとも、メスを使って人体を切り刻むことに愉悦を感じる生得的なものが、この女の内部にひそんでいるのであろうか。

女子学生は、落着いてメスを動かした。表皮を剝ぐことのみに神経を集中し、四囲の空気を無視しているように見えた。

女子学生の動きにうながされたのか、男子学生のメスが私の腕や脚に数カ所弱々しく食い入った。そして、何人かの学生が交替にメスをとったが、それらの中では、やはり女子学生のメスの粗暴なほどの敏捷《びんしょう》な動きが際立《きわだ》っていた。

学生の実習が終ると、教授は、洗濯物《せんたくもの》を水から上げるように、私の内臓を乱暴に引き出して臓器の説明をした。そんなときでも、女子学生は最前列に立って、教授のつかんでいる私の内臓を見つめていた。

教授が、白衣の袖《そで》をまくって腕時計を見た。

やがて、学生たちの足音が、教授の足音とともに部屋の外を遠ざかって行った。

私の体は、そのまま石のベッドの上に取り残された。腕と腿《もも》の皮はほとんど剝がされ、朱色の血管や白い神経が露出していた。

部屋の奥では、タオルを口にした老人が体を大袈裟《おおげさ》に揺らせながらメスを大きく動かしている。ベッドのかたわらにある長いバケツには、時々大きな肉塊が音を立てて投げ込まれていた。

係員が二人、ガラス戸をあけて入ってくると、ベッドに近寄って車輪のついた鉄製のベッドに私の体を移した。

車が、きしみながら動きはじめた。係員は、解剖教室の奥にいる老人の方に眼をやりながらベッドを押して行った。

夕照のあふれたガラス窓を通して、老人の白衣の背に樹葉の細やかな影が緻密《ちみつ》にゆれていた。

水槽のある部屋にもどった私の体は、すぐに石のベッドの上に載せられた。そして、粗末な毛布をかけられ、その上から腐敗どめのカルボール液を入念にふりかけられた。

仕事が一段落すると、係員は、部屋の隅にある縁台に並んで腰をおろした。

「どうだい、仕事には慣れたかい」

角ばった顔をした地方出らしい男が、もう一人の眼鏡をかけた華奢《きゃしゃ》な顔立ちの男にたずねた。

「仕事はなんとかいいんですが、ただ、女房に勘づかれそうで……。私の体が臭《にお》うというんですよ」

眼鏡をかけた男は、臆病《おくびょう》そうな眼をくもらせた。

「なんと言ってあるんだね」

「薬品会社に勤めはじめた、と言ってあるんですが……」

「それは困ったね。死臭というのは特殊だからね。私は、帰る時に下着から靴下《くつした》まで衣服を全部かえて帰ることにしているよ。大学病院に勤めていることは最初から言ってあるし、解剖教室にいることも薄々は知っているらしいんだが、まさか死体を抱いて運んだりしているとは口に出せないからね」

角ばった男の顔には、沈んだ苦笑が浮んでいた。

二人は、そのまま口をつぐんだ。それぞれの眼に、弱々しい色がただよっていた。

かれらは、自然と隣室の奥まった一隅《いちぐう》でベッドにかがみ込んでいる老人の方に眼を向けていた。夕映《ゆうば》えの中で、白衣だけが際立って明るんでみえていた。

角ばった顔をした男が、隣室に眼を向けながら低い声で言った。

「あの深沢という人は、なぜあんなことに興味を持っているのかね、腐爛《ふらん》した死体の肉を切りとったり内臓をつまみ出したり、臭いだけでも堪《たま》らないだろうに……」

「なにをしているんですか」

「骨の標本を作っているんだよ。バラシと言ってね、ああして筋肉や内臓をばらして骨だけにするんだ。そこに甕《かめ》があるだろ」

男は壁ぎわに置かれた一メートルほどの高さの甕を指さした。甕の表面は茶色く、妙に滑らかな光沢があった。

「その中に、若い男の骨が一組入っているんだ。肉のまだ残ってついている骨を甕に入れて、わざと腐らしているんだよ」

眼鏡をかけた男は、甕を不安そうな眼で見つめた。

「半年ほど置いてね、それから取り出して、煮たりブラシでこすったり、ともかくいやな仕事だね。ところが、あの深沢という人は、ふだんはよぼよぼの爺《じい》さんだが、あの仕事をやりはじめると若い男のようにいきいきとなるんだよ。眼も嬉《うれ》しそうに輝いてね。妙な人だよ。もう四十年もやっているそうだが、その間、奥さんも何人かもらって、その度に逃げられているんだ。そうだろうよ。あの人がそばを通るだけで、たまらない臭いがするからね」

男たちは、じっと老人のいる方に視線を送った。

すでに西日も薄らいで、夕闇《ゆうやみ》が解剖教室にも忍び入ってきていた。

老人の扱っている死体は、ほとんど骨だけになって横たわっていた。天井から吊《つる》された針金の先には、自転車の部品のように肋骨《ろっこつ》が少し傾き加減に白々と吊りさがっているのがみえていた。

四

私の体は、週に一度ぐらいの割で解剖教室に引き出され、学生たちの手ににぎられたメスで少しずつ刻まれていった。

皮膚はすべて剝がされ、眼球や爪や両鬢《りょうびん》に残っていた髪までがいつの間にかなくなっていた。手足はむろんのこと、脊髄《せきずい》すら一個一個分解された。

私は、長持に似た長い木の箱に体の諸部分をまとめておさめられていることが多くなった。

係員の異動があった。眼鏡をかけた男がやめた。男の体から発散される異臭をいぶかしんだ妻が、かれを尾行したのだ。

「妻は、その日に実家へ帰ってしまいましてね。どうしても別れると言ってきかないんです。そういうわけでやめさせていただくことにしました。これから実家へ行って妻にも妻の両親にもよく話し、もどってもらうようにします。別の職を探してみます」

男は、憔悴《しょうすい》した色を顔に浮べて、角ばった顔の男にそうそうに挨拶《あいさつ》すると部屋を小走りに出て行った。

角ばった顔の男は舌打ちしたが、その表情には暗い寂しげな色が濃くはりついていた。

その日の午後、係員が一人で死体にカルボール液をそそいでいると、若い研究室員が入って来た。

「深沢さんが、骨標本を作り上げてね。部長にここで見せるそうだけど、すまないが運ぶのを手伝ってくれないか」

係員は、うなずくとすぐに手を洗い、白衣の男と一緒に出て行った。

しばらくすると、係員と老人と白衣の男たちの手で長い木箱が慎重に部屋の中へ運びこまれてきた。

「そこでいいよ」

木箱が、床の上に立てられた。

老人は、蓋《ふた》を取ると、中から白い布につつまれたものを係員の手を借りて外へ抱え出した。

入口に足音が近づいてきて、短く銀髪を刈り込んだ小柄《こがら》な男が入って来た。老人たちは、頭をさげた。

老人が背伸びをして白い布をはずすと、内部から白い骨が徐々に現われてきた。老人は、白布を取りのぞき、骨標本を見上げた。面映《おもは》ゆそうな表情だった。

「これか」

部長は、言った。

白衣の男たちも係員も、骨を見つめた。

「きれいだな」

腕を組んでいた若い男が、感嘆して言った。

「女の人体だね」

銀髪の男が、骨を見上げながら言った。

「はい、さようでございます」

老人は少し顔を上気させ、身をかたくして答えた。

骨は白味をおびていたが、どの部分もギヤマンのように透きとおっていた。ことに骨の薄い部分は、後方の物の影を淡く映すほど透けてみえた。

骨すべてが、滑らかなまばゆい光を放っていた。ただ骨の厚い部分だけが、卵をはらんだ目高の腹部のようにほのかな黄味を浮べていた。

人骨は、少女の骨であるらしかった。骨標本は、頭蓋骨《ずがいこつ》をかすかに傾け伏せ加減にしている。姿態が、初々《ういうい》しくみえた。

私は、その人骨が自分のものであるかのような錯覚をおぼえた。人々の視線にさらされて、恥しさに顔を伏せて立っているような気持であった。

しかし、私の体は、茶色い肉塊と薄汚れた骨片の集積でしかない。あの背の曲った老人の手にかかれば美しい骨標本にされるが、これからかなりの年月、医学部の教室で立ちつくしていなければならないはずであった。

私は、その人骨より自分の方がまだ恵まれていると思った。危うく老人の手をのがれた私の体は、すでに分解されつくしてこれ以上人間の役に立つとは思えない。

自分の体の使命は、終りに近づいているらしい。役割が完全に終れば、私にも、死者としての安息にひたることが許されるだろう。深い静寂につつまれた安らぎが……。

骨標本は、悲しんでいるように見えた。顔を伏せ泣きむせんでいるようにも見えた。

部屋の中には、少しの間沈黙が流れた。

「大したものを作ったね、深沢さん」

銀髪の男が、老人を振向いた。

老人は、まぶしそうな眼をした。

「日本ではもちろん、外国でもこんな美しい骨標本はないだろうな」

銀髪の男は、少し声を高めて言った。

老人の顔に血がさした。老人は、じっと骨を見上げている。

骨標本は、老人の視線に射すくめられて燻《くす》んだ部屋の中で肌《はだ》を光らせながら立っていた。

やがて、白衣の男たちが部屋を出て行った。骨標本は、係員の手で隣接した小部屋に移された。

夕方になった。

係員がホースの水で床を洗い流していると、研究室員が入ってきた。

「まだ、じいさん見惚《みと》れているのかい」

白衣の男は、係員に声を低めて言った。

「そうなんですよ、あれからずっとですからね、もうそろそろ私も帰らなくちゃ」

係員は、箒《ほうき》の手をとめ、眉《まゆ》をしかめてみせた。

それから間もなく、入口のガラス戸の所で苛立《いらだ》った係員の声が聞えた。

「深沢さん、鍵《かぎ》をしめますから」

その声がきこえたのか、小部屋の電灯を消す音がした。そして、木の蓋をしめる音がすると暗い廊下に老人の白衣が浮んだ。

老人は、係員に挨拶もせずに黙って夜の闇の中へと出て行った。

五

「さあて、この死体《ライヘ》もいよいよお払い箱にするか」

長い箱の蓋を持ち上げた研究室員が、私の体を見おろしながらつぶやいた。

骨という骨はすべて切断され、内臓もいくつにも切られて大きな形をしたものはなに一つとしてなかった。

「こいつは、いつ入室したんだい」

その男は、蓋を持ちながら係員に声をかけた。

係員は、台帳を繰った。

「九月二十七日ですね」

「すると、二ヵ月半はたったわけだな。たしか、これは親もとへ返す死体《ライヘ》だったね」

「二ヵ月の契約です」

「そうか、じゃ、今日、焼骨だ」

白衣をつけた男は、係員にそう言うと蓋を音を立てて落した。

男が部屋を出て行くと、係員はゴム手袋をつけて蓋をあけた。そして、木の箱を持ってきて、私の体の諸部分をつかみ、その中へ入れはじめた。

小さい箱ではあったが誂《あつら》えて作りでもしたように、私の体は不思議にもその中に過不足なくおさまった。

しばらくすると、部屋の入口から新しい寝棺が入って来た。棺の前後を持っているのは、私を家から運んできた痩《や》せた男と若い男の二人だった。

係員が、声をかけた。

「なんだい、それは」

「養老院のだよ、身寄りがないんだ」

二人は、棺を床の上に置いた。係員が、

「早速だけどね、その箱、火葬場行きなんだ。二カ月ちょっと前に新鮮標本をとったろう、若い女の……」

と、二人に声をかけた。

「ああ、あれか。じゃ、焼いたらすぐ親もとへ返せばいいんだね」

「そう、火葬場へも親もとへも今連絡したから……」

「わかった」

瘦せた男は、気さくに言うと私の箱を持ち上げた。

木蔭《こかげ》に駐車している黒塗りの自動車のフロントガラスに、枯葉が一枚落ちていた。見上げるとどの樹《き》の葉も枯れていて、乾いた枝が肌をむき出しにしにしていた。

私の箱を乗せると、自動車はすぐに動き出した。

久しぶりに眼にする街のたたずまいであった。歩道を歩く男も女も冬の服装をし、大通りの片側の商店の家並にあたっている日射《ひざ》しも、冬の気配をみせて柔かい色をただよわせていた。

火葬場は、近かった。自動車は、燻んだ煙突の立っている火葬場の門をくぐった。煉瓦造《れんがづく》りの建物の前の空地には、喪服を着た男や女たちが気怠《けだる》そうに立ったりしゃがんだりして所々に寄りかたまっていた。

自動車は、建物の横に停車した。そして、白衣の男の手で私の木箱はすぐに建物の裏手へ運ばれた。

「これ、頼むよ」

瘦せた男は建物の裏口から入ると、長い鉄の棒をもって火の具合を見ていた青い詰《つめ》襟《えり》服《ふく》の男に、慣れ慣れしい口調で言った。

詰襟服の男が黙ってうなずくと、白衣の男は暗い通路の片隅《かたすみ》に私の木箱を置いて出て行った。

私は、しばらくそこで待たされた。詰襟服の男が、何人もかたわらを通ったが、どの男も私の木箱の存在には気づかぬらしく眼を向けることすらしなかった。

火の色を見ていた男が、鉄棒を壁に立てかけると私の方へ近づいて来て、無造作に箱を持ち上げた。

焼却室の中は、煤《すす》けて黒くなっていた。円型の小さな窓のついた鉄の扉《とびら》が閉まると、すぐにごおッと音がして、私の木箱はたちまち炎につつまれた。

木箱が燃え崩れて、私の体は、焼却室の中にひろがった。

火の色は、華やかで美しかった。

初めは単純であった炎の色が、私の体に火がつくと、にわかに多彩な紋様を描きはじめた。脂肪が燃えるのか、まばゆいほど明るい黄味をおびた炎が立ち、時々はじける音がして、その度に金粉のような小さな炎があたりに散った。

炎の色は、さまざまだった。骨からはひどく透明な青い炎がかすかな音を立ててゆらめき、なにが燃えるのか、緑、赤、青、黄と美麗な色の炎が私の周囲をきらめきながら渦巻《うずま》き、乱れ合っていた。

私は、色光と色光とが互いに映え合い交叉《こうさ》しているのを、飽かずにじっと見惚れていた。それは、一刻の休みもない目まぐるしい変化にみちた紋様であった。

いつか炎の勢いが衰えはじめた。それにつれ火の色も少しずつ単純な色になって、オレンジ色の柔かい炎が私をつつんだ。

私は、自分の骨に視線を据《す》えた。それは、よく熾《おこ》った良質の炭火に似て赤い透明な光を放っていた。

炎の乱舞が急に熄《や》んだ。周囲の壁が、心持ち黒味をおびてきた。

床が急に揺れ、私は下方の平たい鉄製の箱に落された。私の周囲は、所々薄紫色に染まった灰とさまざまな形をした骨だけになっていた。

鉄の箱が曳《ひ》き出され、青い服を着た小柄な男が、鉄箸《かなばし》で私の骨をつまんでは素焼きの壺《つぼ》に落した。乱暴な手つきで壺の中を箸で二、三度突つくと、灰を壺の中へあけ、蓋を閉めた。

壺の中は、ぬくぬくとしていて温かかった。地虫の鳴くようなかすかな音をたてている骨もあった。

骨壺は白い布につつまれ、痩せた男の手に渡された。男は、骨壺を手に自動車の中へ入った。

自動車が動き出したが、門の所で停止した。火葬場の門の所から入ってきた派手に彫刻された葬儀車と、それにつづく何台かの乗用車の通り過ぎるのを待った。

やがて、自動車は門の外に出た。

自動車は街中を走り、見おぼえのある長い木の橋を渡った。土手や川岸の草は枯れていた。

自動車は、土手のたもとから低く密集した家並の中におり、ひんぱんに警笛を鳴らしながら曲りくねった路《みち》を進んだ。たばこ屋の赤い看板がみえた。

私は、その角から路地の中をのぞきこんだ。はっきりとは知らないが、富夫の家はその路地の奥にあるはずだった。路地には箱車が一台置かれてあるだけで、小さな女の子が一人地面にうずくまっている姿しか見ることができなかった。

ききなれた機械の音がしてきた。自動車は、その音の前でとまった。

黒く煤けた男の眼鏡が、鉛筆芯《えんぴつしん》製造所と記された木札の掛った家の奥からこちらに向いた。眼鏡の玉だけが、鍍銀《とぎん》されたように鈍く光っていた。

見おぼえのある薄汚れた子供たちがどこからともなく出てきて、自動車を取りかこんだ。自動車の中から白衣の男が骨壺を手に降りると、子供たちの眼に好奇の色が濃く浮び上った。

子供たちの幾人かは、男の後について路地を入った。路地は、雑然としていて狭かった。が、私には、安らいで身を置くことのできる懐《なつか》しい場所に思えた。

男は、私の家のガラス戸の前に立ち、細い木の札に書かれた薄い墨の跡を眼でたどると、

「ごめん下さい」

と言って、ガラス戸を引きあけた。

父は、いなかった。部屋の中央に、母が一人坐《すわ》っていた。母の周囲には白けたお面が積まれ、母は絵筆でお面に色を塗っていた。

母の顔がこちらに向けられた。髪はいつものように乱れ、眼には疲れた光が浮んでいた。

「御遺骨を持ってまいりました」

母は彩色の手をとめて、白衣の男と私の壺を眼を細めて見つめた。高く薄い鼻梁《びりょう》が白っぽくみえた。

「お骨を焼いてきました。お受け取り下さい」

白衣の男は、私の壺を胸に抱いて言った。

男の背後には、後からついてきた子供たちの眼が重なり合って家の中をのぞいている。ガラス戸の桟《さん》に指を置きながら、私の骨壺と男の顔を交互に見上げている女の子もいた。

母は、身じろぎもせずこちらをながめていたが、

「いりませんよ」

と、物憂《ものう》げな声で言い、男を無視してまた絵筆を動かしはじめた。

男は、呆気《あっけ》にとられたらしく口を半開きにしたが、気をとり直して、

「いらないんですか、お骨を」

と、少しせきこんで言った。

母の顔が、こちらに向いた。眼がきつく見開かれていた。

「三千円いただいただけで、その上、お骨をお返しいただいても仕様がございませんものね。寺へ持って行きましてもお布施は安くはすみませんしね」

母は、男にさとすような口調で言った。

「実は、失礼なお話かも知れませんが、後で香奠袋《こうでんぶくろ》をあけてみてあまりわずかなのに驚いてしまいましたの。あれが、病院の規則なのでございましょうか？」

男は、私を抱いたまま白けた表情で黙っていた。

「ともかくそちら様へ差し上げましたものでございますから、よろしいようになさって下さいませ。とやかくは申しませんから」

母の顔には、慇懃《いんぎん》な微笑すら浮んでいた。

「本当にいらないんですか」

男の顔は、少し青ざめていた。

「はい。いただきましても御覧のとおり手前どもでは置いてやる場所もございませんし……」

そう言って母はまた絵筆を取り、お面を拾い上げて彩色をはじめた。

男はそのまま立っていたが、顔をしかめてガラス戸をしめた。子供たちが道をあけた。

「どうしたんだい」

路をもどってくると、若い男が男の胸に抱えられた私の骨壺に眼をとめて、いぶかしそうにたずねた。

「どうもこうもねえや。骨なんかいらないって言うのさ」

男は、自動車の中に入ると荒々しく扉をしめ、床の上に私の壺を落すように置いた。

「薄気味の悪い女でね。上品ぶった声でさ、金が少いっていうんだよ。いらねえから持って帰ってくれっていうのさ。しゃくにさわるから、家の前にこの骨をぶちまけてやろうかと思ったよ」

男は、唇《くちびる》を白くしていた。

自動車は、家並の間の曲りくねった道を引き返した。

私は萎縮《いしゅく》した気持になっていた。白衣を着た男たちにも、また母にさえも、全く無用の厄介物《やっかいもの》になってしまったらしい自分が情なかった。自動車に乗せてもらっていることも肩身の狭い思いであった。

自動車は、長い木の橋を渡った。

平たい達磨《だるま》船《せん》が数隻《すうせき》、ロープでつらなって橋桁《はしげた》の下を河下の方へゆっくりと流れているのが見おろされた。

……骨壺の表面に、九月二十七日没、水瀬美恵子と茶色いペンキで書き記された。

「困ったものだな、納骨堂は超満員だというのに」

研究室の男は、筆を持ったまま顔をしかめていた。

夕方、係員は、新入りの若い係員に私の骨壺を持たせると、大きな鍵をさげて部屋の裏口から外へ出た。

私の骨壺は、西日の華やかに満ちた芝生の中の路を若い男の胸に抱かれながら進んだ。芝生の行手に、常緑樹のかなり繁《しげ》った林が見えた。すでに夕色につつまれて、樹《こ》立《だち》の中は黒味をおびはじめていた。

樹々の梢《こずえ》の上から、丸い塔が夕日をうけて華やかに輝いて突き出ている。林の暗冥《あんめい》さと対照されて、それはひどくまばゆく金色に光ってみえた。

林をぬけて、塔の下に出た。それは、石造りの円筒形をした建物であった。その建物も周囲の枯草も夕照を浴びていた。

係員は、塔の下部にある大きな鋲《びょう》の浮き出た扉の方へ近寄った。

「身許《みもと》不明のものや引取り手のないものは、この中へおさめるんだ」

係員は新顔の男に言うと、大きな鍵を鳴らしながら錠の穴へさし込んだ。金属的な錠のはずれる音が甲高くして、厚い鉄の扉が開かれた。

若い男は、係員の後から恐るおそる中へ入った。建物の内部は、ひどく広く見えた。それは、丸い壁でかこまれていた。

若い男は、立ちすくんで堂の中を眼をあげて見まわした。堂のゆるく弧を描いた壁には、おびただしいほどの木の棚《たな》が壁にそって幾重にもつくられ、それが円天井《まるてんじょう》にむかって高々と重ねられている。その棚の上に無数の白い骨壺が整然と隙間《すきま》なく並べられ、円天井に近いものは鶏卵のように遠く小さく見えた。

「あそこに井戸みたいなものがあるだろう」

係員が、堂の中央を指さした。

コンクリートでふち取られた正方形の穴が、堂の床にうがたれていた。

「一年に一回、古い壺から整理してあの穴に中身を捨てるんだ。もっとも、そんなのは壺の底に少ししか粉が残っていないけどね」

係員は興味もなさそうに言うと、堂の壁に立てかけてある梯子《はしご》を持って来て、扉に近い新しい棚に梯子をもたせかけた。

係員は、若い男から骨壺を受け取ると、器用に壺を片方の掌にのせて梯子をのぼり、私の名前を表に向けて棚にのせた。

その棚の上には、三個の骨壺がのせられていた。隣にあるまだ真新しい壺の表面には、氏名不詳、女、八月三十日没と書き記されていた。

男たちは、梯子をもとの壁にもどすと前後して扉の外へ出て行った。錠をかける音が、意外なほど大きくきこえた。それは、教会の堂の中にひびきわたる重々しい音響に似ていた。

音は堂の中にいんいんと反響し合い、いつしずまるとも知れなかった。やがて、余韻が徐々に弱まり、入れ代りに深い静寂が霧のように湧《わ》いてきた。

堂の中は、冷えびえとしていた。所々に夕闇《ゆうやみ》が色濃く立ちこめている。

その中に数条の光の箭《や》が、堂の内部をさしつらぬいていた。高い円天井の近くに四角い明り取りの窓がくりぬかれ、西日の方向にある窓から夕日の強い光が、スポットライトのように堂の中に放たれている。

その光の先端に照らされているいくつかの骨壺が、まばゆく浮き出ていた。

余韻が消え堂の中に物音一つしなくなった頃《ころ》、その強い数本の光の箭も少しずつ上向きになり、骨壺を照らしながら徐々に動きを早めると、やがて、円天井の壁に光の輪を寄せ合ってそれを最後に消えてしまった。

堂の中に、濃い闇がひろがった。明り取りの窓にはまだかすかに明るみが残っていたが、そこにもやがて漆黒の夜の色が鉱物のようにびっしりと貼《は》りついた。

私の骨壺は、ひっそりと微動もしていなかった。

黒々とした窓に、星が数個光り出した。

堂の中には、深い静寂がひろがっていた。ただ白い骨壺の列が、ほの白い帯のように幾重にも流れているのが見えるだけであった。

私の骨は、静寂につつまれていた。これが、死の静けさとでもいうことなのか。私は、ようやく得た安らぎの中に身を置いている自分を感じた。

ふと、私はなにかかすかな音を耳にしたように思った。私は、じっとしていた。空耳か。

堂の中は、静まり返っていた。

また、音がした。たしかにそれは音にちがいなかった。床を虫でも這《は》っているのか。私は、耳を澄ました。

かすかではあったが、また、きこえた。

私は、音のした方向に耳をかたむけた。

ぎしッ、それはあきらかに音であった。かなりはっきりとした音であった。その音は、古びた棚の方向からきこえてくる。

私の耳は、研《と》ぎ澄まされた。

ぎしッ、ぎしッ、ぎしッ、その音は次第に数を増した。

私は、ようやく納得できた。その音は、あきらかに古い骨壺の中からきこえている……。古い骨が、壺の中で骨の形を保つことができずに崩れている……。

音は、堂の中いたる所でしていた。それは間断のない音の連続であった。時折り、一つの骨が崩れることによって骨壺の中の均衡が乱れ、突然、粉に化すらしい音がきこえることもあった。

堂の中には、静寂はなかった。それは、音の充満した世界であった。骨のくずれる音が互いに鳴響しあっている、音だけの空間であった。

私の骨は、すさまじい音響の中で身をすくませていた。

（昭和三十四年十月『文学者』）

透明標本

一

雨があがって、乗客がガラス窓をあけた。

冷えびえとした外気が流れこんできて、窓ガラスの曇りがまたたく間に薄れていった。

バスは、日の射《さ》しはじめた舗装路の上を走りつづけた。通りすぎる街々の濡《ぬ》れ光った色彩が、窓ガラスを通して明るく車内に入りこんでいた。

ゴーストップにかかって停車すると、バスの中に乗客たちの軽い波動が起る。その度に、倹四郎の感覚は、鋭敏な触手に似たはたらきをした。かれの神経は、かたわらに立っている若い女の体に集中されていた。女の体はむしろ華奢《きやしや》な部類にぞくしていたが、スカートの中に張られている骨盤は、たらば蟹《がに》のように逞《たくま》しく張られているようだった。

かれは、車体の震動を利用して巧みにその感触をさぐる。出勤のバスの中で女のかたわらに身を寄せてゆくのは、毎朝のかれの習性になっている。自然とかれは、痩《や》せた女の体をえらんだ。顔の美醜に関係はない。ただ、衣服を通して感じとれる骨の形態だけが目的であったのだ。むろん、失望することの方が多かった。が、その日、触れた女の骨盤は、かれの感覚を十分に満足させてくれた。それは、豊饒《ほうじょう》な中身を蔵した見事な骨の容器にさえ感じられた。

やがて、バスは、駅の近くの陸橋のたもとにとまった。

俟四郎は、未練げに顔をしかめ、思いきりその女の骨盤に身をすりつけてからバスを降りた。バスは、軽くホーンを鳴らして交叉点《こうさてん》を渡って遠ざかってゆく。かれは、未練げにたたずんだまま、バスの姿をしばらく見送っていた。

バスの車体が見えなくなると、ようやく諦《あきら》めたように、横断歩道を小走りに渡り、ガラス窓のつらなった白い大学病院の門をくぐった。ガラス窓の反射に眼《め》を細めながら、まだらに乾きはじめている砂利の上を病院の裏手の方へまわって行った。そこには、日光の気配が急に失われ、細い路《みち》の所々に苔《こけ》の色さえひろがっている。その路の奥に古びた煉瓦造《れんがづく》りの建物がうずくまっていた。

建物の前にたどりつくと、かれは、ガラスの欠けた鉄の扉《とびら》を押して中へ入った。左手のコンクリート造りの部屋では、ゴム長靴《ながぐつ》をはいた係員が、ホースの水でしきりに床を洗い流しているのが見えた。

俟四郎は、控室に入ると、窓ぎわの机の前に腰をおろした。部屋の隅《すみ》では、今来たばかりらしい加茂《かも》が白衣に腕を通していた。

倹四郎は、不機嫌《ふきげん》そうな表情で手にさげてきた布袋の中から煙草道具《たばこ》を取り出し、三等分してある紙巻煙草の一つをつまんで大切そうに煙管《きせる》の先にはめこんだ。

加茂が、茶を持ってきた。

「バラシをするのが、一体ありますが……」

「知ってるよ」

倹四郎は、煙管をくわえたまま窓の方に顔を向けていた。

加茂は、そのまま自分の粗末な机の前に坐《すわ》っていたが、やがて、黙ったまま部屋の外へ出て行った。

倹四郎は、不快そうに空缶《あきかん》の中に煙管の灰をたたき落した。研究室の主任教授に連れられてきた加茂に引き合わされてから、すでに三カ月にはなる。教授は、二年ほど前、胸の手術を受けた後自分のとられた肋骨《ろっこつ》を返してくれ、と外科の医局員を困らせた青年だ、と可笑《おか》しそうに加茂を紹介した。

紺の背広を着た色白の青年に、倹四郎は、途惑った視線を走らせながら、

——この方が、私の仕事を手伝いたいというんですか。

と、問いかえしていた。

——どうしてもやりたいんだね、君。

教授は、加茂の顔を苦笑しながら振返った。

——はい。

加茂は、含羞《はにか》んでうなずいた。

倹四郎は、思わず加茂の顔を呆《あき》れて見直していた。今までの経験では、助手を志願してくる者は、他の職業で落伍《らくご》した、いわば生活の望みを失った無気力な中年以上の男にかぎられていた。そうした前例からみると、この都会風の青年が、助手を志願してきたことがひどく場ちがいなことに思えてならない。

加茂には、多分に少年の稚《おさな》い表情が残っている。淡水魚のようにひどく淡泊な表情をしている。注意して見てみると、胸の手術をしたというだけに、薄い肩の一方がせり上っていて、体の骨格も弱々しげだった。

倹四郎の口もとに自然と苦笑が湧《わ》き、希望どおり助手として使うことを承諾した。

今までの例では、助手志願者は、かなりの覚悟を持った者でも、仕事の性格に戦慄《せんりつ》して普通で二、三日、長くて一月もたたぬ間に去ってゆくのが常であった。倹四郎は、血の気も薄いその青年の見くびった考えを、思いきり叩《たた》きのめしてやりたい衝動に駆られていた。

翌日、都合よくバラシの仕事があった。

かれは、加茂をかたわらに立たせて、メスを大きくふるうと腐爛《ふらん》した死体の腹部を真一文字にあけた。そして、ただれきった内臓をつかみ出すと、加茂の足もとにあるバケツの中に腐臭とともに放《ほう》りこんだ。

これだけで十分だ、とかれは思い、効果を見さだめるように底意地の悪い眼をして加茂の顔をぬすみ見た。が、かれの期待は裏切られていた。そこには、意外にも平静な加茂の表情があった。

かれの胸に、錯乱が起った。加茂の澄んだ眼には、卒倒する寸前のあの動揺した翳《かげ》りすらも探りあてることはできなかった。

かれは、うろたえ気味にメスをふるいつづけた。しかし、作業が終るまで、加茂の平静な表情に変化はなかった。

それから三月《みつき》――。加茂は、一日も休むことなく出勤してきていて、いつの間にかすっかり助手らしい雰囲気《ふんいき》も身につけはじめている。

倹四郎は、裏切られた腹立たしさと、思いがけなく加茂が強靭《きょうじん》な神経を持っているらしいことに苛立《いらだ》ちをおぼえていた。それだけに、それまで孤独な作業になれてきたかれにとって、いつもかたわらに寄りそっている加茂の存在が、この上ないわずらわしいものに思えてならなくなった。

まず、かれの神経には、作業中に感じられる加茂の視線がやりきれなかった。加茂は、素気《そつけ》ない眼でかれの手の動きを見つめている。

自分の職業は、人に嫌《きら》われ、蔑《さげす》まれる類《たぐ》いのものなのだ。その卑《いや》しい仕事は自分一人でやればよいことで、他人の侮蔑《ぶべつ》の中に自らを沈潜させることにむしろ安らぎに似たものすらおぼえている。その作業に加茂が参加し、凝視されることは、自分の恥部が人の眼にさらされているような堪《た》えがたい羞恥《しゅうち》におそわれる。

それに、六十歳を越している倹四郎には、病院での自分の職業的地位を将来この青年に奪われはしないかという、かすかな恐れもある。腐臭にもたじろがず、倹四郎のメスの動きを見つめている加茂が、柔軟な若さでかれの技術を吸収し、その上に創意をくわえることも予想されなくはない。

かれは、そうした不安から、加茂の技術的な質問にはかたくなに沈黙を守りつづけた。そして、加茂を故意に雑務に追いやって、部屋に一人閉じこもってひそかに作業をおこなうこともあった。

「仕度ができました」

長いゴム靴をはいた加茂が、板張りの扉から姿を現わした。

俟四郎は、黙ったまま立ち上ると、服をぬぎ下着をはずして丸裸になった。そして、ロッカーから下着、古びたズボン、しみだらけの白衣をとり出して身につけると、胸もと近くまであるゴムの長靴をはいて部屋を出た。

コンクリート造りの解剖室には、死体収容槽《しゅうようそう》が六個、養魚場の魚槽のように並んでいて、床には水が打たれコンクリートのあらい地肌《じはだ》が浮き出ていた。かれは、その部屋を通りぬけると、隣接した小部屋に入った。

石造りのベッドの上には、アルコール液に濡れた男の爛《ただ》れた体が仰向きに載せられていた。

かれはタオルで鼻をおおうと、加茂のさしだすメスを手にした。男は、心中入水《じゅすい》の片割れで、女の死体の引取り人はいたが、男の身許《みもと》は今もってわかってはいない。背丈も低く骨格も貧弱で、かれのメスにとっては情熱の湧く対象ではなかった。貧しい男女が生活の希望ももてず死をえらんだものにちがいなかった。発見されたときは、男のズボンのポケットに数枚の十円銅貨が入っていただけだという。

かれは、眼を光らせて作業をはじめた。メスは、すばやい速さで腐爛した肉の上を動いてゆく。それにつれて、刃先から艶《つや》やかな光沢をおびた骨が、正確に現われてきた。肉づきを見、手で骨格の状態を上から時々さわってみるだけで、メスは深くも浅くもなく移動して、決して骨を刃先で傷つけることはない。メスには、一定した秩序正しいリズムがあった。

かれは、軀《からだ》全体で踊るような調子をとりながら、肉の中にメスを大きく動かした。その激しい体の動きにはなまなましい熱気がこもり、くぼんだ眼にも火の点じられたいきいきとした光が浮び出ていた。

かれは、そぎとった肉塊を深いバケツにつぎつぎと投げこみ、それらはたちまちバケツの中に充満した。

やがて、男の体は、わずかに肉片の附着しただけの骨になって横たわった。

かれは、骨格を見まわすと、身をかがめて足の骨の関節にメスの刃先を慎重にあてはじめた。骨が、あっけなくはずれてゆく。メスが目まぐるしく男の体中に動いて、たちまち頭骨、四肢《しし》、肋骨、腰骨などがほぐれた。それらの骨は、天井から吊《つ》りさげられた十本近い太い針金の先端に一つ一つ掛けられてゆく。その光景は、部品を天井から吊した自転車屋の店内を連想させた。脊柱《せきちゅう》の骨片の穴に針金をとおした骨の輪は、自転車のチェーンに似てみえた。

骨格の解体が終ると、加茂が、床の上に置かれた三個の甕《かめ》の蓋《ふた》をとった。中には、澄んだ水がみたされていた。

倹四郎は、第一の甕に右手と右足、第二の甕に左手と左足、そして、第三の甕にそれ以外の骨をそれぞれ区分して、水の中に慎重に入れた。骨は、薄暗い液体の中にところてんのようにほの白く沈んだ。

加茂が、甕をかかえて裏のドアから外へ出て行った。甕は、南向きの戸外で十カ月ちかく密封されたまま放置され、骨に附着した肉がすっかり腐敗し溶けた頃《ころ》を見はからって、きれいに骨だけが採取されるのだ。

倹四郎は、石の台の上に腰をおろしそのままじっとしていた。体に疲労がひろがって、肩は波打ち、背中に汗がながれた。

加茂が、また、甕をかかえて出て行った。倹四郎は、ゴム手袋をぬぎ、タオルを口からはずしてゴムの作業衣をぬぐと、隣の収容槽のある部屋にゆき、消毒液の中に手をひたした。

「やったのかい」

白衣を着た若い研究室員が、部屋に入ってきて顔をしかめた。その眼には、不快そうな光が露骨に浮んでいた。

倹四郎は、重い足どりで控室に行くと、菜葉服《なっぱふく》のまま椅子《いす》にもたれた。バラシをやった日には、さすがに昼食をとる気がしない。いつもは家から重箱につめた弁当を持

ってきて控室で箸《はし》をとるが、バラシの予定日には、

——食堂で、そばを食べるから。

と、病身の妻に言って、弁当を持たずに家を出る。

そばを食べるのは健康のためだ……というかれの言葉を、登喜子《ときこ》は疑う様子もない。

午食どきのうつろな静けさが過ぎて、やがて、研究室にも人の出入りが多くなると、かれは、おもむろに時計をたしかめ、菜葉服とズボンをぬぎ、ロッカーを開いて浴衣《ゆかた》を取り出す。そして、石鹼箱《せっけんばこ》と手拭《てぬぐい》を手に、建物の裏手から雑草の繁《しげ》る小路をたどり、木戸を押して塀《へい》の外に出た。

そこには、戦災に焼け残った古めかしい小住宅街がひろがっていて、細い路地を幾まがりかすると、黒い煙突を立てた銭湯があった。

タイルずくめの浴場。入浴客も数少く、タイルの床も、所々粉をふいたように乾いている。

カランを押して、湯に入る前に体を石鹼で入念に洗う。そして、長い間湯槽《ゆぶね》に漬《つか》って出ると、また体中を石鹼で泡立《あわだ》たせる。

タイルの壁に背中をもたせて、放心した眼をうすく閉じ、時折り思いついて湯をふんだんに体にかける。

二時間ほどそんなことを繰返して時を過すと、上気した顔で湯からあがり、下着を一枚残らず着かえる。指にも足指にも、白けた皺《しわ》が波紋のように寄っている。銭湯を出て、明るい日射しの中に身を置くと、かれは、いつもかすかな目まいをおぼえていた。

二

メスを一心にふるいつづけている時、かれは、よく幼年時代の一情景を思いうかべることがある。それは、せまい袋小路《ふくろこうじ》の一隅《いちぐう》で、一人きりでうずくまって遊んでいる幼い日の自分の姿だった。

終日、日の射すことのないそのしめった一隅は、幼い心を飽きさせない多くの彩り《いろど》に富んでいた。苔《こけ》の湧《わ》いた板塀には、蝸牛《かたつむり》の錫色《すずいろ》の跡が奇妙な紋様を一面にえがいていたし、苔の繊毛の先端には、華やかな色彩の粉をふり撒《ま》いたような微細な陰花の開くのも見た。塀の節穴から、青みどろの池で石鹼の泡に似た頭部をもつ蜻蛉《とんぼ》が生れるのを、息をひそめてのぞきこんでいたこともあった。

そんな日々の記憶がいきいきと生きているためか、今でも作業をつづけている時、ふと、自分の体が路地の奥の片隅《かたすみ》でうずくまっている錯覚にとらわれることがある。

幼い頃の背を向けたその姿勢が、自分の一生の固定した姿になってしまった気さえする。

意識して遊び友だちを求めなかった幼い頃の自分は、それはそれなりに路地の奥での孤独な生活を楽しんでいたらしい。それと同じに、骨標本作りという日のあたらぬほの暗い世界での仕事にも、かれなりのひそかな愉悦をいだきつづけてきたのだ。

かれが幼時をすごした町は、武蔵野《むさしの》の北端にある古い城下町だった。濠《ほり》や物見の丘がいたる所にある。主要な道に面した商家は、類焼をふせぐために頑丈《がんじょう》な土蔵造りにされている。町の中を縫う道には、城下町としての兵略的な意図が端的にあらわれていた。稲妻状に屈曲している路《みち》、完全に行きどまりになっているT字路、鉤《かぎ》の手がたに果しなく曲ってゆく路、その複雑な路のいたる所に無数の袋小路が散在しているが、それは敵の侵入を有利に迎え撃つための配慮からであった。

その路地の一つで、義父は、彫金師の看板をかかげていた。後に知ったことだが、人妻であった母は、乳児であった倹四郎を抱いて義父の光岡のもとへ逃げてきたのだという。そうした過去のためか、母は、いつもおびえたような眼をしていて、外へ出ることもほとんどなかった。

少年期を過ぎると、かれは、家の中にとじこもって見よう見まねで義父の仕事を手伝うようになった。その頃、義父は、煙管《きせる》の飾り彫りのほかに、象牙《ぞうげ》のパイプを使って男女のみだらな姿態を描いた色つきの彫刻もはじめたらしく、夜、よく東京から商人がやってきては仕上ったそれらのいまわしいパイプをひそかに持ち帰るようになっていた。

電球の下で、彫刻し終えた象牙の肌を指先で撫《な》でている義父の姿を眼にしたこともあった。口数の少い義父が、その時だけは別人のように眼をいきいきと輝かせて、しきりに口の中で低声《こごえ》でなにかつぶやいていた。

義父の生涯《しょうがい》にとって、関東大震災の起きた後の一月ほどは、おそらく残照にも似た華やかな意義をもった日々であったのだろう。

夜になると、城下町の高みからは、東京の町々を焼く火の色が望見され、翌日には焼け出された人の群れが街道をひしめき合ってやって来た。

義父が行先も告げずに家を出たのは、余震のまだ残った翌朝のことだった。それから三日目、義父は、深夜、袋をさげて裏口から物音もさせずにもどって来た。義父の顔は、頬骨《ほおぼね》の突き出るほど痩《や》せこけ、眼には異様なほど落着きのない光がうかんでいた。

義父の奇妙な生活がはじまったのは、その日からであった。昼間はふとんをかぶって熟睡し、夜になると狭い梯子段《はしごだん》をのぼって行き、外に灯《ひ》をもらさぬようにして屋根裏の部屋にとじこもる。下りてくるのは、夜も白々と明ける頃だった。

その頃、倹四郎は、時々深夜ふと目をさました。天井の四角い穴から屋根裏の明りが隣室の一隅に落ちている。むろん、義父は、いまわしい物の彫刻をしているにちがいないのだが、それほど義父を熱中させている対象がなんであるのか、倹四郎は、立ちのぼる灯の色を見上げながら、のぞきこみたい誘惑にかられていた。

それから一月ほどしたある明け方、不意に刑事が数人家に踏みこんできて荒々しい家探《やさが》しがおこなわれた。たちまち屋根裏から彫刻された白いものと袋が押収され、かれと義父は、素足のまま警察へ引き立てられた。

義父の問われた罪の内容は意外だった。義父は、焼土になった町々を深夜ひそかに忍び歩き、死体の大腿部《だいたいぶ》の骨を鋸《のこぎり》でひき、その骨を持ち帰っていまわしい彫刻をほどこしていたのだという。倹四郎もその仕事を手伝ったのではないかという疑いを受けて、激しい拷問《ごうもん》を繰返され追及されたが、ようやく嫌疑《けんぎ》もはれて二カ月後には釈放された。義父は、その後、体の衰弱が甚《はなは》だしく未決監で病死した。

かれは、母を連れてその町から逃げるように東京へ出た。そして、日雇人夫などをしていたが、その間にも、苛酷《かこく》な取調べ中に係官から何度も突きつけられた義父の彫刻した骨の美しい色を忘れることはできなかった。渡されて手にのせてみると、それは、象牙にはないなんとも言えぬ軽みと和みがあって、骨の色にも滑らかな光沢があった。

人夫仲間の一人が、たまたま風変りな職場のあることを口にした。ある大学病院で、骨標本作りの助手の口があるというのだ。給料も悪くないし、常雇いされるのだが、仕事の性格上、希望者がなかなか見つからないらしいという。

その話に、かれは興味をもち、翌日、その病院を訪れた。が、数日後におこなわれたバラシ作業を手伝った時、激しい悪臭と腐爛《ふらん》した肉の色に貧血をおこして倒れてしまった。

しかし、醜い肉の下からのぞいた骨の色は、やはり、かれの期待を裏切りはしなかった。人骨に彫刻した義父の熱意もその美しさのためだったのだと納得できた。

やがて、骨標本作りをしていた老人が脳溢血《のういっけつ》で半身不随になると、自然にその仕事は、かれ一人の手にゆだねられることになった。彫金師として刀を操るのに巧みであったかれにとって、メスをにぎっておこなうバラシ作業に習熟するのには、それほどの月日も必要とはしなかった。

作り上げた初めての骨標本は、縁故のない女囚の獄死体で、ひどい猫背《ねこぜ》の骨格ではあったが、仕上げられたその標本を、かれは惚《ほ》れぼれと飽くことなく眺《なが》めつづけた。警察にもとがめられず、誰はばかることなく人体を骨だけにすることのできる作業。かれは、それをこの上ない好ましい職業だ、と思った。

ただかれは、女運には、極端なほど恵まれなかった。二十数年間に、十人近い女がかれのもとへ嫁いできたが、女たちは、例外なく去って行った。それは、かれの体にしみついた死臭のためであった。

女に去られると、かれは、心当りの場所を女をもとめて狂ったように探しまわり、数日はふとんをかぶって泣きわめき、ひどく未練げな乱れ方をした。

かれには、自分の体からただよう死臭がうとましかった。女に去られる度に、職を変えることを真剣に考えた。しかし、すぐには適当な職はみつからず、それに、骨標本をつくる魅力に打ちかつことはできなかった。そして、女を自分のもとに引きとめておくには、結局は金銭であるとも考え、極端なほどの倹約をして金をたくわえることに専念した。去った女たちは、種々雑多だった。金や家財を持って姿を消した者もあれば、公然と慰藉料《いしゃりょう》を請求してきた女もあった。

しかし、老境に入ったかれの身には、いつの間にかちょっとした小金が残されていた。

その夜、倹四郎は、バラシをやった日いつもそうするように、鰻《うなぎ》の頭や牛・豚の内臓を焼く小さな飲食店の密集する横丁にもぐりこんで酒を飲んだ。体からただよう臭《にお》いを、飲食物の強い匂《にお》いで消すための工夫だった。

かれは、やがてその一郭からはなれると、二駅ほどの距離を蹌踉《そうろう》と歩きつづける。電車賃を吝《お》しむ気持もないではなかったが、家へつくまでに、少しでも自分の体を外気にさらしておきたかったのだ。

街道を折れ、私鉄のせまい無人踏切を渡ると、急に樹葉の匂いの濃い夜気が、邸町《やしきまち》の高みから一斉《いっせい》に落ちてきた。

かれは、ゆっくりとした足どりで坂をのぼった。両側の石塀にも、その上からせり出した樹葉の繁りにも夜露がはらんで、湿り気のある冷たい空気がかれの体に降りそいでくる。

坂を上りきると石塀がきれ、その角から右手に自然石をそのまま敷き並べた不揃《ふぞろ》いな石段が下っている。その石段を下りた路地の奥に、かれの家があった。

倹四郎は、玄関の格子戸《こうしど》に鍵《かぎ》をかけると、居間に入った。

「お帰りなさい」

血の気のうすい登喜子が、居間つづきの隣室で、寝巻の衿《えり》を指先であわただしく直しながらふとんの上に起き上った。

それまで妻となにか話でもしていたらしい娘の百合子《ゆりこ》が、座をはずして立つと、階段をひそかにきしませながら二階へ上って行った。

倹四郎は、黙然と衣服をぬぎ、衣桁《いこう》にかかった和服に着がえた。腰をおろすと茶道具を引き寄せ、自分で茶をいれた。

百合子は、いつもあんなよそよそしい座の立ち方をする。妾《めかけ》になった母のもとへ通ってくる男を迎えて小賢《こざか》しく座をはずす娘のような仕種《しぐさ》だった。まるで倹四郎を、見知らぬ男のように扱っている。が、百合子のそうした態度は、母娘《おやこ》がこの家に入ってきてから一貫して変らないものであった。

一年ほど前、かれは、近くの世話好きの老婆《ろうば》の仲介で登喜子と見合をした。その席には、一人娘だという百合子も同席していた。

倹四郎は、登喜子の美しさに驚いていた。四十七歳だというが、世話をした女の話どおり、四十歳ぐらいの若さにしかみえなかった。薄く化粧をしたその顔は、気品のあるやわらいだ目鼻立ちで、伏目がちの眼《め》が大きく張っていた。

母と娘は、容貌《ようぼう》も肌《はだ》の白さも実によく似ていた。が、性格はかなりちがうらしく、母の方は、娘のかげにかくれるようにして坐《すわ》り、娘は、大きく張った眼を無遠慮にかれの顔にそそいでいた。その眼には、かれの些細《ささい》な欠陥をも見逃すまいとする冷静な光が露骨に浮んでいた。

母と娘の立場が、逆になっていた。登喜子は臆病《おくびょう》そうに眼をしばたたき、伏目がちで口数も少かった。が、百合子は、保護者のような態度で、倹四郎に容赦ない質問を浴びせつづけた。内容は、主として経済的な問題で、かれの収入、資産が百合子の関心の的であるらしかった。

かれは、執拗《しつよう》な訊問《じんもん》を受ける被告のように、一つ一つそれに答えさせられた。が、百合子にも、そうした娘の態度を許している母親にも、不思議に腹は立たなかった。母親の美しさと気品は、自分の生きてきた世界とは別のものにみえ、本来なら自分などの所にやってこようなどという人間ではない、と思った。

ただ母娘は、夫の死後売り食いも底をついて、度かさなる無心で親戚《しんせき》にも知人にも顔向けできないところにまで落ちこんでいた。定時制高校を出て勤めをしている娘のわずかな収入だけが、二人の唯一《ゆいいつ》の生活の糧《かて》になっている。つまり、貧窮さえしていなければ、かれと見合をするなどということはあり得なかったのだ。

倹四郎は、珍しくひどく寛容な気持になっていた。娘の露骨な質問も、内気な母親を思う感情の稚《おさな》い現われだと思われないこともない。六十にもなる男に母親を再婚させる娘の気持としては、自然なことだとも解釈された。

かれは、ひそかに登喜子の顔に視線を送っていた。まだ十分に若々しい美しさを、自分のものにできるという想像が、かれの心をたかぶらせていた。

百合子が、二つの条件を出した。一つは、母と正式の結婚手続きをとること、第二は、百合子の大学進学の学費を出してくれることであった。

かれは、少し思案してから承諾した。第一の条件は、むしろかれも望むところで、かれが死ぬまで登喜子を所有できることを意味している。むろん、百合子は、かれの死後の遺産が目的なのだろうが、身寄りもないかれにとっては、死後のことなど全く関心がなかった。第二の条件は、好ましいことではなかった。が、学費といっても四年間というかぎられた期間のことではあるし、登喜子を迎え入れることができることを考えれば、その程度の支出は堪えなければならないと思った。

やがて、母娘が、わずかばかりの荷を手にしてやって来た。

——家財は邪魔になると思って、近所の人にやってきたんです。

百合子は、弁解がましくそんなことを言っていたが、荷物の中には、あきらかに新しく買い求めたらしいものもまじっていた。

倹四郎は、母娘の想像以上の貧しさと、それでもなお無理な虚勢をはっている二人に呆《あき》れながらも、新しくはじまった生活に満足しきっていた。

登喜子の体は、顔の若さよりもさらに年齢を感じさせない艶《つや》があった。かれが抱くと、登喜子の体には適度な羞《はじ》らいがあって、その思いがけない情感の初々《ういうい》しさに、かれは上機嫌《じょうきげん》だった。そして、百合子にも二階の六畳を一室あてがい、約束どおり受験させてこの春から私立の大学へ通わせていた。

しかし、そのうちに登喜子は、遠慮がちに時々床をのべて横になることが多くなっていた。医師にみせると、それは以前からの持病であったらしく、冠動脈不全という心臓病の一種であった。医師が帰ると、登喜子は、倹四郎の手前困惑しきった表情で、身をすくませてふとんの上に横になっていた。

かれは、母娘の術策にかかったことに気がついた。母娘は、貧しさからだけではなく、登喜子の病身を救う下心もあってかれを巧みに利用したにちがいなかった。

あらためて登喜子を見直す思いだった。百合子は素知らぬ風を装って黙っているが、登喜子の眼には、かれの機嫌を損じまいとする必死の色がおびえたように張りつめている。二人の不安そうな表情が、かれの白け返った気持をやわらげさせた。妻の病臥《びょうが》は、むしろ好都合なことだと思えなくもない。登喜子が生きる力の乏しいことを自覚している母娘は、その病気のためからもかれのもとを去る懸念はない。

老いたかれにとって、女に去られる苦痛はもはや味わいたくはなかった。想像するだけでも堪えられぬほどの寂寞感《せきばくかん》をかれにあたえるのだ。

「二時間ほど前なのですが……」

登喜子の遠慮がちな声が、隣室からしてきた。

「病院の加茂さんという人がおいでになりました」

倹四郎は、ぎくりとして登喜子の顔を見つめた。

「なにしに」

体が、一瞬、凍りついた。

「至急の用で来たのだそうですけど、留守だといったら、これを置いて行きました」

登喜子は、枕《まくら》もとから病院用の茶色い封筒をとりだした。

倹四郎は、立って行ってそれを受けとると、封をきった。便箋《びんせん》にボールペンで、今日バラシた死体の引取り人が出て、明日午後に手渡すことになっているので早めに出勤をするように事務局から頼まれた……という趣旨のことが、細かい文字で書かれていた。

倹四郎は、白けた表情で便箋を封筒におさめた。職業の内容をかくしているかれにとっては、病院の者に私宅を訪れられることは迷惑なことであった。ことに、それが加茂であることは、作業の面だけでなく私事にまで介入されたような不快さだった。

「上ったのか」

かれの声は、ひきつれていた。

「いいえ。玄関でこれだけ置くと帰って行きました。百合子が、お茶でも……と言って引きとめていましたけど……」

登喜子は、顔色を変えて立ちつくしているかれの表情を、おびえたようにながめていた。

「それ以外になにか言っていたか？」

倹四郎は、登喜子を見つめた。

「いいえ。別に……」

登喜子は、いぶかしげにかれを見た。

倹四郎は、安堵《あんど》が体中にひろがるのを意識しながら、テーブルの前に坐りなおすと、湯呑《ゆのみ》を手にした。

身許《みもと》不明の死体は、法律的に骨標本にすることは禁じられている。が、心中した男の死体は、三カ月もたっているのに引取り人があらわれなかった。その上、腐敗しきって保存も限度にきていたので、思いきってバラシてしまったのだ。

今までにもそうした例は数知れないが、一年ほど前、突然、引取り人が出て、骨標本にしたことがばれたため多額の金を要求されたことがある。それ以来、病院の事務局ではひどく神経質になっている。

倹四郎は、加茂が家に来たことも当然のことなのだ、と自分にいいきかせ、封書でそのことを書き置いていった加茂の行為に安堵をおぼえていた。

やがて、かれは立ち上って封筒をふところに居間を出ると、廊下をつたって階段を上っていった。

上りきったすぐのところに板張りの扉《とびら》がある。かれは、ふところから鍵を取り出すと扉をあけ、暗がりの中で内側から錠をしめた。スウィッチを押すと、二坪ほどのブリキ張りの小部屋が、電光に明るく浮びあがった。

一方の壁に棚《たな》があって、そこにおびただしい数の薬瓶《くすりびん》が置かれ、机の上にはビーカーや試験管がびっしりと並んでいる。

かれは、小さな流し場に身をいれて、ふところから出した封筒にマッチで火をつけた。そして、小さな椅子《いす》に腰をおろすと、紙の燃える炎の色を見ながら落着かない眼をしきりにしばたたいていた。ともかく、加茂の突然の来訪が、悪い結果をもたらさなかったことだけは幸いだった、と思った。

　封筒が、燃えつきた。かれは、うっすらと額に浮んだ汗を指先でぬぐった。安堵の色が、ようやく表情に浮んだ。

　かれは、しばらく椅子に腰をおろしたまま、うつろな眼で小部屋の中を見まわしていた。が、やがて、椅子から立上ると、机の前に行って大型のビーカーの中をのぞきこんだ。

　琥珀《こはくいろ》色の液の中には、兎《うさぎ》の頭部の骨がこちらに鋭く尖《とが》った歯列をむき出しにしている。

　倹四郎は、老眼鏡の奥に光る瞳《ひとみ》を凝らしながら、ビーカーの蓋《ふた》をとり、ガラス棒を兎の口腔《こうこう》の中にさしこんで、骨を液面から取り上げた。

　骨は、寒天のように透けはじめている。数日前見たときよりも、わずかではあるが、透明度はすすんでいる。

　かれの目もとに、無心な微笑がただよった。二年間の工夫の成果が、今度の薬品の組み合わせで、ようやく自分の仕事を結実させたのだ。あとはただ、この薬品の調合を忠実に人骨に応用して、透きとおった骨標本を作ってみればよいのだ。

　倹四郎は、頭骨を液の中にもどすと、ガラス越しに骨をみつめた。

眼窩《がんか》と歯列の間から、気泡《きほう》が液の中を立ちのぼっている。骨のうすい部分は、電光を受けて雲母《うんも》のような明るい光沢をやどしていた。

三

翌日、かれは、朝の七時に病院へ行った。加茂と事務局の職員がすでに来ていて、かれを待っていた。

引取り人の眼をごまかす方法は、一つしかなかった。それは、バラシた骨を火葬場に持って行って焼いてしまうことだ。

かれは、加茂を連れて建物の裏手にまわった。そして、昨日、骨をいれた甕《かめ》の蓋をとると水の中から骨をとり出し、五十センチ立方ほどの木箱の中に投げ入れた。箱は、あつらえたように骨を過不足なくおさめた。

加茂が木箱をかかえてコンクリート造りの死体収容槽《しゅうようそう》のある部屋に運んだ。職員は、椅子に坐ったまま黙ってながめている。

倹四郎は、手を消毒すると控室にもどった。バラシた骨が、自分の手もとからはなれてゆくのはさびしい気がした。が、貧弱な骨格をしていた男の骨を思い起すと、それほどの未練はなかった。

かれは、椅子に腰をおろすと煙管《きせる》を布袋から取り出した。ビーカーの中の透けはじめた兎の頭骨がよみがえった。自然と微笑が湧《わ》いてきて、かれは、明るい眼をして窓の外に視線を向けた。

煉瓦造《れんがづく》りの建物にそった雑草の中に、茶色い甕が、十個近く朝の陽光を浴びて並んでいるのが見える。

かれの手がけた骨標本は、すでに四百体を越えている。それも、ほとんど一人でバラシから仕上げまでおこなったものばかりで、半数近くが他の大学へ貸出しという形式で移譲されている。

バラシをされた骨は、甕の中で一年近く水に漬《つ》けられてから取り出されると、骨に附着した腐肉をブラシやピンセットで除去する。そして、苛性《かせい》ソーダ液にひたされて、弱火で長時間煮られた後、幾度も入念に水洗される。それから過酸化水素液に漬けられて漂白され、ブラシで十分にみがかれて銅線で組み立てられ、それで仕上る。神経をすりへらすわずらわしい作業であった。

かれの技術は、数多い骨標本作りの中でもゆるぎない定評をかち得ている。が、倹四郎自身にしてみれば、三十数年間の自分の歩みはもどかしいほど遅々としたものだとしか考えられない。甕に入れた骨が黒くなるのを、鉄分の作用だと気づいたのも十年ほど前のことであった。それからは、背骨の穴にとおす針金を細い銅線にあらためたりした。

仕上った骨は少し黄味をおび、ことに関節の部分は、脂肪が浮き出て濃い黄色を呈している。その色合いが、かれには不満であった。

死後かなりの日数をへた腐爛《ふらん》死体でも、腐肉の中には、貝の肉の中に光る真珠のように骨が瑞々《みずみず》しい白い輝きをおびておさまっている。それは、肉が醜いだけに、一層なめらかな光沢を際立《きわだ》たせている。が、それも、一年後に仕上るまでにほどこされる処理過程で、いつか光沢もうしなわれ、黄色い石灰物質になってしまう。

かれの努力は、ひたすら骨をバラシた時のままの状態で標本にしたい、という一点にそそがれていた。その成果は、緩慢ながらも徐々に実をむすび、かれの手にかかった骨標本は、骨本来の色も多分に残されているし、また、ある程度の艶も表面にほのかにただよっていると言われている。

そうしたかれの高名をしたって、訪れてくる他の大学の骨標本作りたちも多かった。が、俊四郎は、決してかれらに技術的な意見を述べることはしない。それが無駄《むだ》なことを知っているからであった。一つの例をあげてみても、苛性ソーダ液で骨を煮るときの湯気の立ち加減、煮られている骨の肌の色合い、それらは、刀鍛冶《かたなかじ》の刃を焼く炎の色加減と同じで、骨によって按配《あんばい》が異なる。言葉で述べたところで、説明のつくことではないのだ。

それらの骨標本作りたちのたずさえてきたかれらの作品は、例外なく光沢のうすれた脂肪分のふき出た醜い物質にすぎなかった。

——これでは、骨の死骸《しがい》だよ。

かれは、ためらう風もなくつぶやく。かれにとって骨は、肉体が滅びても生きつづけていなければならないものであった。

が、いくら工夫を凝らしてみても、倹四郎の心は満たされなかった。骨が標本に仕上るまでの化学処理で、内部組織は破壊され骨本来の美しさはほとんど消えている。

そうしたかれの不満を裏書きして、ある研究室員が、こんな意味のことをかれの前でつぶやいた。

つまり、現在のままの醜い骨標本では、ただ形態だけのもので、合成樹脂をはじめ種々な原材料を使って骨標本を作れば、それで十分に研究の資に供することができはしないか。一年もの月日と労力を使ってまで、人骨を標本に仕立てる必要があるものかどうか……。

かれは、一瞬、息のとまるような衝撃をおぼえ、顔色を変えた。自分の生命を賭《か》けてきた対象が、その一語によってもろくも崩れ去ってゆくのをおぼえた。

美しい標本を作り上げようと思い立ったのは、その時からであった。かれは、腐肉の中からのぞいている骨を仔細《しさい》に観察した。骨には、寒天状に透けている個所がある。その部分の骨は、新鮮で美しくみえた。もしも、透明な骨標本ができたとしたら、骨の内部も透けてみえ、医学的にも価値があろうし、また、美しい骨を作りたいという自分の欲望も満たされる。水晶のように透けた骨、水槽のガラスを透して中をのぞくように骨の内部もうかがいみることのできる骨標本。

倹四郎は、ひそかに主任教授の私宅を訪れた。そして、自分の意図を話し、おそるおそる実験用動物の使用を頼みこんだ。

——そんなものができるかね。

教授は、半ば訝《いぶか》しそうな表情をした。

——もしも、できたとしたら大したものだがな。

教授は、心もとなさそうに言いながらも承諾してくれた。

倹四郎は、面映《おもは》ゆそうに眼をしばたたいて立っていた。むろん、ある程度の成算はあった。骨や歯の硬組織を顕微鏡でしらべるときに、マイゼンゾイレという薬品を使って脱灰し、数ミクロンの薄片を切り取ることがしばしばおこなわれている。その薬液は、石灰分を脱解させると同時に骨や歯をわずかながら軟化させ、その上、半透明にさせる作用も持っている。

骨が軟化することと半透明になることとは、結局、石灰分の脱解に帰するのだが、半透明になった軟骨に別の要素のものをくわえて硬化作用をほどこせば、かれが理想とする骨標本が生れることも決して不可能ではないと思えるのだ。

――この話は極秘にしてください。洩《も》れますと研究を盗まれてしまいますから。

かれは、辞去する折に、深刻な表情で何度も念を押した。

――よしよし、わかった、わかった。

教授は、倹四郎の真剣な眼《め》を可笑《おか》しそうに微笑してながめていた。

それから二年近く、かれは、研究室の者たちの眼をぬすんで、ひそかに小動物の骨を身につけて家に持ち帰るようになった。帰宅してからも、特にそのために改築したブリキ張りの小部屋に、厳重に鍵《かぎ》をかけて閉じこもった。むろん、家の者に自分の職業を気づかれぬための警戒心からでもあったのだが……。

自動車のエンジンの音が建物の外でして、やがて、加茂と職員が火葬場へ木箱を送りだしたらしく、前後して控室に入って来た。

「手数ばかりかけやがって、一文のとくにもなりゃしなかった」

職員は、腹立たしそうに言うと、眠り足りなそうに小さな欠伸《あくび》をした。そして、所在なさそうに標本棚の中をのぞいていたが、やがてスリッパをひきずりながら部屋の扉を押して出て行った。

係員が出勤してきたらしく、隣の部屋で床を洗う水の音がしてきた。

加茂は白衣をつけると、整理棚から仕上った標本の骨片を出して、机の上にひろげ、銅線をつかって骨の組み立て作業をはじめた。

倹四郎は、坐《すわ》ったまま机の上の骨の仕上り具合をながめた。二本の肋骨《ろっこつ》が折れ、背骨も粉々にこわれている。電車に飛込み自殺をした推定三十歳前後の身許不明の男の骨で、妙に光沢のとぼしい奥歯に金冠が冴《さ》えざえとかぶせられているのが、その標本に鮮やかな彩《いろど》りを添えていた。

加茂は、骨格図を片手に、足指の骨を図と見くらべながら並べている。倹四郎は、なにげない風を装って、時々するどい視線を加茂に投げかけていた。

色白の華奢《きゃしゃ》なととのった目鼻立ち。眉《まゆ》や髪の生え際《ぎわ》には、青ずんだすがすがしい色が匂《にお》っている。骨をいじるには、似つかわしい人間には思えなかった。

倹四郎の胸には、かなり以前からかすかな疑念がきざしてきている。加茂は、もしかすると自分の技術を盗むために助手を志願してきたのではないだろうか。それだけでなく、透明な骨標本を作ろうとする自分の企てをひそかに聞きこんで、それを探るために他の大学から送りこまれて来たのかも知れない。

「おい」

倹四郎は、表情の硬くなるのを避けながら声をかけた。

加茂が、不意の声に驚いたように顔をあげた。

「仕事は慣れたかい」

煙管をはたきながら、ごく自然な口調で言った。が、その声はなんとなくぎごちないのが自分でも意識された。

「いいえ、まだだめです」

加茂は、面映ゆそうに苦笑した。

倹四郎は、その殊勝げな答えにはぐらかされたような気持がした。

「いやじゃないのかね、こんな仕事」

加茂は、首をかしげた。

「別にどうといって。給料も悪くはありませんし、第一、ぼくみたいな体じゃどこだって使ってくれやしません。病院に勤めていると言えば、体裁もいいですからね」

加茂は、妙に冷静な眼をして言った。

「家族の者は仕事の内容を知っているのかね」

倹四郎が、なおもたずねると、加茂の口もとに拗《す》ねた微笑が浮んだ。

「姉だけなんですけどね。そのことを話しましたら卒倒しかけましたよ、詳しく話してやったもんですから……。でもいいんです、姉は、貸ぶとん屋をやっている男の妾《めかけ》になっているんです。ぼくの手術費を借りた恩があるとか言っていますが、口実なんです。ですから、ぼくも自由に職業をえらぶ権利があるんです」

加茂の口もとには、ゆがみが浮びつづけている。

「死体の骨をとることは恐しくはないのかい」

倹四郎は、少し加茂の言葉に気圧《けお》されたように言った。

「平気です。ぼくは生きているうちに骨をとられたんですから……」

倹四郎は、加茂の顔を思わずみつめていた。

「骨を返してくれと言ったそうだな」

加茂は、口をつぐんだ。

「きれいだったからか？」

倹四郎の眼は、いつか探るような眼になっていた。加茂のこの華奢な体から肋骨が生々しく取り出される情景が、倹四郎の胸を激しくたかぶらせた。

加茂は返事をしない。伏目になって骨格図を指先でいじっている。

その不意の変化に、倹四郎は、苛立《いらだ》った。

「骨は見なかったのか」

顔を硬直させながら、答えをうながした。

「いえ、シャーレの中に入っているのを見ました」

加茂が、冷えびえとした顔をあげた。その表情に倹四郎の心は動揺した。

凍った硬い表情をしているのに、加茂の眼には血の色がさしていて、かすかに涙ぐんでいるようにさえみえる。激しい侮蔑《ぶべつ》にじっと堪えている人間がしめす表情によく似ていた。自分の骨を眼にしたことが動機で、他人から嫌《きら》われる職業に身を沈ませた自分に、人間としての強い羞恥《しゅうち》を感じつづけているのか。それとも、骨をとられたために、いまわしい仕事をつづけねばならぬ自分を蔑《さげす》んでいるのか。

加茂に対する疑念は、いつの間にか薄らいでいた。骨をとられてしまった加茂は、復讐《ふくしゅう》にも似た気持で、バラシ作業に従事しているとも考えられる。骨を返してくれ、と口にしたその言葉は、加茂が人一倍自分の肉体をいとおしむ性格であることをしめしている。その愛惜の念が、かれを嗜虐《しぎゃく》的な気持にかりたてて、他人の骨をいじらせているのかも知れない。

加茂は、骨格図を手に足指の骨を黙ったまま並べはじめた。

倹四郎は、その横顔を今までとは変った感情でみつめた。骨標本作りの助手という職業以外に生活の費用をひねり出すことのできない加茂が、ひどく哀れに思えた。その加茂の生きた体からとり出されたという肋骨のみずみずしい光沢が、倹四郎の心をゆすぶった。

翌日、倹四郎は、肺外科の医師に頼んで手術室に入りこんだ。

かれは、執刀医の肩越しに患者の背の肉がきり開かれてゆくのをまたたきもせずに凝視していた。

電気メスが何度も動いて、やがて、肉の中から青みをおびた白い肋骨が現われてきた。かれは、眼を見はった。切り開かれた肉も肺臓もみずみずしく動いていて、その中で、光沢をおびた肋骨が、まわりの肉とともに確実に生きてみえた。

まばゆく光る大きな鋏状《はさみじょう》の道具が、その骨に食いこみ、乾いた音がすると骨が切断された。

シャーレの中に、骨が捨てられた。かれは血にまみれたその艶《つや》やかなものを息を殺して見つめた。それは、腐爛死体から取り出される骨とは異なって、水からあげられたばかりの小魚のように、さわれば弾《は》ね返りでもする新鮮なものにみえた。

透明標本と、その肋骨とがかれの胸の中でかたくむすびついた。

蹌踉《そうろう》とした足どりで手術室を出ると、かれは、教授の部屋のドアをあけた。

「新鮮な死体を？」

教授は、血走ったかれの眼を呆《あき》れたようにのぞきこんだ。

死後硬直のはじまっていない新しい死体は、皮膚から内臓までもれなく新鮮標本として採取され、フォルマリン漬けにして保存される。そして、新鮮標本を採取された後の死体は、アルコールの水槽に入れられ、ある期間をへて焼骨されてしまうまで研究用に使用されるのだ。むろん、こうした死体が運びこまれることは稀《まれ》で、それだけに研究室にとっては貴重な存在であったのだ。

「難しいことを持ちこんできたものだね」

教授は、急に白けた表情をして不機嫌《ふきげん》そうに黙りこんだ。

骨標本用にまわされてくる死体は、アルコール貯蔵もできない腐敗したものや、轢《れき》死体《したい》のような破損された廃物同様のものにかぎられていて、そうした慣習から推してみても、たしかにかれの申し出は、骨標本作りという分を越えた突拍子もないものであった。

かれは、教授の表情にうろたえながらも、必死に口を動かした。

「無理だということは十分わかっております。私も、分はわきまえております。その代り、私の死にました時には、無料で体を使っていただく手続きをいたします。葬式も墓もいりません。立派な透明標本さえこの世にのこせれば心残りはありません」

唇《くちびる》をふるわせ懇願しているうちに、かれの声はうるみをおびてきていた。

やがて、教授は、かれの熱意に気分を直したらしく、

「それほどまでに言うなら、一体だけまわしてあげよう」

と、言った。

かれは、教授が辟易《へきえき》するほど執拗《しつよう》に頭をさげ、身をすくませると、教授の部屋を出て行った。

四

その夏は、驟雨《しゅうう》の多い年で、その度に坂の傾斜から雨水が石段を洗い流れてきて、家の周囲に雨水の溜《たま》りをつくった。そして、夜、空気が冷えはじめると、附近の邸《やしき》の庭樹《にわき》から水気をふくんだ靄《もや》が湧《わ》いて、一段と低まった俊四郎の家の周囲に厚い層となって白く沈澱《ちんでん》したりした。

夕食が終ると後片づけをして、百合子は、すぐに二階へ上ってしまう。かれと口をきき合うことはほとんどなかった。食卓にむかい合っても、よそよそしい表情で箸《はし》を動かしている。いつも素顔のままで、黒々とした髪をそのまま後ろへ垂らしている。冷えきった顔に朱をふくんだ唇の色が、その部分だけ息づいてみえた。

二階へ百合子が去ると、やがて、寝室には古びた蚊帳《かや》が張られる。結婚した折に登喜子母娘《おやこ》が持ちこんできたもので、生地の目もつみ、四隅《よすみ》に色あせた大きな朱房が垂れていて、登喜子たちの華やかな一時期の生活をうかがうに十分なものがあった。

電灯の光を弱めると、蚊帳の中には、青みどろの池の底にいるような暗さがひろがった。この蚊帳の中で、妻が七年前に病死したという夫に抱かれたことがあるかと思うと、その男の凝視に射すくめられているような錯覚を倹四郎はおぼえた。

倹四郎は、妻の体を荒々しく抱いた。青ずんだ蚊帳の中で血の気のうすい妻の目鼻立ちは、その一つ一つが浮き出し、四十歳を越えたとは思われぬ稚《おさ》なおさなした表情が浮んでいた。

妻が初めて失神状態におちいったのは、夏も終りに近づいた頃《ころ》であった。妻は、胸を波打たせ、手足をはげしく痙攣《けいれん》させていた。

かれは、妻の体から身をはなすと電灯を明るくした。

「おい、おい」

倹四郎は、眼の吊《つ》りあがった登喜子の顔をゆすった。白けきった唇の間からのぞいている歯列が、陶器のように乾いていた。

かれは、蚊帳を出て勝手元に行くと、コップの水を口にふくんで、妻の顔にふきかけた。そして、喘《あえ》ぎがわずかながらも鎮《しず》まるのを見とどけると、下駄《げた》をつっかけて坂を駈《か》けおりた。

医師が来て注射が打たれ、胸に濡《ぬ》れタオルがのせられた。やがて、荒い呼吸もしずまり、登喜子は顔一面に疲労の色をみなぎらせて深い眠りの中に落ちていった。

若い医師は、白けた表情で注射器具を鞄《かばん》の中におさめはじめた。

「どうしたんですかね」

倹四郎は、医師の顔をうかがった。

「無理ですよ、奥さんの体では。節制していただきませんとね、保証はできませんよ」

医師は、乱れた寝床から視線をそらせて、素気《そっけ》なく言った。

倹四郎は、拗《す》ねたように黙りこんだ。若い医師に私事をとがめられたことが不愉快だった。

俊四郎は、口もきかず医師を玄関まで送って出た。医師は、靄の白くよどんだ石段を上って行った。

鍵をしめると、かれは、廊下を居間の方にもどりかけたが、ふと、身近に人の気配を感じて体を硬直させた。空耳か、とも思ったが、たしかに板のきしむかすかな音を耳にした。

かれは、その方向に眼を上げた。闇《やみ》に近い階段の中段あたりに白いものがほのかに浮び、それがゆっくりと身をめぐらすのが眼にとまった。

白いものは、階段を一歩一歩あがって行き、上りきった所で消えた。

かれは、廊下に立ちつくして、闇の濃い狭い階段を見あげていた。

しかし、そんなことがあっても、かれは、妻の体を抱くことはやめなかった。来ては去り、来ては去った過去の女たちとの生活のあわただしさが、いつの間にかかれを性急な男に作りあげていた。自分のいまわしい職業が露見してしまうか、それとも死が不意に妻に訪れるか、いずれにしても登喜子を失う日のやってくることは十分に予想される。それだけに、かれには妻の病軀《びょうく》を配慮する心のゆとりが欠けていた。

かれは、いつか鎮静剤を登喜子の腕に注射するようになっていた。登喜子が失神すると、かれは、落着いた手つきで濡れタオルを乳房の間にあてたりした。

かれは、妻の体を抱きながらも、階段の板のきしみに絶えず耳をかたむけていた。寝巻姿の百合子が、階段の闇の中でじっと階下の気配をうかがっている気がして落着かない気分だった。

薬液の中に沈んだ兎《うさぎ》の頭骨の変化は、確定的になった。

かれは、琥珀色の薬液を注意ぶかく観察しつづけ、秋に近い頃、骨を液の中から取りあげた。液に漬《つ》けてから、すでに四カ月ちかい月日が経過していた。

観察の結果、薬液にひたす最適の期間は三カ月程度で、透化の進度もほぼその期間で終了し、それからは、妙なこまかい白い気泡《きほう》が骨の表面に浮びはじめている。が、それでも透けた骨は、かれの期待どおりの美しさだった。うすい骨の部分は、背後の物が淡く映じるほど透けてみえ、骨の厚い個所は、びっしりと卵をはらんだ淡水魚の腹部に似たなまめかしい黄味をおびた光沢を浮き出させていた。

かれは、複雑な形態をした兎骨を、ギヤマンの小壺《こつぼ》でも観賞するように掌《てのひら》にのせてさまざまな角度からながめまわした。ことに透明な部分から骨の厚い半透明な部分に移るぼかしの色が、かれを恍惚《こうこつ》とさせた。

かれは、布袋につつんで、その骨を主任教授の部屋に持ちこんだ。

教授は、渡された頭骨を凝視していたが、表情には驚きの色が浮んでいた。

「大したものを作ったね」

教授は、そう言ってかれの顔を見上げた。

倹四郎は、面映《おもは》ゆそうに顔を紅潮させていた。

教授は、透化方法について質問した。それに一々かれが答えるのを、教授はうなずきながら透けた骨をながめまわしていた。

「それで……」

話がとぎれると、倹四郎は遠慮がちに口をひらいた。

教授が、顔をあげた。

「前に、先生にお話をいたしましたが、新鮮な死体を一体頂戴《ちょうだい》いたしたいのですが……」

倹四郎の顔には、卑屈なほどの媚《こ》びた微笑が浮んでいた。

教授は、頭骨を掌にのせたままうなずき、骨をかれの手に返すと、

「腐爛《ふらん》死体ではいけないのかね」

と、煙草《たばこ》ケースを取り出しながら素気ない口調で言った。

倹四郎の顔が、こわばった。

「それは困るんです」

かれは、うろたえて首を振った。

「しかし、腐爛していても骨は変らんぜ」

教授は、ライターで煙草に火をつけた。

「いいえ、いけません。それは困ります」

倹四郎は、唇をふるわせた。

「そうかね、どうしても困るのかね」

教授は、倹四郎のあわて方に苦笑し、

「わかった、わかった」

と、うなずいた。

倹四郎は、ようやく安堵《あんど》した表情をみせて部屋を出た。

かれの気持は晴れなかった。頭骨を眼《め》にした時の教授の驚きと、その後の曖昧《あいまい》な態度とは矛盾している。医学的に価値ある成果ではないとみたためなのか、それとも卑《いや》しい地位にある自分を軽視したためなのか、いずれにしても釈然としない不安をおぼえた。

かれは、頭骨の入った布袋をにぎりしめて、湿りがちな小路《こみち》を研究室の建物の方へ歩いて行った。

かれの不安は、その日の午後になって早くも事実となって現われた。骨を茹《ゆ》でているソーダ液の湯気の状態を見てから、もどりがけになに気なく死体収容室をのぞいたかれは、石造りのベッドのかたわらで三人の研究室員が作業をしているのを眼にした。

ベッドの上に開き加減の死体の足の裏が、眼にとまった。それは、アルコール槽《そう》に長い間漬けられた白くふやけた足の裏ではなかった。

倹四郎は、眼を見ひらき小走りにベッドの方に近づいた。瘦《や》せた若い女の真新しい死体が、ベッドの上に仰向けに載せられていた。死体の腕を研究室員の一人が上にあげて、腕の付け根の腋毛《わきげ》のはえている皮膚にメスをあてていた。受け口気味の唇の皮膚を切りとっている者もあった。

あきらかに、かれらは、新鮮標本の採取中だった。

「なにをしているんです」

かれは、うつろな声をあげた。

不意の声に、男たちはメスの手をとめて振返った。

「なにをしているって、標本をとっているんだよ」

小太りの研究室員が、いぶかしそうにかれの顔をながめた。

「いけません。これは私のものです」

かれは、興奮した声で言うと、ベッドのふちをつかんだ。

女の体中の皮膚が所々採取されていて、色模様のタイルの床のように、その部分にわずかな血の色がにじみ出ていた。

「妙なことを言うね。じゃ、あなたが新鮮標本を採るとでもいうのかい」

「ちがいます。骨標本をとるんです」

かれの声は、甲高くかすれていた。

三人の男は、顔を見合わせた。顔に一様に薄ら笑いがうかんだ。

「なにを言ってるんだい、あんた。これは、死後二時間しかたっていないやつなんだぜ。骨標本用とは代物《しろもの》がちがうじゃないか」

男の一人が、言った。

「仕事の邪魔だからすぐ出て行ってくれよ、冗談じゃないぜ」

別の男が、わずらわしそうに言った。

「いけませんよ、あなたがた。私は、主任先生のお許しを得ているんです」

かれは、体をふるわせて言うと、女の足首をにぎりしめた。

「困ったね。この人は……。おれたちは主任教授の判をもらってやっていることなんだぜ」

倹四郎は、ぎくりとしてその声の主に顔をむけた。

「第一、骨標本にはそれに向いたものがあるだろう。教授があなたにそんなことを言うわけがないじゃないか」

眼鏡をかけた男が、苦笑した。

「主任先生が、私にくださるとはっきり言ったんです」

かれは、体が萎縮《いしゅく》するのを感じながらも虚勢を張ってなおも言い張った。

「わかった、わかった。じゃ、教授にきいてきなよ。いいと言ったらいつでも渡してやるから……。さ、仕事の邪魔だ」

浅黒い男は、苦りきって言うと、かれの肩を押した。

メスが動いて、作業が三人の手で倹四郎を無視してはじめられた。この死体の骨は新鮮標本をとられたあと、アルコール液に浸され学生たちの実習メスでいじりまわされて、やがては廃棄物のように焼骨されてしまうのだ。

倹四郎は、ベッドのふちにかたくなに立ったままメスの先を見つめていた。気まずい沈黙がひろがった。そのまま立ちつくしていれば、一層自分が惨《みじ》めなものになることはわかっていたが、かれはその場を動こうとはしなかった。

やがて、かれは、ぎごちない足取りで入口の方へ歩いた。

教授の部屋のドアをあけると、教授は、外出の仕度をしているところだった。倹四郎が、こまかい汗の浮いた顔で恐るおそる不服を述べると、教授は黙ったまま机の上を取り片づけていたが、

「すぐにというわけにもいかないじゃないか。いつかはやると言ってるんだ。あまり面倒なことは言わんでくれよ」

と、神経質そうに静脈を額に走らせると、苦りきった口調で言った。

かれは、頭を何度もさげ、腰をかがめたまま部屋を出た。体から一時に力が抜けたような疲労感をおぼえた。

控室にもどると、椅子《いす》に腰を落した。隣室からは、研究室員たちがしきりに作業をおこなっている気配がしてくる。今までも無意識に感じつづけてきたことだが、研究室での自分の地位の限界をはっきりと思い知らされた気持だった。

自分の知らない外国語をまじえて会話するかれらに、測り知れぬ畏怖《いふ》と劣等感をいだいている。四十年近くメスをふるいつづけてきた自分も、結局は無学な一介の骨標本作りにしかすぎないのだ。

がった。

「気分でも悪いんですか」

部屋の隅《すみ》で仕上った骨の整理をしていた加茂が、気づかわしそうにかれの顔をうか
がった。

倹四郎は、加茂の顔を椅子にもたれたまま見上げた。夕照がガラス窓一杯にあたっ
ていて、その反映に、加茂の顔は若々しく輝いてみえる。四十年ほど前、骨標本作り
という仕事に魅せられてこの職につき、結局は自慰的な満足感だけで報いられること
のなかった自分と同じ道を、この若い男も進もうとしているのか。

かれは、奇異な人間でもながめるように加茂を見つめ直した。

「あんたは、学業はどこまでやったんだ」

不意に問われて加茂は、いぶかしそうに、

「学校ですか。病気のため高校三年で中退しました」

と、抑揚のない声で言った。

「一生、この仕事をつづける気かい」

加茂は、一瞬言いよどんだ。

「ほかに向く仕事もなさそうですから……」

その眼に、弱々しい光が浮んだ。

それは、自分にも同じことが言えそうであった。六十歳を過ぎた身では、他に職の口はあろうはずもないし、バラシをすることにしか生活の糧《かて》を得る道もないはずだった。

倹四郎は、うなずいた。心の安らぐのをおぼえた。人の眼の範囲外でひっそりとおこなわれている職業に入ってきたこの若者と、二人きりで憐《あわ》れみ合いながら寄りそっている親密感が、いつの間にか胸の中に忍び入っているのを感じていた。

「この間、胸の手術を見学したよ」

かれは、煙管《きせる》を取り出した。

「きれいだった、結構なものだった」

倹四郎は、煙草をくゆらせた。いとしいものと会話しているようなうるんだ心の和みだった。

「私も新しい死体から骨標本がとりたくなってね、主任教授にもお願いしてあるんだよ」

かれは、穏やかな表情で言った。卑屈な憤《いきどお》りも消えて、素直にその機会を待ちたい気持になっていた。

倹四郎は、かすかに笑みを口もとに浮べながら椅子にもたれていた。煙草の燃えつきる音がし、煙管を空缶《あきかん》のふちでたたくと腰を上げた。

「帰ろうか」

珍しいかれの言葉だった。

加茂は、いぶかしそうな顔をしながらも、あわて気味に帰り仕度をはじめた。

門を二人で肩を並べて出るのは、初めてのことであった。それだけに二人ともなんとなく気まずそうに口をつぐんだままであった。

バスの停留所まで、加茂がついてきた。舗装路には、西日に車体を光らせた自動車がせわしなく往き交っていた。

「光岡さん」

加茂が、突然、言った。

「実は、昨日の夕方、お嬢さんが病院の門の所で待っていましてね」

倹四郎は、反射的に夕色の中に浮んだ加茂の顔を見つめた。

「光岡さんの職業をきかれました」

倹四郎は、急に眼の前が白けるのをおぼえた。恐れていた時がやってきたのだと思った。かれは、自然と加茂の言葉を待つ表情になって加茂の顔を見つめた。加茂は、黙ったまま倹四郎の顔をながめている。

「お宅では、奥さんにも、あの義理のお嬢さんにも職業のことは話していないんですね。そのことにすぐに気づいたものですから、研究室の薬品管理をしている、と言っておきました。それでよろしかったんですね」

加茂は、ゆっくりした口調で言った。

倹四郎は、体から一時に力が抜けてゆくのをおぼえた。自分の運命が、加茂の掌の上にゆだねられているのを意識した。

「喫茶店でいろいろ話をしました。きれいなお嬢さんですね」

加茂は、舗道の自動車の列の動きに顔を向けている。

加茂が、倹四郎に眼を向けた。その眼には、かすかな羞《は》じらいの色があった。

「ぼくのこともきかれたんですけどね。研究室のインターンの医学生だと言っておいたんです。もしも、お嬢さんにきかれたら、ぼくもそういうことにしておいてもらいたいんです」

倹四郎は、加茂の顔を見つめた。加茂の眼からはいつの間にか羞恥《しゅうち》の色が消えている。

倹四郎はうなずき、思考のまとまらない眼で舗道の方に顔を向けていた。

バスがフロントガラスを輝かせながらやって来た。

「それでは、失礼します」

加茂は、乾いた表情で頭をさげ、身をめぐらすと片方の妙にいかった不揃《ふぞろ》いな肩をゆすりながら、人混《ひとご》みの中を駅の方角にむかって歩いて行った。

かれは、布袋を手に、加茂の後ろ姿が遠ざかるのを放心した眼で見送ってたたずんでいた。

その日、家に帰ったかれは、百合子の顔をまともにながめるのが恐しかった。いつの間にか百合子は、自分の体臭に異様なものを感じとっていたのだろうか。かれから殊更《ことさら》身を避けがちな百合子の態度も、その異臭のためかとも思える。

登喜子は、夜抱かれる時でもかれを忌避するような素振りはない。むろん、異臭には気づいているのであろうが、それを倹四郎の生来の体臭と思いこんでいるのか、それとも、病院に勤務しているための職業的な臭《にお》いだときめているのか。

ある女は、倹四郎の体臭からその職業を知ったとき、

——今まで死骸《しがい》に抱かれていたんだ。

と、顔をゆがめて泣き叫び、唾液《だえき》をあたりかまわず吐き捨てつづけた。

そうした過去の記憶から推して、登喜子が自分にことさら嫌悪感《けんおかん》をいだいていないらしいことから察すると、百合子は母に自分のいだいている疑惑を告げたことはない

ようだ。

百合子は、おそらく自分一人の利益のためにその疑惑を究明しようとして、加茂に会ったにちがいない。つまり、倹四郎の弱点をつかんで、自分の家の中での優位をかちとろうとしているのだろう。

倹四郎は、バスの停留所でみた加茂ののぞきこむような眼の色を思い起していた。加茂は、あきらかに倹四郎と取引をしたのだ。倹四郎の職業をばらさぬ代りに、自分のことを医学生だということにして置いてくれ、という。

二人の若い男女が空恐しいものに思えた。百合子は、その日以後も相変らず冷淡な表情をし、加茂も素知らぬふりをして仕事をつづけている。恐らく加茂は、百合子とこれからも会うつもりでいるのではないだろうか。

倹四郎は、脅《おびや》かされるような不安を感じた。


秋が深まると、死体の搬入が急に目立ってきた。養老院からの二体をはじめ、轢死《れきし》体《たい》、売込みの幼児の死体と、つづいて四体が研究室をにぎわせた。

その幼児の死体を目にした倹四郎は、持ちこまれたばかりの粗末な棺に納められた小さな体にしがみついた。

研究室の者たちが、棺からかれの体を引き離そうとしたが、倹四郎は喚《わめ》きながら棺の中に半身を入れて幼児の体を抱きつづけていた。

主任教授が、研究室員の報《しら》せでやって来て、倹四郎を控室に連れて行った。

教授は、今年は新鮮標本が欠乏しているのであの死体をやることは出来ない。しかも、幼児のものは、ことに珍しく貴重なものであるから、新鮮標本用にまわさなければならない。骨標本用には当分腐爛死体を使ってもらう。教授はさらに「研究室の秩序をみだしてもらっては困る。身勝手な贅沢《ぜいたく》は決して許さない。もし今後もこのようなことがあったら、研究室としても十分に処分方法を考えねばならない」と、露骨に眉《まゆ》をしかめた。

倹四郎は、蒼白《そうはく》な顔でうなだれていた。

「決してやらないといっているんじゃないんだ。折があったらまわしてやる。ぼくの言うまで待っていろというんだ」

教授は、苦りきった口調で言うと、スリッパを鳴らして部屋を出て行った。

倹四郎は、頭をたれて立ちつくしていた。

倹四郎は、急に無口になった。

研究室へは、毎日、機械的に出勤はしてきていたが、控室にはいると椅子に腰をすえたまま部屋の外へは出ない。異様な光をやどしていた眼《め》の輝きも消え、表情にもうつろな色がひろがっていた。

腐爛死体の入室はなかったので、バラシ作業をする必要はなかった。ただ、甕《かめ》の中で夏の酷暑をすごした人骨の処理が数体あった。些末《さまつ》な作業まで決して他人まかせにしたことのないかれには珍しく、一切それらの処理を加茂にまかせていた。処理作業の手順を指示するかれの表情も大儀そうで、一時に老いがかれの体になだれ込んだような変化であった。

定時になると、寸刻も惜しんで帰り仕度をすませて部屋を出る。バスに乗っても席が空くと眼を血走らせて座席に腰をおろす。疲れたように居眠りをすることもあった。

百合子の帰宅が、少し不規則になっていた。

夜十時頃《ごろ》帰ることも稀《まれ》ではなく、日曜日の外出もふえていた。

「百合子とは、その後、会っているのかね」

倹四郎はうつろな表情で加茂にたずねる。なるようにしかならないという諦《あきら》めに似た表情が、その顔にあらわれていた。

「会っています」

加茂は、乾いた口調で言った。

「一緒になる気でもあるのかね」

「さあ、そこまでは。でも会ってはいけないんですか」

「そんなことはないよ」

加茂には、倹四郎を相手の父親だという意識はないらしい。百合子の口から洩《も》れる倹四郎の印象が、加茂にそうした態度をとらせているのだろう。

「しかし、光岡さんの仕事のことは、一言も口にはしませんよ」

「それはそうだろう。お前のこともばれてしまうからな」

自然になめらかに言葉が出た。が、倹四郎には、加茂の気持をひるませてやろうなどという作為はなかった。それよりも言いたい事があったのだ。

倹四郎は、ゆっくりと煙管に煙草《たばこ》をつめた。

「おれは、今まで十人近い女に捨てられてきた。仕事を感づかれてね。嘘《うそ》をついてもかくしおおせるものじゃない。特に百合子のような勘の鋭い女は尚更《なおさら》だ。みんな逃げてしまったからな。三年いてくれたのが一番長かった」

倹四郎の声には、自分に言いきかせている響きがあった。

登喜子母娘《おやこ》も、今に身をふるわせて出て行ってしまうだろう。加茂が、それと同じ轍《てつ》をふむことははっきりしている。

かれは、嘘をついている加茂が、危なかしくてみていられないのだ。憐れでさえあった。そして、加茂の素姓がばれたときは、倹四郎の職業も露見する時なのだ。が、自分はまだいい。若い加茂は、そのことに衝撃を受けて苦しみもだえるだろう。職を辞して去るかも知れない。

家でも職業でも、一人きりの生活にもどるのだ。その上、透明標本を作るあても失われてしまった自分の行く末を考えると、ただ茫漠《ぼうばく》とした老いの淋《さび》しさだけがひろがってゆく。

ようやく冷えを増してきた研究室の控室では、瀬戸火鉢《ひばち》に炭火が入るようになった。そのふちに足をのせ、かれは、煙草をくゆらせながらほとんど身動きもしない。終日、黙って冬枯れの裏庭をながめていた。

教授にも若い研究室員たちにも、すでになんの感情も抱いてはいない。自分の仕事の終着は、結局はこうにしかならなかったのだ。いくらもがき苦しんでも、職業にも生活にもそれぞれの限界がある。その限界以上を望み仕遂げようとしても、つまりは不可能なことであるのだ。

かれは、今、その限界点に到達してしまった自分を確実に感じている。人間としての自分の仕事は、これを限度にすべてが終結してしまったのだ。

枯れ研《と》がれた樹立《こだち》の梢《こずえ》の先端が、乾ききった冬空にするどく突き刺さっている。窓ガラス越しに、かれの眼は嬰児《えいじ》のように無心にみひらかれて、その尖端《せんたん》をまたたきもせずに見上げている。

初冬のうすれた日を浴びて仰向いているかれの穏やかな顔は、安らいだ一刻をすごす老人の表情であった。

五

寒気が増して、路地は毎朝、霜柱におおわれた。

夕食後、炬燵《こたつ》に身をかがめてひとときうたたねをすると、温まった炬燵ぶとんを寝床にかけて眠りに入る。

百合子の帰宅は、ほとんどかれが寝についてからのことが多かった。が、それでも稀にはベルの音に目ざめた妻が、足音を忍ばせて玄関に出てゆく気配を夢現《ゆめうつつ》に感じることもある。格子戸《こうしど》の開く音がして妻の低い声がきこえてくる。が、百合子の声は、いつもほとんどきこえない。玄関から廊下へ……、そして階段をひそかにのぼって行く板のきしみがきこえてくるだけであった。

ある夜、自分の肩が遠慮がちにゆすられているのに気がついた。眼を開くと、枕《まくら》もとに羽織をかけた登喜子が顔をこわばらせてのぞきこんでいるのが眼にとまった。

「百合子が、ひどい咳《せき》をしてます。熱があるらしいんですが、見て来てやっていただけませんか」

かれは、耳を澄ました。ふとんに顔を埋めているのか、真綿につつまれたような咳込む音がきこえている。

かれは、大儀そうに身を起し、丹前を羽織ると居間を出た。冷たい階段の板をゆっくりとふんで二階にあがると、暗い壁に手をふれさせながら百合子の部屋の外に立った。襖《ふすま》の間から淡い光が洩れている。若い女の体臭が、廊下の闇《やみ》にただよい出ているように思えた。

倹四郎は、気おくれを感じた。

「百合子」

低い声で言った。が、その声は自分でも異様なほどやわらぎのある声だった。

「どうしたんだ、風邪でもひいたのか」

かれは、部屋に入るきっかけを作ろうとして声をかけながら、襖を少しひいた。

かれの眼に、意外な百合子の姿勢がみえた。百合子は、寝巻の衿《えり》を正しく合わせてふとんの上に正坐《せいざ》している。その姿には、近づいてくる足音に気づいて、かれのくるのを油断なく待ち構えていた厳しさがあった。

「咳がひどいな、熱でもあるのか」

百合子の思いがけぬ姿勢に途惑いをおぼえながらも、かれは、部屋に足をふみ入れかけた。

横顔をみせたままの百合子の唇《くちびる》が動いた。

「階下《した》へ降りていてください。なんともありません」

細い声ではあったが、鞭《むち》で一点をするどく打ちこむような甲高い声だった。

「大丈夫か」

かれは、入れかけた足が急に萎縮《いしゅく》するのを感じた。

「下へ降りてください。部屋へ入らないでください」

澄んだ声が、きびしくかれの耳にひびいた。

かれの顔から、血の色がひいた。屈辱感が胸を凍らせた。職業に対する卑屈な感情が体中にひろがった。

かれは、身を硬くしたまま百合子の姿を見おろしていた。

肩先から夜の冷気が忍び入ってくる。拒否されたまま立ちつくしている自分の姿が無惨《むざん》なものに思えた。

倹四郎は、ぎごちなく退《さが》って襖をしめ、暗い廊下を手探りでもどると階段を下りた。

居間の襖に手をかけて、登喜子が立っていた。かれは、無言で丹前をぬぎ捨てると、ふとんの中に冷えきった体をもぐりこませた。

「どうでした」

登喜子が、おずおずと言った。

「呆《あき》れた娘だ。部屋に入るな、と言いやがった」

かれは、苦々しげに言った。

登喜子は、顔をこわばらせた。

「どうかしているんです、あの子は……」

その声は、おびえたようにふるえていた。

二階からは、また押し殺した咳込む音がきこえてくる。その音に耳を澄ましているのか、登喜子は、居間の入口でいつまでも立ちつくしている。

かれは、急に腹立たしくなってふとんの中から首を伸ばした。

「いい加減に寝ろ。それ以上体を悪くしても、もう治療費は出してやらんぞ」

登喜子の顔が青ざめ、「はい、はい」と激しいうろたえ方をすると、羽織をぬぎ、すぐにふとんの中に身を入れた。

かれは、顔をしかめて冷えた足をこすりつづけ、腹立たしそうに舌打ちしながら、わざと荒々しくふとんの上で寝返りを打った。


翌日は日曜日で、倹四郎は、午《ひる》近くになって起きると、勝手元に立って簡単な食事の仕度をした。百合子は、食事時にも起きてはこない。拗《す》ねた百合子の気持が苦々しく、呼びに行く気にもなれなかった。

かれは、炬燵を作ると、昨夜の寝不足を取りもどそうとして身をかがめて居眠りをした。二階からの咳はきこえていなかった。

淡い西日が、障子を染めはじめた。

かれは、炬燵から身を起した。ベルが鳴っている。すっかり冷えきった炬燵から立ち上ると、丹前の衿を直しながら玄関に立った。

格子戸をあけると、若々しい縞柄《しまがら》のオーバーを着た加茂が、面映《おもは》ゆげな眼をして立っていた。

「なんだ、お前か」

かれは、呆気《あっけ》にとられて加茂の顔をみつめた。

「なにか用か？」

加茂の眼に、落着きのないはにかんだ色が浮んだ。

「百合子さん、いらっしゃいますか」

「百合子？　風邪で寝ているが……」

加茂の顔に、安堵《あんど》と気づかわしげな色がまじり合って浮んだ。

「待合せ場所で待っていたんですが、来ないものですから……。それに、昨夜、ひどい咳をしていたので、来てみたんです」

「昨夜、一緒だったのか」

加茂は、悪びれずにうなずいた。

当然といえば当然すぎることだったが、加茂と百合子の関係を現実のものとして見せつけられることは、倹四郎にとって不安であった。

「見舞わせていただけませんか」

倹四郎は、一瞬、顔をこわばらせた。今までに見せたことのない無遠慮な加茂の表情だった。

かれは、顔をしかめて敷台にもどり、

「二階にいる。勝手に見舞ってやれ」

と、言い捨てると、居間に入った。

「加茂さんですね」

階段を遠慮がちに上ってゆく足音に耳をかたむけていた妻が言った。

「お前、加茂とのことを知っているのか」

「百合子からきいてます」

背筋が凍りつくような不安が、かれをおそった。百合子は、どんなことを登喜子に話しているのだろう。

「加茂のことをどう言っているんだ」

「別に……。医学生さんですってね」

倹四郎は、妻の表情を探った。

「結婚する気でいるのか」

登喜子の表情がやわらいだ。

「加茂さんはそんな気らしいんですが、百合子の方は、ただのおつき合いらしいんです。あんな子ですから、高望みしているようです」

倹四郎は、妻の顔から眼をそらせた。不安は、消えていた。

かれは、顔をあげた。階段をあわただしく下りてくる足音がした。

「光岡さん」

襖の外で、加茂のひきつれた声がした。

「百合子さんが、変なんです」

寝ていた妻が、ふとんの上に起き直った。

かれは、立ち上ると、襖をあけた。血の気のない顔をした加茂が廊下に立っていた。

倹四郎は、階段を上った。百合子の部屋の襖は、加茂がとび出して来たまま半開きにひらいている。

廊下から中をのぞくと、薄暗い部屋の中に、ほの白く百合子の寝顔が浮き出ている。百合子は、口を半開きにして仰向いて荒い呼吸をしている。唇がすっかり粉をふいたように乾き、眼は閉じられていた。

医師を呼ぶために、加茂が家を出て行った。倹四郎は、廊下に立ったまま百合子の仰臥《ぎょうが》した顔をながめていた。血の気の失《う》せた百合子の鼻孔は、荒い息のために少しひろがっていて、躰《からだ》全体で喘《あえ》いでいる。

荒い嗄《しゃが》れた息を後方にきき、廊下をふり返ると、階段の上部の手すりをふるえる手でつかんでこちらを凝視している登喜子の顔がみえた。くぼんだ眼窩《がんか》の奥で、瞳《ひとみ》だけが異様な光をたたえていた。

かれは、近づくと妻の肩を抱いて階段をゆっくりとおりた。

医師が、加茂に連れられてやって来た。丁度、俟四郎は、動悸《どうき》の激しくする妻の体をふとんの上に横たえ、再び階段を上った。丁度、医師が、大きな注射器を形良く伸びた百合子の腿《もも》に打っているところだった。

百合子の体は、その刺戟《しげき》にも反応しないらしく、荒い息をつづけているだけだった。鮮やかな血が、針の根もとから液の中にただよい出た。

「風邪じゃないのかね」

俟四郎は、敷居の所に立ったまま言った。

「冗談じゃありません、急性肺炎です。なぜもっと早くみせなかったんです。遅すぎましたよ」

注射器を押しながら、医師は、腹立たしそうに言った。

医師の顔をこわばった顔でみつめていた加茂の眼《め》が、俟四郎に向けられた。その眼には、非難の色が凝集した悲しみになって光っていた。

俟四郎は、落着きを失って階段を下りると、気ぬけしたように炬燵に足を入れた。死体を毎日扱っていながら、亡母の死以外、人の死を眼にしたことは一度もなかった。胸を喘がせている百合子の体が、死体になることが実感にならない。死が、それほど容易に生きている体に訪れるものとは思えなかった。

かれは、炬燵に身をかがめながら、しきりに眼をしばたたかせた。死体収容室の水《すい》槽《そう》に重なり合っているハトロン紙のような色をした死体の群れが、時々かれの眼の前に浮んだ。


夜が深まって、いったん帰った医師が、また二階へ上って行った。

眼を光らせた加茂が階段を下りてきた。

「呼吸があやしくなりました」

その声を、倹四郎は放心した眼できいた。炬燵から身をはなすと登喜子を起し、羽織を着せかけ、肩を支えて階段を上った。

百合子の体は、最後のはかない抵抗をつづけていた。息の絶える時があると思うと、また息が吸われた。それが一息ずつ間遠になった。

登喜子は、身を乗り出して半開きになった百合子の眼を深々とのぞいている。息がとだえた。長い静寂だった。また百合子が息を吸った。咽喉《のど》の骨が、小刻みに動いた。

百合子の瞼《まぶた》をひらいて、医師が瞳孔《どうこう》をのぞきこんだ。その手が、瞼を閉じさせた。

それまで身じろぎもしなかった登喜子が、荒々しく百合子の顔をゆすりはじめた。加茂が、声変りした少年のような声を出して嗚咽《おえつ》した。

倹四郎は、虚脱した表情で居間にもどると、火の乏しくなった炬燵に身をかがめた。

少しまどろんで眼をあけると、天窓から朝の淡い陽《ひ》が部屋の中に流れこんでいた。かれは、寒さに身をふるわせ、丹前を肩に掛け直して部屋を出た。加茂は、徹夜したらしく、勝手元で七輪に炭を起していた。倹四郎は身をかがめて二階へ上って行った。

百合子の枕《まくら》もとに、登喜子が一人坐《すわ》り、机の上には線香の煙が立ちのぼっていた。

「可哀想《かわいそう》なことをしたな」

かれは言った。

百合子に部屋に入ることを拒否されたとは言え、手遅れにしてしまったことは自分の責任だと思った。

登喜子は、涙を流しつづけたため顔中がむくんでみえたが、諦《あきら》めの色も浮んでいて、

「明後日は、友引ですから、今晩、通夜《つや》をして明日骨を焼いてやって下さい」

と、穏やかな口調で言った。

かれは、うなずきながら、鼻梁《びりょう》を持ち上げている百合子の顔の白布を取った。初めて身近に見る百合子の顔だった。脱脂綿を口いっぱいにくわえたその顔は、死後すぐ

に持ちこまれて来るかれのよく見慣れた死者の顔であった。かれは、拍子抜けがした。百合子の死も例外ではなく、何の変哲もない死体に変ってしまっている。かれは、百合子の顔をみつめていた。

自分の胸に或《あ》る思いつきが、淡い魚影のようにかすめ過ぎるのを感じた。かれは、ぎくりとし、そして、思わず苦笑した。顔に羞恥《しゅうち》の色がのぼった。唐突でもあり、滑稽《こっけい》でもあると思った。

かれは、うろたえ気味に白布をかぶせ、その翳《かげ》をふり捨てるように部屋の中を見まわした。かれの顔からは、いつの間にか血の色が引き、膝頭《ひざがしら》に置いた手がふるえはじめていた。

かれは、その翳が次第に濃いものになって胸の底にひろがってゆくことに困惑し、立ち上ると部屋を出た。しきりに自分の考えを抑えこもうとしたが、それをはねかえし、奔流のような勢いでふき上げてくるものがある。

階段の中途で、足がとまった。かれの眼が熱をおびて輝きはじめた。六十年の生涯《しょうがい》で、今が最も貴重な一刻なのだ、と、かれの背中をどやしつけるものがある。

かれは、階段をもどって部屋をのぞき、引返すと、ふるえる足取りで階段を駈《か》け降りた。簞笥《たんす》から印鑑をとり出した。それを懐《ふところ》に玄関を出ると、坂を小走りに下って行った。

区役所の民生課で、かれは、娘の死体を自分の勤めている大学宛《あて》に寄附する手続きを取った。正式に百合子を養女として入籍させているかれの申し出《いで》は、妥当なものと認められた。

かれは、民生課で、埋・火葬許可書を交付してもらうと、タクシーで家に引返した。

二階へ駈け上ると、妻に、

「今、病院から自動車が迎えにくる」

と、はずんだ声で言い、廊下を落着きなく歩きはじめた。

焼骨してしまえば、灰になってしまう。死体にとって、それは一種の不幸なのだ。雲母《うんも》に似た透明な腰骨、氷柱《つらら》状《じょう》の細々と透けて輝く指骨。百合子の骨格を、美しい状態で半永久的にこの世に残すのだ。倹四郎の瞼の裏には、ギヤマンのように透けた百合子の骨格が、幻のように浮び上っていた。

妻は、いぶかしそうに夫の顔を見上げている。

「病院？」

部屋の隅《すみ》に坐っている加茂が、かれの顔を見上げた。

その声に、倹四郎は、加茂の存在に気づいて視線を向けた。思いまどった複雑な眼

の色であったが、思いついて、

「ちょっと来てみろ、見せてやりたいものがある」

と言うと、部屋を出た。

うながされて、加茂が腰を上げた。

廊下の外までくると、倹四郎はふところから鍵《かぎ》をとり出し、ふるえる手で小部屋の扉《とびら》をあけた。

「見ろ、これを」

倹四郎は、机の上からガーゼにつつまれたものを取り上げ、加茂の眼の前で開いてみせた。

「どうだ、おれの作った標本なんだ」

かれは、眼を光らせ、骨の透明度を電光にかざしてうわずった声で言った。

加茂は、身じろぎもせず艶《つや》やかに光る兎《うさぎ》の頭骨を凝視している。

「焼骨すれば、骨は灰になって消えてしまう。おれは、娘の骨を透明にしてこの世に残してやる。美しい骨に仕上げてやるんだ」

かれは、感動を抑えきれずに言った。

加茂が、かれの顔を見上げた。

「百合子さんを？」

倹四郎は、骨から視線をはなした。

「反対か？」

眼が凝固して、するどく加茂の眼にそそがれた。

「おれは百合子の親なのだ。美しい骨に仕上げて残してやるのだ」

かれは、加茂の眼を直視しながら、強い語気で言った。

ベルが、階下で鳴った。

かれは、兎骨を放《ほう》り出すと、体を痙攣《けいれん》させている加茂の背を押して階段を下りた。加茂に、妻の所へ行かれるのはまずかった。妻には、自分の気持が理解されない不安がある。加茂の存在がわずらわしかった。

「お前は外に出ているんだ」

倹四郎は、きつい語気で言い、たたきに下りると格子戸《こうしど》をあけた。白衣をつけた二人の作業員が、棺の前後を持って立っていた。

「ごくろうさん」

倹四郎が言った。

「二階だ」

かれは、二人を招き入れた。

加茂は、靴《くつ》をはいたままたたきに立って棺が運びこまれるのをみている。顔が白けている。

荒けずりの粗末な棺が、階段を上ってゆく。その後から、倹四郎はついて上った。

「さ、お迎えの方たちだ」

かれは、部屋の襖《ふすま》をはずしながら屈託のない口調で妻に言った。

うつろな眼をした登喜子が、二人の男たちに黙ったまま頭を下げた。

ふとんが取りのぞかれ、合掌の形に手を組まされた百合子の体が、敷布ごとつつまれて棺の中に入れられた。二人の男は、互いに声をかわし合い棺の前後を注意しながら、せまい階段を降りて行った。

「百合子をしあわせにしてやるのだからな」

かれは、襖をあわただしく立て直しながら妻に声をかけた。

その言葉の意味のわからぬ登喜子は、ぼんやりした顔をかれに向けてうなずいていた。

空になったふとんのかたわらで一人坐っている登喜子の姿を一瞥《いちべつ》した倹四郎は、階段を駈け下り、下駄《げた》を突っかけると石段を上った。節だらけの棺が、黒塗りの自動車の後ろ扉から押しこまれているところだった。

倹四郎の眼に、石垣塀《いしがきべい》のわきにたたずんでいる加茂の姿が映った。

「おい、乗るか」

加茂は、石垣塀に背をはりつけて身動きもしない。

倹四郎は、苦笑しながら裾《すそ》をはしょると、後ろ扉から車の中に入り、扉を思いきり強く引いて閉めた。

自動車が、動き出した。瞬《まばた》きもせずに立ちつくしている加茂の姿が、少しずつ後ずさりしはじめた。

馬鹿《ばか》なやつだ、とかれは窓ガラスに視線を向けながら胸の中でつぶやいた。四十年もメスをふるいつづけてきた自分でさえも初めてつかむことができた貴重な機会なのだ。あと何十年とやってみたところで、骨標本作りにはこんな機会はやってくることはない。

坂を、自動車が下りはじめた。百合子の体が傾いて動いたらしく、板に頭部の重くあたる音がした。

倹四郎は、窓わくをつかんで斜めになった自分の体の安定を保ちながら、もう一方の手で蓋《ふた》をずらして薄暗い棺の中をのぞきこんだ。

窓ガラスからさしこむ冬の日射《ひざ》しをうけたかれの横顔には、魚籃《びく》の中の魚をのぞく釣人の表情に似た色がうかんでいた。

（昭和三十六年九月『文学者』）

石の微笑

一

その後ろ姿には、たしかな見おぼえがあった。内股《うちまた》ぎみの足の動き、細い首筋、垂れた肩——それらの部分的な印象には、かなり強い記憶が感じられる。

授業も終って、英一《えいいち》は、校門へ通じる砂利道を歩いていた。その数メートル先を、学生服を着た男は、砂利を引きずるように砂埃《すなぼこり》を足もとで立てながら大儀そうな足取りで歩いている。

英一は、その後ろ姿にようやく苛立《いらだ》ちをおぼえはじめていた。わずかな暗示さえ添加されれば、それらの印象的な個々の素材はたちまち組み合わされて、一人の人物像を正確に浮び上らせてくれるはずであった。

と、それを解いてくれるきっかけが、偶々《たまたま》起った。路《みち》のふちに繁《しげ》った灌木《かんぼく》の葉が鳴って、グラウンドの土の色にそのまま覆《おお》われたようなフットボール用のボールが不意に飛び出し、そして、それが砂利の上でバウンドしながらその学生の体に突き進んで行ったのだ。

一瞬、学生の体に思いがけないほどの激しい狼狽《ろうばい》の動きが起り、覚束《おぼつか》ない足どりで逃げる姿勢をしめした。その若い男らしくないおびえた動作が、英一の眼《め》に、ひどく、不恰好《ぶかっこう》な滑稽《こっけい》なものに映った。

ボールは、学生の黒いカバンにあたってその足もとに転々とした。灌木の茂みが、再び鳴った。そして、大柄《おおがら》なユニフォームを着た男が、姿を現わした。

汗と土に汚れた顔を上気させて、男が、投げ返してくれという合図に両手をあげた。学生が、横顔を見せて、灌木の茂みの方に眼を向けた。が、かれは、不機嫌《ふきげん》そうにカバンの土埃をはたきながら、そのまま砂利道を歩きはじめた。

英一は、思わず灌木の茂みの方を見た。腹を立てることも忘れたようにユニフォームの男は、去って行く学生の姿を見送っている。その男に、英一はボールを投げ返してやり、足を早めて学生服の男を追った。

少年の頃《ころ》の面影《おもかげ》が、そのまま残されているのも奇妙だった。その曽根《そね》と、同じ学院で会うというのも不思議な感じがした。

英一は、学生に追いつくと、少し息をはずませて声をかけた。

「曽根君じゃないですか」

男が、足をとめて振返った。

「北岡《きたおか》英一ですよ」

英一は、眼を輝やかせてかたわらに近寄った。

男は、英一の顔を細い眼でじっと見つめた。無遠慮な凝視だった。それから、口もとにかすかに微笑をただよわせると、

「やあ」

と、ひどく熱のない声で言った。

英一は、曽根の眼が、自分の胸もとに光る学院のバッジに注がれたことにも気づいていた。が、同じ学院に籍を置いていることを知っても、曽根の顔には、驚きの色は全く現われていなかった。

英一は、拍子抜けしたものを感じた。

「今、どこにお住い」

曽根が、落着いた声で、英一の顔をながめた。その声には、ひどく尊大なひびきが含まれていた。

「もとの所」

英一も、短く答えた。ひどく気まずい思いだった。

曽根は、鷹揚《おうよう》にうなずくと、しばらく車の往《ゆ》き交う車道を、英一を無視したように

ながめていた。

英一は、曽根を呼びとめたことを後悔した。そして、曽根の眼に、世故に長《た》けた大人びたゆがみがただよっているのを、気圧《けお》されたような気持でながめていた。

「行きましょうか」

曽根が、つぶやくように言うと歩き出した。英一も、促されるように、曽根の低い体と肩を並べて駅の方へ歩いた。

改札口をぬけフォームに下りるまで、二人は無言だった。

内廻《うちまわ》りの電車が、フォームに入ってきた。そして、ドアが開くと、降車客が一斉《いっせい》に吐き出されてきた。

「じゃ、また」

曽根は、英一に無表情な眼を向けると、学生や女学生たちの体の中にはさまって車内に押し込まれて行った。英一は、フォームに立って、自然と曽根を見送るような形になった。

曽根の薄い肩が、琺瑯《ほうろう》びきの細いポールに押しつけられている。そして、その体は、背を向けたまま、電車の動きに乗ってなめらかに英一の眼の前を加速度を上げて動いて行った。

曽根の記憶は、英一の家の塀の外から一面にひろがっている墓地と密接につながっている。

曽根の家も英一の家も、崖下を通る電車の幾条もの線路と墓地の敷地とにはさまれた閑静な住宅街にあった。曽根は、始終学校を休む、夏でも首に白いガーゼを巻いているようなひ弱な少年であったので、遊び相手としては決して好もしい存在ではなかった。が、孤立した島のような住宅街の中では、曽根の存在も遊び仲間として全く無視することもできない事情にあった。

英一たちの遊びは、墓石、樹木、おびただしい参詣道などによって複雑に構成された墓地を中心におこなわれていた。四季それぞれに彩りをそえる花々、蜻蛉、蟬、かぶと虫、野鳥、鼬、捨て猫・犬、それらが、英一たちの遊びを飽きることのない豊かなものにしていた。

雪が降ると、新しい卒塔婆を引き抜いてスキー代りに使ったり、墓石に標的の印をつけて石ぶつけをしたこともあった。

そうしたいきいきとした遊びの中で、曽根は、ただ英一たちの後を息をつきながらついて廻っていたような記憶しかない。つまり、英一たちにとって、曽根の存在は、ほとんど影の薄い目立たないものでしかなかったのだ。

が、ある夏の朝から、曽根の存在が、英一の胸の中に烙印《らくいん》のように強く焼きついてはなれなくなった。その日、早朝に起きた英一は、他の少年と曽根の三人で、朝露に翅《はね》を濡《ぬ》らして息づいている蜻蛉をねらって、墓所の中の小さい路を木の梢《こずえ》を見上げながら歩きつづけていた。ふと、他の少年が、曽根の姿を見失ったことに気づいて、曽根の名を呼んだ。曽根が、獲物《えもの》を入れる金網の籠《かご》を持っていたのだ。

英一たちは、苛立った声で曽根の名を呼び、その応《こた》えがないのを知るとまた梢を見上げながら、今来た路を引き返しはじめた。

と、英一たちの眼に、小路《こみち》の中に入りこんで立っている曽根の姿が映った。英一が、曽根の名を呼んだ。が、曽根の体は身動きもせずたたずんでいる。曽根の仰向いている姿勢に、英一は、獲物を直感した。そして、足音を忍ばせて小路に入りこんだが、眼に白いものがふれて、思わず英一は足をとめていた。

曽根の視線の方向に松の木が立っていて、その枝が、墓石に夜露の下りるのを防ぐように枝ぶりよく差しかけられている。が、その枝のしない方が、不自然だった。少し粉っぽい針状の葉裏が、ゆがんでさらされている。英一は、視線をこらした。顔が山茶花《さざんか》の葉でかくされているが、浴衣《ゆかた》らしい着物を身につけた人間が立っている。早朝、しかも墓地の奥まった場所であるだけに、英一はぎくりとし、そして首をかしげた。

が、眼が、その浴衣の裾《すそ》の方に動いたとき、英一の眼は大きく露出した。白い足袋が、つま先を立てるように伸びきってはいるが、その先端が土の表面から離れている。胸の中に、激しい錯乱が起った。白い足袋にも、浴衣の裾にも黒い土のはねが散っている。朧気《おぼろげ》ながら、それが、前夜の豪雨で上ったはねだと気がついた。

英一の眼が自然と、垂れている両手に注がれた。そこにも、土のはねが黒々と染まっている。が、それは、眼の錯覚であった。黒いものは、点状のものの集りで、桃色ずんだものも混っている。

藪蚊《やぶか》だ。

英一の体は、急に冷えた。そして、頭の中に細かい気泡《きほう》が一斉に湧《わ》いて、意識が瞬《また》く間にかすんでゆくのをおぼえていた。

英一は、その夜から幾夜もうなされつづけた。そして、女の縊死体《いしたい》を冷然と見守りつづけていた曽根の姿が、夢の中で英一をおびやかすように去来していた。

かれは、新たな眼で曽根を見た。それまで気にもとめないでいたが、曽根には、少年らしい生気がない。眼にも老成した落着いた光が、たたえられているし、表情もかたい皮におおわれているように強張《こわば》っている。そして、稀《まれ》に笑いがその顔に訪れるとき、顔の筋肉が一斉にそれぞれに抵抗し、不自然な皺《しわ》が走って、白けた歯ののぞいたその笑顔は老人の表情になっていた。

　曽根の家に葬儀が出たのは、英一が小学校を卒業する前年であった。曽根の父が、若い少女のような女中と体を結び合わせて、崖下を走る電車に身を投げたのだ。

　父親が少女を誘って無理心中をはかったのだという説が専《もっぱ》らだったが、その椿事《ちんじ》で閑寂な住宅街は急に騒がしくなっていた。

　死んだ女中は身寄りのない孤児であったので、死体の引取人もないままに、その葬儀も曽根の父と同時におこなわれた。

　むろん離婚同様に別居していた曽根の母親はその席には姿を見せず、ただ曽根と親族の者らしい女が、気まずそうな数少い会葬者に白けた表情で軽く会釈《えしゃく》を返していた。白い柩《ひつぎ》が二つ、出棺される光景は異様であった。柩は、ぴったり密着されて霊柩車《れいきゅうしゃ》の中に納められた。なんとなく、数が二つということが、人の死というものに伴う孤独な寂寥感《せきりょうかん》を薄めていた。そして、一週間後、納骨がおこなわれた。曽根の家の墓所は、家に隣接した墓地の中にあった。英一たちは、墓石のかげから、その納骨を見守った。

卒塔婆が回向者《えこうしゃ》の数だけ数本突き立てられ、納骨があっさり終ると、そのまかれらは歩いて、家の門の中に入って行った。墓との距離が余りにも近すぎることがその行事の印象を、手続きをひどく省いた簡略なものに映じさせていた。

その後、曽根は、老女中と二人きりでその邸《やしき》の中に住んでいた。が、小学校を卒業すると同時に、姿を消し、いつの間にか家の住人も代った。下十条《しもじゅうじょう》の方へ移り住んだ、ということをきいたような気もする。

その日家に帰ると、英一は、曽根と偶然会ったことを姉に話した。

「ソネさん」

姉は、針の手をとめ、厚化粧をした顔をあげた。

「二軒となりに住んでいた曽根だよ。女中と主人とが情死した家があったじゃないか」

姉は、思案するような眼をした。

「そう言えば、そんな家があったわね。それで、その家の誰と会ったの」

「ぼくと同じ年の曽根さ。同じ学院なんだ」

英一は、説明するのがわずらわしくなって、部屋の中央に仰向けにねころんだ。畳が茶色く変色していて、湿気をおびたように柔かい。

「そんな年の人、いたかしら」

姉は、つぶやくように言うと、また縫い物に目を落した。

その針先は、女児服の胸もとに、小さな花弁を繊細に刺繍《ししゅう》し上げている。姉は、朝、入念に化粧をしてから仕事にかかる。マニキュアで彩られた指を覚束なげに動かして、女児服、男児服と交互に作りつづけている。そして、服の胸には、仕上げをするように一様に小さな刺繍を彩りのように散らすのだ。

——商売でもはじめるのかい。

はじめ二月ほど前に、布切れを風呂敷《ふろしき》につめこんで買い求めてきた姉をいぶかしんで、英一は聞いたものだ。

——孤児院に寄附するのよ。男児、女児合わせて百枚になったらね。

姉は、そんなことを言った。そして、その日から、姉はミシンをふみ、針を一心に動かしはじめたのだ。

英一は、その時ふと浮びかけた苦笑をおさえつけていた。結婚後三年、子に恵まれなかった姉は、病院で診断をうけた結果、先天的な不妊症と断定されたのだ。その後一年ほど姉は嫁ぎ先にそのままいたが、姑《しゅうとめ》が一人息子である夫を他の女と交際させ、女に子供ができたのをきっかけに、嫁ぎ先を追い立てられてしまったのだ。

両親も死亡し、遺《のこ》されたわずかな有価証券と家の一部を他人に間貸ししている賃貸料が収入になっている日々の生活とを考えると、布切れを買う出費など無駄《むだ》なことにはちがいなかった。が、姉の女としての器官の欠陥とその幼児服とが、密接な関係をもっているらしいことを思い合わせてみると、その仕事を姉からとり上げてしまうこともむごい気がする。むしろ、そんな仕事に姉の気がまぎれるならば、その程度の出費も黙認する以外にはないような気もしていた。

英一は、そんな姉を珍しい動物でも見るような眼でながめている。結婚前、姉は、手足の動きも機敏で、明るい声を立ててよく笑っていた。それが、うつろな眼をして、大儀そうな動きしかしない女になってもどってきたのだ。英一にとってはうかがい知れない苦しみに満ちた歳月が、すっかり姉を変化させてしまったにちがいなかった。

姉の顔は、血色も艶《つや》も失われ、明るく張っていた眼も大きくみひらいてはいたが、放心したように意志的な光を欠いている。その顔に、姉は化粧料を幼稚なしぐさで厚目に塗る。青いアイシャドウ、茶色い目張り、ルージュ、眉墨《まゆずみ》、そして睫毛《まつげ》には、マスカラの塗料が、コールタールのように乾燥してこびりついているのだ。

姉は、終日部屋に坐《すわ》りきりで針をうごかしつづけ、仕上った服を押入れの長持の中に積み重ねてゆく。

——なん枚できた?

英一は、姉に時折りたずねてやる。

——三十二枚と三分の一。

姉は、膝《ひざ》にのせられた幼児服を見さだめるようにして、そんな答え方をする。

「なん枚できた?」

その日も、英一は、花弁の刺繡を散らしている姉に言った。

「五十二枚と……、十分の九ぐらいかな」

姉は、首を無心にかしげ思案したように言う。

五十枚ずつ百枚仕上げて、希望どおり孤児院に寄附したら、その後の姉の生活はどうなるのだろう。その予定の数量に達することが、英一には、なんとなく不安なことにも思われていた。

二

曽根が家に不意にやって来たのは、その翌日、英一が学校に行っている留守の間のことであった。

姉が、白い封筒を差し出した。

「曽根さんという人が、今までいたのよ。帰ってこないので、これを置いて行ったわ」

と、姉は言った。そして、目尻《めじり》に細かい皺《しわ》を走らせて、

「いろんなことを話してくれたけど、面白い人ね」

と、思い出すように忍び笑いをしていた。

久し振りに会ったのに、そうそうに訪ねてくる曽根の行為に、英一は顔をしかめた。そして、封筒に書かれた鉛筆の小さな文字を不愉快そうにたどった。

文面には、佐渡《さど》へ仕事にでかけるのだが、なるべく大きな空のリュックサックをかついで、夜、上野駅に来てくれ、という依頼の文章が記されていた。そして、旅費、宿泊費、食事代すべて曽根が負担し、そのほかに三日分の日当として三千円前払いするとも添えられていた。

英一は、顔色を変えた。行く行かないは、自分個人の自由意志なのだ。が、手紙の内容は、英一の意志を巧みに封じこんでしまっている。拒絶しようにも、曽根の住所も連絡先も記されていないかぎりその方法がなにもないのだ。

英一は、素知らぬふりをして行くまいと心に決めた。

が、やがて電灯がともる頃になると、英一の気持は徐々に落着かなくなってきた。

曽根は、英一が同行してくれることを信じて切符も二人分買っているかも知れない。それを無駄にさせるようなことでもしようものなら、かれは、かれらしい執拗《しつよう》さで英一を後々までも責めつづけるかも知れない。曽根としてみれば、わざわざ家を訪ね、待って、置手紙までして依頼したのだと言うだろうし、英一に感情的に冷たく拒絶されたことを、ひどく不満に思うにちがいない。

英一は、自分には拒絶する余地がないことを知らされた。それに、日当まで出す余裕のある曽根の仕事の内容にも、ふと気持の向くものがあった。零落しきった曽根の家が、かれを大学まで通わせる資力を残しているとは到底思われない。それはおそらく、曽根の仕事から得た収入によって満たされているものであるにちがいない。

英一の家も、屋敷が残されているだけで、財産というものは姉と二人の生活でほとんどがそぎ取られてしまっている。学業のかたわら家庭教師をして小遣いを得ている英一には、かなりの収入をもたらすらしい曽根の仕事を見習いたいという打算も当然生れてきていた。

行ってみよう、と英一は思った。そして、押入れをさぐると、大型の古びたリュックサックを取り出した。

「どこかへ行くの」

姉が、おびえたように眼《め》を見ひらいた。

「曽根と佐渡へ行くんだ。あさって頃帰ってくるよ」

英一は、浮き立つような声で言った。そして、作業ズボン、ジャンパー、ピケ帽をそろえた。

姉は、黙って夕食の仕度をした。そして、英一がリュックサックをかついで出るのを玄関先まで見送ると、

「早く帰ってきてね」

と、首をかしげて言った。その顔には、夫の出て行くのを見送る妻のような心細そうな表情が浮んでいた。

曽根の仕事先は、佐渡の両津《りょうつ》からバスで一時間ほど行ったAという町であった。途中、曽根は、列車の中でも船の中でもよく眠った。そして英一にも、目的地に着いたその日の仕事に支障をきたさないように、よく眠っておくようにと言った。上野駅で日当をもらっていた英一は、被雇用者らしく曽根に命じられたとおり素直に眠りつづけた。そしてA町に着いたとき、英一の体には、夜の旅をした疲労感は全くとい

っていいほど残ってはいなかった。

かれは曽根の後にしたがってA町の中心でバスを下りた。数軒の旅館、土産品店、そして低い漁師町らしい家並が道の両側に軒を並べていた。

「白っぽい町だろ」

と、曽根は、通りから細い路《みち》に入りながら言った。

「津軽《つがる》半島の北部が、やはりこんなように白いんだよ。シベリヤが近いから、シベリヤの色がこの町にも吹付けしているのかも知れないね」

曽根は、歩きながら薄く笑った。

低い町の家々の板が、タワシで乱暴に洗いこすられたように白《しら》けてささくれ立っている。干柿《ほしがき》の粉でもまぶされたように、露出している板壁も格子戸《こうしど》もすべて白い。そして町は、季節はずれで観光客もないらしく秋の日を吸って静まり返っている。

曽根の仕事は、石仏類の蒐集《しゅうしゅう》だという。石仏といっても墓仏や地蔵の類《たぐ》いで、外人相手に売りつける骨董商《こっとうしょう》を数店取引き先に持っているのだという。

「つまり盗むというわけだね」

船の中で打明けられた英一は、思わず曽根の眼をのぞきこんでいた。

「いやな言葉を使うね」

曽根は、顔を露骨にしかめた。

「盗むというのは、所有者のあるものを無断で持ってくることを言うのだろ。だがこれから採集に行くものは所有者がないものなんだ。ともかく目的地に行ってみればわかるがね」

そう言うと、曽根は、それきり不機嫌《ふきげん》そうに口をつぐんでしまった。

曽根は、空のリュックを背中に垂らして傾斜のはげしい細い路をのぼって行く。いつの間にか海の色が眼の下方に見えるようになってきた。

路の曲りを曲った時、不意に英一は、前方に奇妙な山の形がそびえ立っているのを目にとめた。それは、山の頂の部分が、深く蝕《むしば》まれたようにけずり取られ、鋸《のこぎり》の歯形になっているのだ。

「あの山かい」

曽根が、英一の眼の色に気づいたらしくその山容に目を向けて足をとめた。

「金山だよ。江戸時代に江戸の無宿人たちが強制的に運ばれて来て、金の発掘労働をさせられたのさ。あの削られた部分は、その男たちが露天掘りをした跡だし、あの下にも蜘蛛《くも》の巣のように無数の坑道が掘られているのさ。ただし、今は廃坑に近いがね」

そう言って曽根は、しばらくその山の方向に目を上げていたが、やがて、ふと気づいたように英一の顔に強張《こわば》った視線を向けた。

「君にあらかじめ言っておくが、これから行く場所は誰にも言わないでくれよ。ぼくの見つけた大事な仕事場なのだからね。この町を訪れる者は、ほとんど例外なく金山の遺跡だけを見て帰って行くんだよ。せいぜい物好きな男たちが、遊廓《ゆうかく》のあった所を見て帰って行くぐらいがおちなんだ。が、実は、この町の栄華の跡は、この裏山にあるんだよ。金掘り人夫はむろんのこと、黄金の出る町として商人も集るし遊女たちも集った。その人々がどこへ行ってしまったのか。この裏山で眠っているんだ。そしてその子孫は、金が出なくなると同時にほとんどがこの町を離れた。だから墓は、所有者のない無縁墓なのさ。今日は何日だかわかるかね。九月二十八日だ。もし墓に所有者があったら、お彼岸に花の数輪は手向《たむ》けてあるだろう。意識してそういう所だけ避ければ、盗むという言葉はあてはまらないじゃないか」

英一は、その理屈にうなずかないわけにはいかなかった。そして、曽根の周到な準備と、予備知識の豊かさに呆《あき》れて、口をつぐんでいた。

「行こうか」

曽根が、歩き出した。

昔は町家でもならんでいたのか、石の多い路の両側には、所々石垣《いしがき》のようなものが草の間に見えている。そして、路は急に細くなって、やがて、灌木《かんぼく》があたりにひろがりはじめるようになった。

急に曽根が足をとめて、路のかたわらに密生した笹《ささ》やぶの中をうかがった。英一も、腰をかがめてその方向をすかし見た。そこには、厚い苔《こけ》におおわれた墓石が、土に半身をうずめて無数にころがっている。そして、そのほとんどが折り重なるように、倒れ、わずかに土の表面から石の線をのぞかせているものもあった。

眼をするどくその薄暗い空間に動かしていた曽根は、獲物を見出《みいだ》すことはできなかったらしく、また路をたどりはじめた。

と、やがて、路の両側に墓石ばかりが並びはじめた。そして、それらは、坂を登るにつれて奥行きを深くしはじめ、しばらくして小さい丘の頂き近くに立ったとき、英一は、思わず眼の前にひらけた光景に立ちすくんでしまっていた。ゆるいなだらかな起伏が、かなり遠くまで伸びている。そして、それらの起伏は、ことごとくがおびただしい墓石の群れにすき間なく、おおわれている。

日のあたった傾斜の墓標の群れは、石切場の石のように白けて並んでいるし、くぼみにひしめいている墓たちは、一様に苔におおわれているのか、緑色に黒ずんで見える。そして、それらは、人工物という概念からはほど遠く、自然環境の中に完全に融《と》け込んでいた。

ここは墓地ではない、と英一はすぐに思った。一望してみて墓石の群れは、人の足跡の印された気配は感じられない。墓は、一個々々石そのものとして孤立してつらなっている。つまりそれらは、人間とは無縁の物としてむらがっているにすぎないのだ。

墓所の敷地の中を歩くとき、墓標一つ一つにその墓と係り合っている血族の存在を感じて、妙に凝視されているような威圧感をおぼえるものだ。そしてその敷地は、墓たちの独占している空間であり、縁のない散策者は無断侵入者なのだ。

が、丘の起伏にひろがっている墓地のひろがりからは、そうした息苦しい威圧感は感じられない。そこは、すでに墓所ではなく、単なる石たちの集積場にすぎないのだ。

曽根は、目をこらして石の群れを見渡していた。そして、その眼が一点にとまるとその方向に歩き出した。

墓石の間には、路らしいものはない。が、低い熊笹《くまざさ》の中は、どこも路といっていいほど歩くのに難儀はしなかった。

曽根の初めにねらった地点では、かれの眼をひく物はなかったらしい。そして、かれは、組になった一メートルほどの石燈籠《いしどうろう》の肌《はだ》をさすったり、少しはなれてながめたりしていた。

やがて、曽根は、眼を四方に走らせながら歩きはじめた。

初めの獲物は、子地蔵であった。幼稚な石工の刻んだものらしく頭部も大きく長めで、全体的にもゆがんだ形をしていたが、それだけにひどく魅力のあるものにも感じられた。ことに、深い線でふちどられた瞼《まぶた》の形態が、泣きべそをかいたような微笑をふくんだ異様な表情を、その顔にただよわせていた。

「これ一個で、経費はかるく出た」

曽根は、白けた歯並びをのぞかせて笑うと、子地蔵のはれぼったい大きな瞼を撫《な》でた。

「杏仁形《きょうにんがた》の眼と言ってね、眼肉が杏子《あんず》の実に似ているのさ。こんなものがあるとは思わなかったよ」

そう言って曽根は、英一のリュックサックを下ろさせると、その子地蔵をその中に入れた。

リュックサックは重かった。そしてそれよりも、冷たいかたい感触が背中にふれ、それが左右に動くのでひどく歩きにくかった。

それから一時間ほどして、千手観音を刻んだ小さな素晴しいやつを曽根は見つけた。

顔は優美で手の先に眼が刻まれ、曽根はそれを千手千眼観音だ、と顔をかがやかせて説明してくれた。

午後の日が傾いて、夕照が丘の起伏一面にまばゆくかがやきはじめた。二人が墓石の群れの中を路の方にもどりかけた時、曽根は、ひどく小さい子地蔵の聚落《しゅうらく》を丘のくぼみに発見した。それは、遠くから見ると、茸類《きのこるい》の群生しているのによく似ていた。

千手観音をリュックサックに入れた曽根は、よろめくようなおぼつかない足取りでそのくぼみに小走りに下りた。それは、百個以上はある小さな仏の群れで、ほとんどが牛乳瓶《ぎゅうにゅうびん》ほどの大きさのものばかりだった。

曽根もさすがに興奮したらしく、リュックサックを下ろすと、その聚落の中にあわただしくふみこんで行った。そして、一つ一つ手にとって仏の表情を見、やがて十個ばかりの子地蔵を集めてきた。

「実は、必ずこれがあると思ってやって来たんだ。間引《まび》いた子供の供養《くよう》にこうしたものを作ったんだ。目立たない所に置かれているものでね、なかなか見つからないんだ。象の墓場を見つけたようなものさ」

曽根は、声をはずませて英一と自分のリュックサックに、採集した小さな子地蔵をつめた。

手元がいつの間にか暗くなって、丘の起伏を渡ってくる風も冷えはじめていた。

二人は、急いで墓の中を縫って熊笹の中をもどりはじめた。

路にようやく出た頃には、空に星が散り、あたりが夜の色になっていた。二人は、無言で路をたどった。そして、やがて人家の灯《ひ》の見える路に出た。

英一は、曽根の後から汗を流しながら歩いた。曽根は、町の裏路から裏路をつたわって不意に通りに出ると、大きな旅館の玄関に立った。

女中が出て来て、英一たちは、泊り客もないらしい廊下をリュックサックをかついだまま歩いた。通された部屋は、海に面した真新しい部屋だった。

「怪しまれないかね、こんなリュックサックをかついで」

英一は、不安になって曽根の疲れたような顔をうかがった。

「だから町で一番いい旅館に泊ったのさ。鉱石の採集かなにかだと勝手に思ってくれるものだよ」

曽根はそう言って、仰向けに寝ころがった。

風呂《ふろ》に入ってから、夕食をとった。曽根は、機嫌がいいらしくビールを二本頼んだ。が、かれは、コップにビールを半分ほど飲んだだけで耳朶《みみたぶ》まで赤く染めていた。

「ごめん」

男の声と同時に、格子作りの戸が引かれる音がして、襖《ふすま》のかげから汚れたダスターコートを着た頭髪のうすい小柄《こがら》な男があらわれた。

「警察の者だけど、曽根久寿夫《くすお》だな」

男の小さな眼が、曽根に注がれた。

英一は、顔色を変えた。途中まで仕事の内容は知らなかったが、その仕事を手伝ったかぎり共犯者であることはちがいなかった。旅館の者が怪しんで密告したものか、それとも石仏を盗んでいるところを目撃していた者があったのか。男が曽根の名を知っていたのは、石仏盗みの常習者として知られているためなのだろうか。

「やあ、その節は」

曽根は、笑顔で刑事らしい男に言った。

「その節はじゃないよ。旅館じゃ心配しているんだ。また変なことをしに来たんじゃないかってな」

「まさか、あんなことが度々あったら、命がいくつあっても足りませんよ。第一、今度の相手は男じゃありませんか」

曽根は、笑いながら英一の顔を見た。

「それならいいけどな。静かな町なんだ、さわがすようなことはするんじゃないぞ」

「はい」

曽根は、甘えたような子供っぽい返事をした。

「あんたは友だちかい」

男の干からびたような眼が、英一の顔に注がれた。

英一は、うなずいた。

「前歴があるんだからな、曽根は。あんたも注意してくれよな」

そう言うと、また曽根の方に眼を向け、

「変なことをするんじゃないぞ、いいな」

と、念を押すように言うと、ゆっくり格子戸を閉めて出て行った。

曽根は、眼をかがやかせて微笑しながら、英一の顔を見つめている。

「石仏のことじゃないのかい」

英一は、顔をまだ青ざめさせたまま言った。

曽根は、首を振った。そして、奇妙に光る眼を食卓の上に落していた。

「半年ほど前にね」

曽根の顔は、今にも笑い声が洩《も》れそうなほどくずれていた。

「女と死にきたんだよ。死んでくれる、って何気なく言ったら、死ぬというのさ。

それでね、この裏山にのぼって薬を服《の》んだのさ。女は死んで、ぼくだけ明け方町へ下りてきたんだ」

英一は、呆れたように曽根の顔を見つめた。

「ほんとに死ぬ気だったのか」

英一は、うわずった声できいていた。

「それが自分でもよく分らないんだよ。死んでもいいとも思っていたけど、警察ではずいぶんとっちめられてね、薬の服み方が女より少いと言って……。でも、あの女の気持は信じたいな、ともかく実際死んでくれたんだから……」

そう言うと、曽根の眼が、急にうるんだ光をおびた。

曽根は、女の気持をその死という事実によって、ようやく信じることができたというのだろうか。ふと、曽根の父の死が思い起された。その父親は事実死んでしまってはいたが、女との愛情に死を介在させるのは、曽根のひ弱な体の中に流れている血のためなのだろうか。曽根の顔にあらわれている歓喜の表情が、ようやく英一にも納得できたような気がした。つまり曽根は、自分のために一人の人間が命を落してくれたことを、無上の喜びとしているにちがいないのだ。

「その時、女と死場所を探し歩いている途中、あの墓の群れを見つけたのさ」

「それで君は、死ぬ気がしなくなったというわけなんだね」

英一は、索然とした気持で言った。

「そうじゃないよ、ぼくは死ぬ気だったんだ。ほんとに死ぬ気だったんだ」

曽根は、まじめくさった顔であわてて言った。そして、

「君、あまりぼくをいじめないでくれよ」

と甘えた声で言うと、妙に媚《こ》びるような眼《め》をして英一の顔を見つめた。

……その夜英一は曽根とふとんを並べて寝た。曽根は、酔いのためかふとんにもぐると、すぐにかすかな寝息を立てていた。

幼い頃《ころ》、曽根は、腺病質《せんびょうしつ》な少年と言われていて、発育も悪く病気ばかりしているようだった。その曽根が、父の死や家の没落に遭いながらもともかくここまで生きながらえてきたことは、かえって不思議なことのようにさえ思われる。母親のことをきくことは躊躇《ちゅうちょ》しているが、おそらく曽根はその母にも捨てられて、一人きりで生きつづけてきたにちがいない。

藪蚊《やぶか》のたかっていた縊死体《いしたい》を見つめつづけていた、幼い頃の曽根の姿が思い起された。そのひ弱そうな体の中には、なにか得体の知れない強靭《きょうじん》な生き物が巣食っていてでもいるのだろうか。その生き物が、石仏盗みを思いつかせ、女を一人死に追いやってし

まったのかも知れない。

ふとんの衿《えり》からは、曽根の頭髪がのぞいている。その丸く背を曲げて寝ている姿が、英一の眼には、荒涼とした野原で寝ころんでいる野生の小動物の姿を連想させていた。

翌朝、六時のバスでA町をはなれた。

英一は、ともかく見とがめられずにAをはなれることができたことに深い安堵《あんど》をおぼえていた。

両津から船で二時間半、午後の準急で新潟を発《た》ち、上野へ着いたのは九時近くであった。英一たちは、石仏をかついで、駅前の地下食堂に入り時間はずれの夕食をとった。

「君との旅は楽しかったよ」

曽根が、微笑しながら言った。

英一は、苦笑した。

「ところで、君に相談があるんだけどね」

曽根の声に、英一は顔をあげた。

「今、ぼくは下宿屋のような所に住んでいるんだけど、ひどく居心地が悪い所でね。

この間君の家に行った時、姉さんにおききしたんだけど、一間空いているんだそうじゃないか。子供の頃住んでいた所はなつかしいし、どうだいそこをぼくに貸してくれないか」

英一は、曽根の顔をながめながらすぐには返事もできなかった。

たしかに最近間借りしていた夫婦者が引き移って行って、東向きの四畳半の部屋が空いている。間貸し料さえはらってもらえれば、子持ちでないかぎり相手はだれでもよいはずだった。まして、友人ならばなおさらだった。が、英一は、なんとなく相手が曽根では気がすすまない。この旅を最後に、曽根とも接触することを避けよう、という漠然《ばくぜん》とした意識も湧《わ》いている。それが、自分と同じ屋根の下に住みつくことを考えると、急に気分が重苦しくなってしまうのだ。

「部屋のことは姉にまかしてあるんだ。だから姉にもよくきいてみないと」

英一は、曖昧《あいまい》な口調で言った。

「それなら大丈夫なんだ。姉さんにその話をしたら、どうぞと言ってくれたよ」

曽根は、勢いこんで言った。

「そうか」

結局、英一はうなずかざるを得なかった。が、自分の留守に姉とそんな会話を取りかわしていたかと思うと、一層、気分は重くなった。

「これでほっとした。ありがとう」

曽根は、微笑を浮べてうまそうに茶を飲んだ。そして、下宿の女主人の下品さ、その娘の汚らしさ、それに近くの火葬場の煙が部屋の中に流れこんでくることなどを、顔をしかめてくどきつづけた。

曽根が勘定をはらって、二人は階段を上り外に出た。

ネオンがまばゆく流れていて、街は、漆黒の水を流したような夜のさかりだった。

「この石仏はどうしよう」

英一は、ふと気づいて曽根の顔を見た。

「それは君の家へ持って行ってくれよ。どうせぼくも引っ越すんだから……。重いだろうから、タクシーで行ってくれ。ぼくの部屋にでもころがしといてくれればいい」

そう言うと、曽根は、五百円紙幣を英一に差し出した。そして、別れの合図に手を一寸《ちょっと》あげると、タクシーの溜《たま》っている方向に歩き出した。

英一は、その場に立ちすくんだまま曽根の後ろ姿を見送った。リュックサックの重量にその華奢《きゃしゃ》な体が堪えきれぬらしく、曽根の歩き方は、足腰の定まらない老人のようなひどくおぼつかないものに見えていた。

三

曽根が引き移ってきたのは、それから二日後であった。

曽根に貸した部屋は、英一たちの居間から最も遠い茶室に使っていた一室だった。荷物はかなりあったらしく、大型の三輪車に満載してきたという。

「変なお友だちなのね。部屋に行ってみたら、石の仏さまが一杯並べられていたわ」

姉は、薄気味悪そうに眉根《まゆね》に皺《しわ》を寄せていた。

「だって、姉さんがどうぞと言ったから、あいつが来たんだぜ」

英一は、腹立たしそうに語気を荒らげた。

「気軽に言っただけよ。あなたのお友だちなんでしょ、どうぞと言う以外にはないじゃないの」

姉は、逆に英一のことを責めているような口調で言った。

英一は、拗《す》ねたように煙草《たばこ》をぎごちない手つきで吸いはじめた。が、姉も曽根をきらっているらしいことには、かすかな満足もおぼえていた。

夕方、庭先をつたって、曽根が下駄《げた》をはいてやって来た。

「よろしくお願いします」

曽根は、丁重に頭をさげると菓子折りを廊下に置いた。姉が、いつもの癖で大げさなほど慇懃《いんぎん》な物腰でそれに応《こた》えると、

「お茶でも召上りませんか」と、澄んだ声で言った。が、曽根は、取り澄ました表情でそれを断ると、また庭石をふんで自分の部屋のある家のかげにかくれて行った。

英一は、曽根のつつましい態度に意外な思いがした。かれの挨拶《あいさつ》には、育ちの良さえ感じられる。

姉から好意をいだかれていないらしいことを敏感にさとって、巧みに態度を変えたのか。それとも社会的な経験の積み重ねが、借間人と家主との礼儀をかれに課したものなのか。姉は、ことさら曽根の態度をいぶかしむ風もなかったが、英一には、なにか釈然としないものが残されていた。

英一は、息をひそめるようにして曽根の生活をうかがいつづけた。が、曽根は、引越しの日の夕方顔を見せただけで、それきり英一たちのいる部屋の方へはやってこない。そして、毎日紺の背広を着、紫色の風呂敷《ふろしき》に石仏らしいものをつつんでは外出していた。外人相手の骨董商《こっとうしょう》と取引があると言っていたが、間引き供養《くよう》の子地蔵や盗んだ石仏を売り歩いているのだろう。同じ学院にいながら、最近まで曽根と顔を合わせ

る機会のなかった事情も、それでようやく納得できたような気がした。いずれにしても曽根のそうした控え目な態度は、英一の気持を安らげさせた。

「たまには遊びにくればいいのにね」

さすがに姉も、曽根のことが気にかかる様子でそんなことを口にしたりしていた。が、曽根は、裏口から出入りしているらしく、ほとんどその姿を目にすることはできなかった。

ある夕方ベルが鳴って、英一が玄関の格子戸《こうしど》をあけると、地味な顔立ちをした若い女が立っていた。

「曽根久寿夫さんという人、こちらに住んでいますね」

英一は、うなずいた。

くすんだ服装をしていたが、スプリングの衿からのぞいている朱色のマフラーが、その女の若さを辛《かろ》うじて示していた。

「会わせてください」

女の表情には血の気がなく、その声にも金属的なかたさがあった。

「帰って来ているかな」

英一は、女の眼になにか切迫した光が凝固しているのを意識しながら、自然と警戒するような曖昧な口調で言った。そして、女を残して暗い廊下を茶室の方へ渡って行った。

部屋には、電気がともっていた。

声をかけると障子が開き、セーターを着た曽根が顔を出した。

「やあ」

曽根は、笑顔を見せた。

「若い女の人が訪ねてきているよ。いるかどうかといい加減に言っておいたけど」

英一は、薄い不精髭《ぶしょうひげ》の生えている曽根の顔を見つめた。

「丸顔の女だね、運送屋にでもききやがったな」

曽根は、舌打ちでもするように顔をしかめた。が、その表情には、悪戯《いたずら》でも見つけられた子供のような照臭さしか浮んでいなかった。

「下宿屋の娘なんだ。困った女なんだ」

そうつぶやくように言いながらも、曽根は、部屋を出ると廊下を歩きはじめた。英一は、その後について居間の前まで行くと、襖《ふすま》を閉めて部屋に入った。そして、自然と玄関の方に耳を傾けた。

「どこでかぎつけて来たんだよ」

不意に、曽根の乱暴な声がきこえてきた。

英一は、姉と思わず顔を見合わせた。女が、おびえたようになにか低い声で言っているのがきこえている。

「すぐ帰ってもらうよ。ともかく来ちまったんじゃ仕様がないや、そこを閉めて入りな」

曽根の粗野な声が、容赦なく居間にもひびいてくる。

女が敷台に上ったらしい気配がした。そして、曽根の廊下を歩く後から、女の足音を忍ばせて行くひそかな廊下のきしみが感じられた。

「だれなの」

姉が、針の動きをとめたまま低い声で言った。

「曽根のいた下宿屋の娘だってさ。あいつの女なんだろ」

英一は、興味もなさそうに言うと、畳の上に夕刊をひろげて寝そべった。女は、曽根と同じ年頃か、それとも二つ三つ年上かも知れない。その女に曽根が乱暴な言葉を投げつけるところをみると、女はすでに曽根の所有物になっているにちがいない。

「曽根さんて、案外なのね」

ふと、姉がつぶやくように言った。

英一は、その言葉の意味がどうにでもとれそうな気がして姉の横顔をながめた。

「あいつは女を誘うのが巧みなんだ。そして、手に入れるとあんな風に冷たく捨てるんだ」

「さあ、そうかしら」

姉は、頭をかしげた。

「あのやりとりをきいていると、女の方から誘ったのよ。その娘がいやで下宿を出て来たんだわ」

姉の声には、断定的なひびきがあった。

英一は、少し不愉快になった。そうした解釈も一応は成り立ちそうだったが、姉の声には、娘が曽根に冷たくあしらわれていたのを小気味良く思っているような、出戻り女らしい残忍な感情がむき出しにされている。その上、姉は、曽根を責めることをしないで、むしろかばっているようにも思われる。

反撥《はんぱつ》してやろうという気持が、しきりと湧いた。が、冷淡な微笑を浮べている姉の横顔を見ると、口を開くこともためらわれて、そのまま英一は口をつぐんでいた。再びベルが鳴ったのは、それから間もなくだった。そして同時に、玄関の戸が無遠慮に開かれる音がした。

英一は不安をおぼえて、玄関をうかがった。

「こちらに、曽根という人いますね」

英一の姿を目にすると、五十ぐらいの痩《や》せた女が唇《くちびる》をふるわせて言った。反射的に、英一はうなずいていた。

あわただしく家を出て来たらしく、女は、普段着らしい和服を着ていて、髪も乱れたままだった。

「今、若い娘が来ていますね」

英一は、血の気のない女の顔に気圧《けお》されしたようにうなずいた。

「会わしてください。どこです」

女は、甲高い声をあげると、不意に下駄《げた》をぬぎ捨て敷台の上に上った。

思いがけない女の動作に、英一は狼狽《ろうばい》し、自然と手で制するような姿勢をとった。

「娘はどこです。曽根と一緒に死ぬというんです。遺書を書き置いているんです」

女の眼は、激しい興奮のため焦点がさだまらず、家の奥に入ろうともがいている。

英一は、ぎくりとし、そして女が朱色のマフラーをつけていた娘の母であることに気がついた。娘は死を覚悟して曽根の所にやって来たのか。佐渡の旅館できいた女との話が、急に頭の中で閃《ひらめ》いた。

危険だ。英一は、乱れきったその母親の気持に同調できた。

英一はうなずくと、女を従え、廊下を進んだ。

と、不意になにか争うらしい物音が起って、娘の短い叫び声がきこえてきた。英一は走り出し、障子を勢い良くあけた。

「抑えてくれ」

曽根が、半開きになった窓から飛び出そうとしている娘の体にしがみついていた。娘は、母親のきたことを察して、逃げようともがいているのだ。

英一は、部屋に入ると女の体を畳の上に引き倒した。

「ミネ子ッ」

鋭い叫び声が、母親の口から吹き出た。と、それまでもがいていた娘の体から急に力が失《う》せると、その肩が激しくふるえはじめた。

部屋の空気がそのまま凝固して、女も英一も立ったまま娘の体を見下ろしていた。そして曽根は、畳の上に坐《すわ》って荒い息をついていた。

「さ、ミネ子、帰ろう」

女が、娘の体を抱き起した。

娘の体は、力が抜けたように無抵抗に立ち上った。

「こんな男の所にいるもんじゃない。こいつは、死神なんだ」

女は、曽根の顔を刺すような冷たい眼で見つめた。

曽根の顔にゆがんだ苦笑が湧いた。

「さ、帰ろう帰ろう」

女は、娘の肩を抱いた。そして、部屋を出ると、廊下をゆっくりと歩いて行った。

英一も、気抜けしたようにその後についた。

玄関に来て、女はたたきに下りた。娘は、母親のそろえてくれた靴《くつ》に従順に足を入れた。

「お騒がせしました。助かりました」

女は、ようやく落着きをとりもどしたらしく、英一にうるんだ眼をして頭をさげた。

そして、再び緊張した目つきにもどると、娘の腕を両手でしっかりとつかんで格子戸の外へ出て行った。

英一は、しばらく玄関の所で立ちつくしていた。が、曽根のことも気になって廊下をためらいがちにもどった。

障子は開いたままになっていて、曽根は、柱に背を凭《もた》せ足を投げ出して坐っていた。

そして、英一に気づくと、顔を上げ拗ねたような眼をして苦笑した。

「親というやつは、自分の子供のことを決して批判しやしないんだ。相手だけが悪いと思っている。だからぼくは、親っていうやつがきらいだし、あの娘までいやになったんだ」

英一は、黙ったまま曽根の姿を見下ろしつづけた。

部屋の中には、石仏が紫色の布を頭にのせられて幾つも並び、その一部が畳の上に無表情に倒れている。壁ぎわに積み重ねられた長持の中にも、石仏がぎっしり横たわっているにちがいない。

曽根の言葉には弁解めいたひびきがあった。が、全く真実味がないというわけでもなかった。親の愛から縁のうすい曽根の親というものに対する概念は、その盲愛じみた愛情を見せつけられればそれだけ嫌悪《けんお》の感情も強まるのだろう。

曽根が娘に死を誘い、娘も死を覚悟してやって来たにちがいない。それが、曽根の嫌悪する親というものの存在でさまたげられてしまっただけに、一層いまいましさは増しているにちがいなかった。

不機嫌《ふきげん》そうに、曽根は畳に目を落している。淡い電光の下で、その坐った姿は、部屋の中に並んだ石仏の一つに化してしまったように身じろぎもしないでいた。

翌朝、庭石をふんで曽根が珍しく学生服を着て英一を迎えに来た。

「昨夜はお騒がせしました」

曽根は、気恥しそうな眼《め》をして食卓を片づけている姉に、庭先から頭をさげた。

英一は、曽根と肩を並べて門を出た。墓地をおおう樹葉も枯れはじめて、墓地管理の清掃員たちの焚《た》く落葉の煙が所々に立ちのぼっていた。

「姉さん、驚いていたろ」

曽根は、昨夜の名残りも全くない洗われたような眼をして言った。

「黙ったままだったよ」

英一は、素気《そっけ》なく言った。

「姉さん、ぼくのことをいやな奴《やつ》だと思っているんだろうね」

「そんなこともないだろ。だけど、石仏をあんなに持込んで気持悪がってたぜ」

英一が言うと、曽根は苦笑した。

二人は、墓地の中の石畳の路《みち》を駅の方へ歩きつづけた。

「しかし、なぜ君の姉さん、子供の服ばかりあんなに作っているんだい」

曽根が、顔を向けた。

「不妊症なんだよ。それで婚家先からも追い出されるし、あの服を作って孤児院に寄附する気でいるんだ。子供に対する執念かな。男のぼくにはよくわからないけど……」

英一は、故意に批判的な口調で言った。自然と、曽根と姉とを疎遠《そえん》にさせる意識が働いていた。

その日、英一は、家庭教師の仕事で神田《かんだ》にまわり、夜九時頃家に帰った。姉は、ミシンに身をかがめて騒々しく踏み板をふんでいた。

ふと、英一は、床の間に奇妙な形をした石仏を眼にして姉に声をかけた。

「ああ、それね。曽根さんが持って来てくれたのよ」

姉は、ミシン糸を嚙《か》み切ると、縫いかけの女児服を手に床の間に近づいた。

「あんた、しゃべったのね、私の体のこと。でも、あの人案外親切なところもあるのね。それ、子育《こそだて》地蔵と言うんだって。珍しいものだし、きっと高価なものよ」

姉はそう言うと、石仏に手をのばして抱くように膝《ひざ》に置いた。

たしかにその仏は女仏らしく、顔の線も柔かで、胸に石の塊《かたまり》を抱いていた。そして、その石塊は、どうやら頭部のひどく大きな子供の形であるらしかった。

英一は、曽根の出すぎた行為に顔色の変るのを意識した。その石の塊は、子供の形がはっきりと刻まれていない稚拙なものであるだけに、その上所々石の表面が欠落しているだけに、それは、一個の胎児のような小さな生命の凝固物といった印象すらただよわせている。胎児を抱く女仏。それは、みごもることを知らない女たちにとって、刺激的な憧憬《どうけい》に満ちた対象となるものにちがいなかった。

胎児を抱く女仏を、さらに姉が膝に抱いている。散乱している布切れの中で坐っている姉の姿は、女の性をそのまま露出させているような切ない生々しいものに映った。曽根のたくみな智恵《ちえ》が空恐しく思えた。女仏を抱いている姉も危険だと思った。姉は、すでに曽根の投げ放った粘液質の繊維にぬくぬくと身をつつみこまれている。石仏の内部にひそんだ力が、曽根の思惑以上に姉の全身をとらえてしまっているのかも知れない。

姉は、石仏を丁重に床の間にもどすと、女児服を手にしてボタン穴をかがりはじめた。作りはじめた頃からくらべると、姉の手先はかなり素早くなってきている。

「何枚目なの」

英一は、気落ちしたような声で言った。

「七十一枚目よ。あと二十九枚だわ」

姉の声には、浮き浮きとしたひびきが含まれている。

「孤児院に寄附したら、どうするんだい」

姉は、目尻《めじり》に細かい皺《しわ》を走らせた。

「さっぱりするわね、きっと。心残りはないわ」

そう言うと姉は、珍しく明るい眼をして、床の間の石仏の方に顔を向けていた。

四

その日から、英一の胸には、姉に対する不安とそれを打消す心の動きとが交互に湧《わ》きつづけていた。

姉の目鼻立ちは華やかだが、英一には、どことなく姉の体が生来女らしい色艶《いろつや》に乏しいように感じられている。常識的に考えてみても、婚家先からもどされた姉が、新しい対象を求めて頻繁《ひんぱん》に外出したところで決して不思議はない。四年間男の体と触れつづけてきた女として、そうした渇望《かつぼう》は当然起るはずのものであった。

が、姉は、終日家に閉じこもって幼児服を縫いつづけている。精神的にもなにか姉には、女としての欠陥がひそんでいるらしい。姉が嫁ぎ先から追われたのも、不妊という理由以外にそうした女としての要素に欠けていたためにちがいない。

そうした姉が、曽根の持込んだ石仏を抱いていたとしても、姉が曽根に接近しはじめた証拠だと考えるのは早計すぎるとも思える。姉の体は、情事の対象としては一種の不具だと言ってもいい。

危険ははじめから存在する余地がないのだ。曽根に寄せたらしい姉の好意も、女仏の抱いている石塊、つまり胎児を仲介としている。それは、肉体的に欠陥のある姉の切ない憧憬物なのだ。そして、姉の心ひかれているものは、その石の塊だけにとどまって、その贈り主には感謝の念しか抱かないはずであった。英一は、安堵《あんど》することを自身に強《し》いた。そして実際、曽根もそれきり姿を見せず、姉の動きにも英一を不安がらせる類《たぐ》いのものはないようだった。

が、ただ姉の石仏に対する執着はかなり激しいものだった。畳の上に坐って針をうごかしている時も体のかたわらに石仏を近々とすえて置く。針をとめて石仏を抱く。女仏のかかえた石塊をあやすように優しく撫《な》でている。そして、ある朝、姉のふとんの衿《えり》から、白けた石仏の頭部がのぞいているのを眼にして、英一もさすがに胸を凍りつかせた。

「困った物をあたえてくれたもんだね」

英一は、曽根の部屋に行くと露骨に顔をしかめた。曽根は寝ていたらしく、ふとんの上に身を起して乱れた頭髪を撫でていた。

「姉が抱いて寝ているんだ。頼むから余り姉をからかわないでくれよ」

「からかう?」

曽根が、眼に険しい色を浮べた。

「そうだ、からかっているんだ。あんな石仏をあたえるなんて残酷だ。姉の最も痛い弱点なんだ」

「ひどいことを言う人だね、君は。慰めになるかと思って持って行ったんだぜ」

曽根は、顔をしかめ、呆《あき》れたように苦笑した。そして、眼に不快そうな光を浮べると、

「じゃ、引き取ることにでもしようか」

と、素気ない口調で言った。

「そうしてくれ。石仏を抱いている姉を見るのが辛《つら》いんだ」

英一は、懇願するような眼をして曽根を見つめた。

「わかったよ。それじゃ今日にでも引き取りに行く」

曽根は、不機嫌そうに言うと、英一を無視したように小さなあくびをした。

その日、一日、英一は学校に行っていても落着かなかった。石仏を抱いて寝ていた姉が、曽根の言葉をきいて果して石仏を手放すだろうか。曽根は、英一に頼まれたから引き取りにきたと弁明するだろう。姉は英一に腹を立て、結局は曽根に石仏を返しはしないだろう。そして、曽根も強引には石仏を引き取ることはせず、ただ苦笑して

引きさがってしまうにちがいないのだ。

英一は、自分が曽根に依頼した行為を軽率だった、と後悔した。結果的には、その依頼はむろん効果はなく、むしろ姉の執着を一層強めさせることに終るにちがいなかった。

英一は、重苦しい気分で学校を出ると家に帰った。姉が、居間で仕事をしていたが、畳の上にも床の間にも石仏の姿はなかった。

「石仏は?」

英一は、おそるおそる姉の顔をうかがった。

「あれね、曽根さんに返したわ」

姉の声は、淡泊だった。英一に向けられた眼にも、怒りの色も拗《す》ねたような光も浮んでいなかった。

英一は、意外な気がした。姉は、簡単に石仏を渡したのだろうか。しかも姉は、石仏を失ったことにことさら落胆もしていないように見える。

英一は、姉の表情をぬすみ見た。湯からでも上った後でもあるように姉の顔は少し上気して見え、かすかに苦痛でゆがんだ表情が浮き出ている。

石仏を失ったことに姉は堪えているのか。それとも英一が気遣って依頼したことを曽根からきいて、石仏に対する自分の執着を卑屈な思いで羞《は》じているのかもしれない。英一は、姉の表情を痛々しく思った。姉から子育地蔵を取り上げてしまった自分の方が、むしろ曽根よりも残酷だった、とそんなことを胸の中で反芻《はんすう》しつづけていた。

姉の針を動かす動作が、いつの間にかとどこおるようになった。そして、石仏の姿が消えてから十日ほどした頃、急に、姉は、幼児服の製作をやめてしまった。

姉は、すっかり針仕事の道具も片づけて、庭に面した広縁に置かれた籐椅子《とういす》にもたれて、枯れ尖《とが》った庭樹《にわき》の梢《こずえ》をうつろな視線で見上げたりしていた。

墓地が、静寂の中に沈む季節であった。塀《へい》の外で墓地清掃員の枯葉をかく音が近々ときこえることもあったし、枯葉を焚《た》く紫色の細い煙が、塀の上を越えて庭の中に棚《たな》びいてくることもあった。

「縫わないの」

英一は、不安そうな眼をして姉の顔をうかがう。

「疲れちゃった」

姉は、虚脱した声で言った。英一の方には顔も向けず、サナトリウムの患者のようにサングラスをかけて日を浴びている。

あの石仏が、それほど姉にとって心の支柱になっていたのか。

「曽根に言って、石仏をまた持ってきてもらおうか」

英一は、姉の表情を気遣わしげにうかがった。

「そうね。でも、どっちでもいいわ」

姉の声には、熱意がない。

英一は、曽根の部屋に足を向けた。

「いい加減はっきりしてくれよ。引き取れと言ったり、返せと言ったり。もう少しで売り先をきめるところだったんだ。金になる代物《しろもの》なんだからね」

曽根は、苛立《いらだ》った眼をして、石仏を英一の手に渡した。

居間にもどると、英一は、石仏を床の間に置いた。そして、

「もらって来たよ」

と、姉に声をかけた。

姉は、籐椅子から頭をもたげ、サングラスを床の間の方に向けた。が、すぐに頭を籐にもたせると顔を向うにかしげて身動きもしなくなった。姉は、拗ねているのだろうか。英一は、姉の横になった姿を見つめた。

と、不意にかすかな疑念が、胸にきざした。姉の虚脱した表情は、石仏のためでは

ないらしい。もし石仏に執着があるとしたら、第一、曽根に返しはしなかったろう。曽根の白けた顔が思い起された。姉の変化は、石仏がこの部屋から姿を消した日から始まっている。つまり、曽根が石仏を取りに姉の所へやって来た日からの変化なのだ。

翌日、珍しく学院の食堂でトーストをまずそうにむしっている曽根の姿を見かけた。英一は、意識して曽根のテーブルに近づき、横の椅子に腰を下ろした。

「商売の方はどうかね」

英一は、故意にくだけた調子で言った。

「おかげさまでね」

曽根は、さりげなく答えた。

英一は、曽根の表情をうかがった。虚《うつ》ろな表情をした姉の顔が重なり合って浮んでくる。

曽根は、ミルクを少しずつ飲んでいる。

「ところで、君、また石仏採集に行ってくれないかな」

曽根が、顔をあげて思い出したように言った。

「間引地蔵ね。あれがえらく評判が良くてね、一つ残らず売れてしまったんだよ。それにまだぜひ欲しいというやつが数人いてね、せかされているんだ。僕の考えでは、あの佐渡の墓所には、まだああした聚落《しゅうらく》が二、三個所はあるような気がしているんだ。近々のうちにまた出かけようと思っているんだが、行ってみないか。木も草もすっかり枯れているだろうから、探すのにもずっと楽だと思うんだが……」

英一は、カレーライスを口に運びながら顔をしかめた。

「いやなのかい。今度は、日当も精一杯はずむつもりだけど」

曽根が、のぞきこむように英一の顔をうかがった。

「まあ遠慮しておくよ。ぼくには気が向かないんだ」

「そうか」

曽根は、それほど落胆した様子もなくあっさりと言った。そして、食器のふれ合う音と学生たちの談笑とが充満している騒々しい空間を、無表情な眼《め》でながめていた。

やがて、ふと思いついたように、

「子育地蔵は、どうしている」

と、英一の顔に目を向けた。

英一は、口もとをゆがめると、

「君にはすまないが、ほとんど関心はないらしいよ」

と、皮肉まじりに言った。

「ほう、それは妙だな」

曽根は、とぼけたような眼をした。そして、

「じゃ、また返してもらうか」

と言うと、からかうような妙な微笑を目に浮べた。

英一は、曽根の表情からなにも探り出すことができなかったことに気抜けしたような不満を感じていた。

墓地は、常緑樹をのぞいて、樹葉のほとんどが枯れ落ちた。落葉を焚く煙もまばらになって、墓地の広大な敷地には、墓石が累々《るいるい》と露出していた。

ある日曜日、玄関に二人の地味な服装をした女が立った。

「北岡佐知子《さちこ》さんのお宅ですね。愛隣学園から参りました」

前に立った女が、礼儀正しい言葉づかいで、慇懃《いんぎん》に腰をかがめた。

英一には、その学園の名におぼえがなかった。そして、不審そうな表情をして、

「どんな御用件でしょうか」

と、女たちの姿を見つめながらきいた。

二人は、一寸《ちょっと》とまどったように黙っていたが、

「こちら様で、たしか子供たちの服をたくさん御寄附いただけるとおききしましたのでうかがったのですが……」

と一人が言い、他の女は、笑みをたたえながらしきりとそれに相槌《あいづち》を打っていた。

と、玄関の会話を耳にしたらしく、姉が居間から小走りに出て来た。

「わざわざ取りにおいで下さって、御苦労さまでございました」

姉は、眼を輝かせて挨拶《あいさつ》すると、

「ここへ運んでまいります」

と言って居間に走りこみ、押入れから紐《ひも》で束ねられた子供の服を敷台の所に運びはじめた。

英一は、釈然としないものを感じながらも、姉に手伝って服の束を敷台に運ぶために往復した。

女たちは、新しい服であることに驚き、それを姉が一枚ずつ縫ったということをきくと、大げさな感嘆の仕方をした。そして、門の中にリヤカーを引き入れると、そこに幼児服を積み重ねた。

「いずれ園長も連れて御礼にうかがいます」

二人の女は鄭重《ていちょう》に挨拶すると、一人が梶棒《かじぼう》の中に入り、一人が後ろから押して、思いがけぬ多量の品物をリヤカーに満載して墓地の中の路《みち》を遠ざかって行った。

「何枚だったの」

英一は、門をしめて居間にもどると姉に言った。

「八十四枚よ」

「百枚にならないのに渡しちゃったのか」

姉は、苦笑した。

「願掛けでもないんだし、それにもう私、疲れちゃったのよ。渡してさっぱりしたわ、気分がいいわ」

姉は、背伸びするように手をのばした。珍しいほど明るい表情だった。

姉は、浮き浮きしたように縁側の方へ歩くと、少年のように腰に両手をあてて庭樹を見渡した。

英一も、姉の明るさに引き込まれて縁側に出ると、姉のかたわらに立った。

「これからどうするんだい」

英一は、気さくな調子で言った。

「そうね。結婚でもまたしてみようかしら。でも、子供が出来ない体なんだし、それも無理かしらね」

「そうともかぎらないさ。子供が欲しくない男だっているんだぜ」

「それじゃつまらないのよ。私が、生んでみたいんだもの」

英一は、まずい話になったと後悔した。が、姉の声は、不思議と乾いている。

「福島県に不妊によくきく温泉があるんですってね。自炊専門の鄙《ひな》びた温泉らしいけど、行ってみようかしら」

姉が、ふとつぶやくように言った。

姉は、庭の方に顔を向けたままでいる。その声には、英一に気兼ねしているらしいひびきがあった。

「いいだろ、行ってきなよ」

英一は、すぐに答えた。

「ほんとにいい？」

姉が、不安そうに英一の顔をうかがった。

「いいとも。たまには姉さんも外へ出てみるといいんだ」

英一は、真面目《まじめ》な表情をして言った。

姉の顔が、また明るさをとりもどした。そして、また庭の方に黙ったまま眼を向けていた。

姉の遠慮が、いじらしいものにも思えた。姉は、一旦《いったん》家をはなれた人間として、家の後継者である英一に気をつかっているのだ。

「美容院へでも行ってこようかしら」

姉の声は、うわずっていた。そして、顔を鏡で直し、スプリングを肩にかけるとあわただしく外へ出て行った。

姉の急に浮き立った気持が哀れであった。家にもどってからは外出もせず、幼児服を縫いつづけてきた。それを養護施設に渡してしまった姉は、解放的な気持になったのだろう。が、その気分転換の旅も、不妊と関係のある湯治場だという。それほど姉の体は、子供に渇望《かつぼう》しているのだろうか。が、それも、いつかは諦《あきら》める時がやってくるにちがいない。その時までは、好きなことをさせてやろう。

英一は、箒《ほうき》を手にすると、すでに土になじみはじめている庭の落葉を入念に掃きはじめた。

姉が帰ってきたのは、夕方近くであった。

久し振りにセットした姉の髪は、妙に鉱物のようにかたくまとまって見えて、姉の顔をすっかり面変《おもがわ》りさせていた。首のあたりもうそ寒そうで、顔が急に乾燥したように老《ふ》けこんで見えた。

「セーターと帽子も買ってきたの」

姉は、デパートの包装紙を開いた。そして、白いモヘヤの帽子を取り出すと、

「似合う？」

と言って、髪形を気にしながら帽子を慎重に頭にのせた。顔の肌《はだ》にはこまかい皺《しわ》が浮んでいたが、眼だけは少女のような眼になっていた。

英一は、家に閉じこもりきりの姉が、二十歳前後の娘のかぶるそんな形の帽子を買い求めてきたことに、寒々としたものを感じた。

「うん、なかなかいいな」

英一は、顔の強張《こわば》るのを意識しながら無理に声を押し出していた。

夜になって、寝ることになった。姉は、押入れからスーツケースを取り出すとタオルや化粧道具を詰めて枕《まくら》もとに並べた。そして、ピンク色のネットを頭にかぶるとそうそうにふとんの中にもぐり込んだ。その幼い姉の喜び方に思わず英一は、苦笑を洩《も》らしていた。

翌朝、姉は早くから起きて掃除をし、朝食をととのえた。

「何時の汽車だい」

「十時なの」

姉は、茶色いスカートに白いセーターを着て、すでに化粧もすんでいた。そして、熟睡したせいかいつもより肌の艶《つや》もよく、髪形もいつの間にか少しはなじんで見えていた。

「養護施設の園長さんがもし来たら、よろしく言っといて」

玄関を出ながら、姉は言った。

英一は、門の所まで送りに出た。そして、ふと気づいたように、

「何日間ぐらい行っているの」と、言った。

「そうね」

姉は、不意をつかれたような狼狽《ろうばい》の色を浮べた。

英一は、少しうろたえた。そして、

「いいんだよ、いいんだよ。ゆっくりしておいでよ」

と、やさしい口調で言ってやった。

墓地の中の空気は、透き通るように澄んでいる。その中の路を、スーツケースをさげた姉が、ハイヒールをはいた足をぎごちなくふみながら歩いて行く。そして、路の角でまた振返ると、体を横向きにしたまま腰をかがめて丁寧に頭を下げた。ひどく他

人行儀な挨拶の仕方だった。姉の姿が角を曲って消えると、英一は、家にもどった。

姉のいない居間が、妙に空虚なものに感じられた。と同時に、姉が嫁いでしまった後の一人きりの生活がもどったような気安さも感じられた。姉の存在は、若い英一にとって重苦しいものであった。行先のない人間をかかえているような落着かない気持だった。そして、その人間は、いつまで家にいるかもわからないのだ。

結婚相手を見つけて出て行ってもらいたいと思うこともないではない。自分の迷惑ということよりは、姉の女としての安定のためにもそうなることが望ましいのだ。

英一は、一人きりの生活中よくそうしたように、牛乳を瓶《びん》ごと傾けて咽喉《のど》に流し込んだ。家の中は、森閑としている。墓地の静寂がそのまま移ったように人の気配が感じられない。

英一は、その静まった気配の中でじっと坐《すわ》っていた。そして、その静止した空気が、体に徐々にしみついてくるのを感じはじめた。

と、ふと胸の中に、自分以外に家の中は無人なのではないか、という考えが湧《わ》いた。そして、それを追うように、近々石仏採集に行くと言っていた曽根の言葉がよみがえってきた。

この静寂は、決して尋常なものではない。家の中で呼吸しているのは、自分一人のようだ。英一は、自然と立ち上ってしまっていた。そして、居間を出ると冷えた廊下を進んだ。

曽根の部屋の外に来ると、声をかけた。応《こた》えがなかった。

英一は、おもむろに障子をあけた。

部屋は整頓《せいとん》され、雨戸を閉めた薄暗い部屋の中には、墓所に置かれた仏のように大小さまざまな石仏がひっそりと並んでいる。そしてその中に、間引地蔵が、数個寄り添うように並べられていた。

頭に一瞬錯乱が起った。曽根は、間引地蔵が一個残らず売りつくされてしまったようなことを言っていた。かれは、ほかの理由で旅に出たのか。そして、英一があらかじめ断るのを念頭に入れて、旅に出る口実を作り上げたのか。

英一は、敷居の所に立ったまま部屋の中を見つめていた。正午近くまでいつも寝ている曽根が、こんな時間に姿を見せないことも奇妙だった。その癖、部屋の中には、十分に人のぬくもりが残っている。

体の中から、血の干《ひ》くような意識に襲われた。英一は、不意に体をめぐらすと廊下を走り、下駄《げた》を突っかけた。

路の曲り角でひどく鄭重に頭をさげていた姉の姿が、頭の中一杯にひろがった。英一は、墓石の並びひしめいた路を駈《か》けはじめた。

幼児服を予定数に達しないうちに整理してしまった姉の行為もなんとなく納得がいかない。姉は曽根に誘われて、死を決意していたのだろうか。幼い頃《ころ》からの知識で、英一の足は、正確に近道をえらんで墓石の列の間を縫うようにして走りつづけた。曽根は、自分の心を満たすために、姉を死に誘いこんだにちがいない。

ようやく、駅を下方に見る石段の下り口が見えてきた。英一は、その下り口の鉄の手すりにしがみついた。かれの眼は、朝のラッシュアワーに混雑する長いフォームを見下ろした。丁度私鉄がついた後らしく、人の群れが、階段から太い帯のようにフォームに流れこんできている。

拡声機からは駅員の声が甲高くひびき、その中を警笛を鳴らして、新しい塗料に塗られた電車がフォームに滑り込んできた。

英一は、眼をせわしなくフォームの上を移動させた。と、ふと白い点状の色彩が、視線の一隅《いちぐう》にふれた。凝視すると、それは、たしかに白いモヘヤの帽子の色にちがいなかった。

英一は、石段を駈け下りかけた。が、その白い色は、濁流に浮ぶ木片のように、ひしめき合う人の渦《うず》の中に巻き込まれて、電車の中へ押しこまれて行った。人間の体をようやく呑《の》み込んだ電車は、ドアを洩れなく閉じると注意深く発車し、やがて加速度をあげて滑り出しはじめた。

福島の温泉、と言っていた姉の声がよみがえった。ともかく、上野駅へ行ってみよう。

英一は、石段を駈け下りた。そして、駅の自動販売器の前にできている列の後ろについた。ズボンのポケットから十円硬貨をとり出した。

が、列が縮んで行くにつれて徐々に体の中にうつろな空洞《くうどう》がひらいて行くのを感じはじめた。姉の言葉も、確実な信用性はない。

販売器の前に立った。英一は、硬貨を手にしたまま気抜けしたようにたたずんだ。肩が、邪慳《じゃけん》に押しのけられた。そして、苛立った眼をした男の手が伸びて、細い間隙《かんげき》に銅貨が押し入れられた。

英一は、自動販売器の守護人のようにぎごちなくそのかたわらに立って、後から後から果てしなく銅貨を吸ってゆくその奇妙な機械を放心したようにながめていた。

（昭和三十七年四月『文學界』）

星への旅

一

蟹《かに》の泡《あわ》のつぶれるような低いつぶやきが、かたわらに坐《すわ》っている男の口からもれていた。男は、ホロの間隙《かんげき》から外をうかがいつづけている。トラックは、幾何学模様を描いて組み合わされた鉄骨の下を、タイヤの音をひびかせて鉄橋を渡っている。白々とした河原が、下方の闇《やみ》の底に沈んでいた。

男が、不意に立ち上ったのは、トラックが鉄橋を渡り終えてから間もなくだった。長身の体を折り曲げて荷台の奥に行くと、運転台との間にはめ込まれた鉄格子《てつごうし》のついたガラス板を軽く叩《たた》いた。ガラス板のむこうで車内灯が淡くともり、三宅《みやけ》の顔が振向くのがみえ、同時にブレーキのかかる音がした。トラックは、道の片側に停車した。

男は、相変らず意味のわからぬつぶやきをもらしながら黄色いナップザックを手にすると、荷台の後部から無器用な動きで道路の上に降り立った。約束どおり下車するのか……圭一《けいいち》は、頰《ほお》のゆるむのを意識しながら、男の姿をホロの中から見つめていた。

助手席から、三宅が降りて荷台の後部にまわってきた。男は、三宅にぎごちない仕種《しぐさ》で無言のまま頭をさげると、うつろな眼《め》でしばらくあたりをながめまわしていたが、やがて道路ぞいにひろがった田の畦道《あぜみち》におぼつかない足取りで踏み込んで行った。

夜空には、星の光がわずかに散り、かすかな明るみの下に水の張られた田が遠くまでひろがっている。そこからおびただしい蛙《かえる》の鳴き声が重なり合ってきこえていた。

圭一は、男の肩に背負われたナップザックの黄色い色彩が、揺れながら夜の色の中に薄れてゆくのを見つめていた。

「わかった。すぐそこにレールが通っているんだ」

路上に立っている三宅が、ようやく納得がいったらしくつぶやいた。

一瞬、圭一は、冷たいものが背筋に走るのを意識しながら、男の進んでゆく方向に視線を向けた。たしかに田圃《たんぼ》の彼方《かなた》に土の盛り上りがみえ、その長々と伸びた方向には、遠く信号機のものらしい緑色の光点が闇の中にみずみずしい光を放っているのが眼にとまった。

「あいつ、鉄道をえらんでいたわけか」

眼鏡を指先でずり上げながら、望月《もちづき》が言った。

いつの間にか夜の色の中に融《と》けこんでしまっていた男の体が、しばらくすると土手の上に黒々とした影を浮び上らせた。が、すぐに線路ぎわにうずくまったらしく、再び闇の中にその姿を没した。

蛙の声は、国道を大型車がタイヤの音をひびかせて通る度に勢いを弱める。が、その代りに遠くの田から湧《わ》いている無数の蛙の鳴き声が、近くの蛙の声を誘い出し、波濤《はとう》のようにトラックの周囲を洗っていた。

「発車させたらどうなの」

ホロから首を突き出していた槙子《まきこ》が、苛立《いらだ》った声をあげた。

「そうはいかないんだ。一応、見さだめてやる約束なんだ」

三宅は、振向きもせず素気《そっけ》なく言った。

乗用車と定期便のトラックが、ヘッドライトをぎらつかせながら、トラックのかたわらを凄《すさま》じい速さでかすめ過ぎてゆく。

「もう少し離れた所に車を移そうや。ここに車をとめていちゃ、人目についてまずいよ」

運転台から太った体を乗り出していた有川が、嗄《しゃが》れ声で言った。

三宅は、黙ったままうなずいた。

トラックは、三宅一人を残して四、五十メートル徐行し、道路ぞいに大きく枝葉をひろげた樹木の下に停車した。いつの間にか三宅は、畦道に入りこんでしまったらしく、路上に人の影はなかった。

圭一たちは、荷台の後部から眼を線路の方向に向けていた。近くに人家の灯《ひ》はみえず、蛙の単調な鳴き声と国道を通り過ぎる車のエンジンの音だけがあたりにひろがっているだけであった。

圭一は、乾いた唇《くちびる》をしきりに舐《な》めつづけていた。

「来た」

どれほどたった頃《ころ》か、槙子のかすれた声が低くもれた。

かすかな光が、夜の色の中に湧いていた。光が明滅しているのは、列車が鉄橋を渡っているためで、組み合わされた鉄骨のつらなりが次から次へほの明るく浮き出ている。

点状の光が、おもむろに光度を増してきた。レールは、鉄橋から弧を描いて伸びてきているらしく、光が少しずつ横に動くと、樹木や電柱が浮び上っては消えている。光の輪が大きくなった。線路ぎわの田にも光が走り、それが光の裾《すそ》をひろげて近づいてきた。レールを鳴らす車輪の音もつたわってきた。

信号機の下を、列車の先端が通過した。赤く染まった煙がながれ、その後に黒く長々とつづいた貨車の列を圭一は見た。

圭一は、口中の乾きを意識しながら、男のうずくまっている地点と光との距離が急速にちぢまっていくのを眼ではかっていた。まさかやることはないだろうという意識と、やるにきまっているのだという意識とが、胸の中で交錯し合っていた。

突然、鋭い警笛とブレーキ音が、圭一の鼓膜に突き刺さってきた。同時に、機関車の車体の下から、制動器と車輪の摩擦し合う火花がふき出るのがみえた。

貨車の列は、すさまじい音響を発する装置に化していた。不意の停車の衝撃が連結器につたわり、それがはね返って逆行し、次に押し寄せてくる波とぶつかり合う金属音があたりの空気を引き裂いた。

車輛《しゃりょう》の列を前後に痙攣《けいれん》させながら、列車は、ようやく動きをとめた。男のうずくまっていたあたりをかなり通り過ぎた地点だった。

三宅が道路の端を駈《か》けてきた。

「見たか、あいつ、レールの上に這《は》いあがって仰向きに寝やがった」

闇の中の三宅の顔は、白っぽくこわばってみえた。

列車の前部と後部とから、懐中電灯らしい光が湧いていた。それは、車体の下をさぐっているらしく、車輪が時折り明るく浮び上っている。

やがて、前部から動いていた光が、ある貨車の下で動かなくなると、すぐに上方にかざされて輪を描き、後部から移動していた光が、土手の上をゆれながら急ぐのがみえた。

光が合流し、一個の車輪が明るく照らし出された。

蛙の鳴き声は、しばらくの間絶えていたが、遠くから再び遠慮がちに湧いてくると
またたく間にあたり一帯にひろがった。

「さ、出発だ」

三宅が、落着きをとりもどした声で言いながら、助手台のドアをあけた。が、トラックは珍しく何度もノッキングを起し、ハンドルをにぎっている有川の心の動揺が、
そのまま圭一の胸にもつたわってきた。

圭一たちは、動きはじめたトラックのホロの間から、懐中電灯の光が、夜の色の中を徐々に後退してゆくのを見つめていた。機関車から時々大きく息つくように、ほの赤く染まった煙の立ち昇るのが、長い間眼に映っていた。

圭一は、体がかたくこわばっているのに気づいて、夜気を深く吸うとホロのアングルにもたれかかった。冷たい汗が体中に流れ、口の中はひりついて乾いていた。

荷台の中に、むろん男の姿は消えている。今までかたわらに坐っていた男の体が、すでに肉塊と骨片だけになって四散してしまっていることが、圭一には不思議でならなかった。人間のしがみついている生命は意外なほどもろく、死は、軽い挨拶《あいさつ》のよう

に容易に訪れてくるものなのだろうか。

ふと、圭一は、か細い泣き声がホロの中を流れているのに気づいた。荷台の奥の暗がりで、揃《そろ》いの白いワンピースを着た女たちが身を寄せ合っている。すすり泣いているのは、年上の娘の方らしく、泣き声には、死に対するおののきが露《あら》わにむき出されていた。

「うるさいわね。泣いたりするなら、いい加減に降りたらどうなのさ」

槙子が、冷ややかな眼をして舌打ちした。が、娘の泣き声は、槙子の声を無視して同じ調子でつづいている。

荷台の奥に坐っている彼女たちには、二人だけの世界が形づくられ、圭一たちとの間には、厚い壁が立ちはだかっている。ナップザックを手に線路の方へ消えて行った男も、孤独なせまい隔壁の中に閉じこもっていたのだ。

いわば、二人の女も男もトラックの単なる同乗者で、圭一たちには気心も素姓もわからない全くの他人であった。それも、圭一たちを不快がらせ神経を苛立たせる他人であったのだ。

かれらを初めて眼にしたのは、一昨夜、トラックが東京を出発する少し前だった。かれらは、定刻よりかなり前から来ていたらしく、すでに荷台の中に身をひそませていた。

圭一たちの計画では、むろん、自分たちだけで出立する予定であった。それが、出発日の二日前に、三宅から三人の参加申込者があることを告げられた。三宅が籍をおく画学塾の顔見知りの者たちだ、という。

圭一たちは、不機嫌《ふきげん》になった。自分たち仲間だけでくわだてた計画を、リーダーである三宅がその内容を外部にもらしたことに不服だったし、さらに未知の者たちが旅にくわわってくることなど論外とも思えた。が、三人の参加申込者の旅の目的が、結果的には圭一たちと全く同一であり、その上、かれらが途中で下車してそれぞれに別個の行動をとる条件だということを知らされると、圭一たちには参加申込みをこばむ積極的な理由は見出《みいだ》せなかった。それに、トラックのガソリン代とオイル代の経費を分担する額が、一人でも多くの参加者があればそれだけ軽減されることも確かだった。

圭一たちは、結局、かれらの申し出を受けいれることになったわけだが、かれらを現実に眼にした瞬間から、かれらが自分たちとは別種の世界に住む男女たちであることを知らされた。

初めに荷台に入り込んだ圭一は、ホロのアングルにもたれている長身の男に、「よろしく」と気軽に挨拶を送ったが、驚いたことに男からはなんの応《こた》えも返ってはこず、顔さえ動かすこともしなかった。圭一は、途惑いをおぼえて思わず苦笑したが、やがて、その男の異常さに気がつきはじめた。

男の血の色の乏しい頬には、絶えず冷ややかな笑みが浮んでいる。金属製の容器から、アルコールの匂《にお》いのする脱脂綿を取り出しては、小止《おや》みなく指先を拭《ふ》きつづけている。手首からはじまって指に移ると、甲から掌《てのひら》へと、脱脂綿の動きは目まぐるしく一定の筋道をたどってくりかえされる。それが十数回もつづけられると、かれは、脱脂綿を容器の中にもどして、指先で虫眼鏡のような環《わ》をつくるとホロの天井を熱心にうかがいはじめた。その表情には、指のレンズの奥に、華麗な対象でものぞきみている恍惚《こうこつ》とした色が濃く浮び出ていた。

荷台の奥の暗がりには、二人の女が身を寄せ合って坐っていた。一人は、十六、七歳の浅黒い顔をした少女で、他の一人は、少女より二、三歳上らしい色白の娘だった。娘は、頭部を少女の胸や膝《ひざ》に押しつけていることが多く、頭髪は、少女の手で絶え間なく愛撫《あいぶ》されていた。彼女たちは、小用をするのも一緒で、夜も一つの毛布の中で抱き合って寝ているらしく、時折りすすり泣きとも忍び笑いともつかぬ声が、かすかな気配になってもれてきていた。

槙子は、女たちの存在をひどく不快がっていた。同性の身として彼女たちのかもし出す異常な雰囲気《ふんいき》に、堪えがたい嫌悪《けんお》と羞恥《しゅうち》をおぼえているようだった。

圭一たちは、憂鬱《ゆううつ》そうに顔をしかめていた。男の果しない指先の動きと、アルコールの揮発する刺戟《しげき》的な匂いにすっかり神経を苛立たせ、女たちの発散する甘酸《あまず》っぱい妙な気配に疲労感をおぼえていた。

「もう少しの辛抱だよ」

三宅は、圭一たちが不服をもらしても、他人事《ひとごと》のように笑って取り合わなかった。

圭一たちは、鬱屈した気分を晴らすためドライブインに入ると、ミュージックボックスを鳴らしつづけたり、丼《どんぶり》や灰皿をいくつも懐中に忍ばせては持ち出し、走るトラックの上から路上に思いきり叩きつけたりした。荷台の中は、事実上、三人の未知の男女によって占められているようなものだった。仕方なく圭一たちは、口数も少く、トラックの中でだらしなく寝転がっていた。ただ、圭一たちの願いは、かれらが一刻も早く下車してくれることだけであった。

それだけに、男が約束どおり下車して姿を消してくれたことは、圭一たちの気分を幾分軽くしてくれた。だが同時に、荷台の奥に身を寄せ合っている女二人の存在が、今までよりも一層わずらわしいものとして意識された。

「昆虫《こんちゅう》みたいな顔をしたやつだったな」

圭一が口を開いたのをきっかけに、槙子も望月も、男のことをあけすけに批評しはじめた。かれらは、笑い合いながらにぎやかな会話をかわし合った。いつの間にか、かれらの間には、男の死に対する衝撃も薄らいでいた。

二

圭一が三宅たちと知り合ったのは三カ月ほど前のことで、駅のフォームの線路ぎわに躑躅《つつじ》の花叢《はなむら》が華やかな色をひろげていたのをはっきりと記憶している。

その頃、かれは、朝、家を出て駅に行っても、電車が乗客でふくれ上っているのを眼《め》にすると車内に身を入れる気持も失われて、それきり予備校への通学をあきらめてしまうのが常であった。あてもなく電車やバスに乗って見知らぬ街をさまよってみたり、公園のベンチでうつらうつらと仮睡をむさぼったりしていた。

三宅を知ったのは、電車に乗りおくれ、放心した眼で駅のベンチに坐《すわ》ってフォームの殺気立った混雑をながめていた時だった。

「今日も乗りそこないましたね」

声をかけられて、圭一は、スケッチブックを手に立っている若い男の顔を見上げた。今日も……という言葉に、圭一は、自分一人だけの秘事をのぞきみられた羞恥とその未知の男に対する警戒心をいだいた。

男は、無造作に圭一の隣に腰を下ろすと、圭一の存在も忘れたように所在なげにフォームをながめはじめた。かれは、気づまりをおぼえたが、ベンチから立ち上ることもなぜか億劫《おっくう》で、そのまま身じろぎせず坐りつづけていた。

フォームの混雑がようやくしずまりかけた頃、男は、大儀そうに腰を上げると、

「これから、どこかへ行くあてがあるんですか」

と、圭一を見下ろしながら素気ない口調で言った。

「いいえ、別に……」

反射的に、圭一の口から声がもれた。

男の顔に、奇妙なやわらぎがかすかに湧いた。それは、親しみとなにか悲しみをたたえた微笑だった。

「それじゃ、僕と来ませんか」

男は、圭一をうながすと、フォームに滑りこんできた電車のドアに足を向けた。

圭一は、意志を失ったように男の後ろから電車の中に身を入れた。男は、吊革《つりかわ》をつかんで車内の広告をうつろな眼で見上げていた。

男が電車から降りたのは、三つ先の駅だった。男は、フォームの端の方へ歩くと、

雨ざらしのベンチに近寄って行った。そこには、十八、九歳の少女と眼鏡をかけた小《こ》柄《がら》な少年が、ベンチの背にもたれて坐っていた。

「やあ」

「やあ」

かれらは男に軽い挨拶をすると、圭一と男のために腰をずらせて坐る場所をつくってくれた。

圭一は、場ちがいな息苦しさを感じて、誘われるままについてきてしまったことを悔いたが、しばらくたつと、ベンチに坐っていることに妙な気分のくつろぎをおぼえはじめていた。かれらは、ほとんど口もきかず圭一の存在にも特別の関心はないらしく、やがてやってきた仲間の一人らしいひどく太った若い男にも、ただ軽い受け応《こた》えをしただけで、思い思いにあたりを黙ったままながめているだけであった。

正午近くなって、かれらは誰からともなく腰を上げた。が、それからはじまったかれらの行動は、思わず圭一を苦笑させずにはおかなかった。なぜかと言えば、あてもなく電車に乗って環状線を一巡してみたり、小さな喫茶店でテレビの映像を漫然と見上げたり居眠りをしたり、要するにそれらは、自分が日常繰返していた生活そのものだったからだ。

その日を境に、圭一は、かれらとともに時間を過すようになった。予備校へもほとんど足を向けることもなく、毎朝かれらの寄り集っている駅に出向くことを日課としはじめた。時折りかれらのうつろな眼に、かすかな翳《かげ》りのような悲しみをたたえた色がかすめ過ぎることにも、かれはいつの間にか気づいていた。

三宅は画塾に、槙子は美容学校に、有川は予備校に、望月は定時制高校にとそれぞれ籍をおいてはいたが、ほとんど出席する気配もなく、ただかれらの最大の関心事は時間の経過だけで、時計の針の動きをひんぱんに見つめるのがかれらの共通した習性になっていた。つまり、かれらは、圭一と同じように全くなにもすることがなく、それがかれらの表情に時に物悲しい色をかげらせるにちがいなかった。

圭一の胸にいつの間にか根を下ろした物憂《ものう》い倦怠感《けんたいかん》は、やはり家庭の性格と切りはなして考えることはできない。大学教授として人類学の研究をしている父は、家に帰ってきてもそのまま書斎に閉じこもっていたし、家つきの娘である母も、さまざまな稽古事《けいこごと》に外出しがちで、そのため圭一は、広い邸《やしき》の中に放置されていた。両親と顔を合わせるのは食事時だけで、それもしばしば父か母かまたは二人とも姿をみせず、ただ一人で食事をすることも稀《まれ》ではなかった。だが、それでも圭一は、そうした環境の中から、少年らしいやり方で孤独な楽しみを探り出していた。

小学校に通っていた頃《ころ》のかれは、小動物ことに昆虫との交渉に熱中しつづけた。それらの形態、色彩そして動きが、かれにはこの上なく精妙で瀟洒《しょうしゃ》な創造物のように思え、それらをもてあそぶことにかぎりない愉悦をおぼえていた。

家は都心にあったが、塀越《へいご》しに広大な墓地が隣接していることが、かれの幼い趣味をつちかった。そこには生い繁《しげ》った樹木と、四季に応じて芳香を放つ花々がひらき、それらを慕って多くの昆虫がむらがり集ってきていた。圭一は、捕虫網を手にそれらを手当りしだいに捕えて歩き、蜻蛉《とんぼ》の複眼を宝石のように小箱に蒐集《しゅうしゅう》したり、テントウ虫をつらねてネックレスを作ってみたり、蜘蛛《くも》を飼って小さな昆虫をその網にかけ、たちまちそれらが蜘蛛の脚で繭《まゆ》のように回転させられるのを見つめたりしていた。

やがて、中学校にはいる頃になると、圭一の関心は昆虫からはなれ、模型作りに集中された。初めは、航空機・船舶・列車などの個体組立てに熱中したが、それらにも飽きると一年がかりで模型都市の建設に着手した。まず、樹木の生いしげった丘陵がつくられ、その下方に住宅街、商店街、工場地帯とつぎつぎに市街がその形態をととのえ、さらに、港の構築へと発展していった。造船所、埠頭《ふとう》、石油タンク群、鉄道の引込み線などが海岸線をふちどり、湾には大小さまざまな船舶が浮べられた。

完成すると、圭一は、夜ひそかに電灯を消し、部屋の半ば近くの空間を占めた模型都市に灯《ひ》を入れる。闇《やみ》の中に港町のきらびやかな夜景が、生き生きと美しく俯瞰《ふかん》され、湾口の灯台は光の矢を回転させ、浮灯台も光の点滅をくりかえしていた。

だが、高等学校に進学する頃になると、圭一は、そうした少年期をいろどる空想的な世界とのつき合いにも飽いた。大人としての生活を準備する年齢的な季節がやってきて、それが周囲にひどく切迫した空気をつくり上げていた。

圭一も、追い立てられるような焦《あせ》りをおぼえて、そうした空気の渦《うず》の中に巻き込まれていった。学業がかれの生活のすべてになり、夜おそくまで机にかじりついていた。

受験期がやってきて、かなりの自信をもって目標にしていた大学の入学試験を受けた。が、それは期待に反して失敗におわり、来年再び同じ大学を受験することにきめて予備校に通いはじめた。

執拗《しつよう》な倦怠感にとらえられたのは、それから二カ月ほどたった頃であった。それは、極端な言い方をすれば、不意にかれを訪れたものといってよかった。

その日、圭一は、学校からの帰途、暮れはじめた夕空に点滅をはじめたネオンの色を見上げてたたずんだ。その瞬間、自分の体をおそった奇妙な感覚を今でも鮮やかに記憶している。それは、体が晩春の夕空に浮上してゆくような、内部に満ちていたものが跡形もなく気化してまたたく間に自分の体が一つの形骸《けいがい》に化してゆくうつろな気分であった。

その時を境にして、圭一の視覚に映じる世界は一変した。人々も街々もすべて無機質の色褪《いろあ》せたものに化し、その風景の中で自分にはなにもすることがないのだという堪えきれぬ無力感が胸に食い入り、いつの間にか手足を動かすことも億劫《おっくう》に感じられ、感情を動かされることもほとんど縁のないものになってしまった。

一日一日が、ただ意味もなく流れた。朝、駅に足を向ける。稀《まれ》に電車の中に体を入れて予備校に行っても、かれは、窓の外ばかりながめている。二、三時間そこで過すと、漫然と映画館へ入ってみたり喫茶店で長い間腰掛けたりしていて、夜になると、ただ睡眠をとることだけの目的で家に足を向ける。

そうした無気力な生活の中で、三宅たちのグループの者たちと知り合ったことは、かれにとって一つの救いになった。第一、持てあましている時間の経過を、自分一人だけで堪えずにすむことだけでも、どれほど心の安らぎをおぼえたか知れなかった。それに、三宅たちが決して倦怠感となれ合っているわけではないことも、圭一にほのかな明るみをあたえてくれた。それどころか、かれらは、過去にかなり積極的にかれらの体に巣食った無力感を追い出そうと努力してきたことも知った。パジャマパーティーという催しをくわだてたり、一戸の家を借りて共同生活をしてみたり、さまざまなことを試みて、かれらはかれらなりに刺戟《しげき》をもとめてきたらしい。それらは長続きすることもなく終ったようだが、今でもかれらは、折にふれては刺戟的な提案を飽きる風もなく口にしつづけている。

有川の口癖は、「戦争でもおっぱじまらねえかな」ということで、かれの観測によれば戦争の発生は目前のことで、その発端はアジア地区にあって日本でもクーデターが起り、戦争の渦中《かちゅう》にかれらも積極的に参加させられることになるのだという。戦争は、壮大な破壊であるにちがいはないが、破壊こそ人間社会の進化を推しすすめてきた原動力であることを考えれば、その破壊行為に自分はすすんで参加する意義を感じる……と、力説するのだ。

槙子は、美容整形に関心をいだいていた。すでに眼は二重瞼《ふたえまぶた》にしていて、歯列も口もとをあらためるために前歯だけ義歯を使っていたが、ただ鼻梁《びりょう》だけは、従姉が惨《みじ》めな失敗をしたということで手をつけずにいた。彼女に言わせれば、整形手術の後、変化した自分の顔を鏡の中に見出す時の異様な興奮は、忘れがたいほど強烈なものだという。彼女の理想は、自分の顔を原型をとどめぬまでに整形をくわえ、知人たちにも気づかれぬ自分の過去と全く絶縁した新しい顔を持ちたいということだった。

望月の口にすることといえば、結論的には阿片《あへん》の吸煙に尽きていた。かれにとって、それは地球が生んだ最も価値のある傑作であり、かぎられた人間の生きている時間を抽象的な形で無限に引き伸ばすことのできる唯一《ゆいいつ》のものであるというのだ。阿片の吸煙に一生を過すためには、まずまとまった金銭をつかむ必要があるということから、金庫破りを空想する。コンクリートを溶かす薬品、音のしない爆発物……それらをさぐるために、大学の化学部門にすすむのだと真剣な表情で言う。

三宅は、人を集めて組織化することばかり考えている。宗教的なものであろうと趣味的なものであろうと、それはなんでもいいらしい。圭一たちと交渉を持ち、自然とリーダーという立場にあるのも、その考え方の一つのあらわれともみられる。すでにその傾向は色濃くあらわれているが、人間社会は組織化された集団によって左右されていて、やがては、個としての人間は完全に無意味なものになるという。そこには、ただ数というものだけが残されて、個人としての存在価値は全く消滅してしまうというのだ。

かれらは、こんな風にそれぞれに異なった意見をいだいて、時折り思いついたように倦怠感を追いはらおうと突飛な企てを口にし合っていた。女をさらって共有の玩弄《がんろう》物《ぶつ》にしようとか、集団強盗をしてみようとか、一風変った提案もなされていたが、その度に愚かしい気分が支配していつの間にか立ち消えになってしまうのが常であった。

しずんでいった。

その後のかれらの表情には悲しみをふくんだ色が濃くただよい、一層深い沈黙の中に

だが、旅立ちのことを望月が口にした時は、いつもとは全く異なっていた。その企てを、望月は、「死んじゃおうか」という投げやりな言葉で表現したのだ。

圭一は、唐突なその言葉に、一瞬、背筋のかたく凍りつくのをおぼえ望月の顔に視線をすえていた。同時に、かれは自分の周囲にひろがった静寂に気づいて、仲間たちの顔に視線を走らせた。かれらは、一様に口をつぐんでいた。表情はこわばり、眼には凝固した光がはりつめていた。その顔に変に弱々しい苦笑が浮びはじめ、困惑しきった表情で互いに視線をそらせ合っているのを、かれはうろたえ気味に盗み見ていた。

その折の奇妙な沈黙を、圭一は今もありありと思い起すことができる。ある思いもかけない熱っぽいものが、かれらを支配しはじめていたのだ。その中で、最年少の望月だけが、自分の思いつきで口にした言葉に仲間たちが大きく心を動かされているらしいのに気づいて、眼鏡の奥の眼を嬉《うれ》しそうに輝かせていた。

翌日、かれらは、少し変っていた。上気した眼をして陽気に笑うかと思うと、不意に黙りこんだりしていた。仲間たちの間に、今までにはなかった得体の知れぬ活気が流れはじめていることはたしかだった。

いた。

「死んじゃおうか」

なにかの拍子に、一人が、望月の声音をまねて言うと、かれらははじけるような笑い声をあげた。かれらの顔には、今まで見せたこともない若々しい表情があらわれていた。

視覚に映じてくるものが、その姿を変えてきているのに圭一も気づいていた。褪せた色に塗りつぶされた四囲が、色絵ガラスの細工物に似た光と色彩に満ちあふれた、ひどくみずみずしいものとして意識された。

三宅が、一年ほど前に大阪で起った二人の小学生の死を口ごもりながら圭一たちに話してくれた。その小学生たちは、夜おそくしめし合わせてそれぞれに家を脱《ぬ》け出すと、近くの神社の林の中で並んで縊《い》死したという。少年らしい深夜の突飛な遊びから過《あやま》って死を招いたのか、それとも擬装された他殺なのかという意見も出されたが、二人の少年の教科書の余白に、面倒だから死ぬという意味の文字が書きこまれていたことから、自殺と断定された。しかし、その死のはっきりとした理由については、今もってわからないという。

さらに三宅は、日中戦争のはじまる寸前に自殺を目的とする宗教団体が存在していたという話もした。その団体では、仏教の「不惜身命《ふしゃくしんみょう》」という言葉を死の意味にむすびつけ、信者たちは黒衣をまとい人気のとぼしい場所で集会を持ち、互いに「死のう、死のう」と声をかけ合い、事実、多くの若い男女が集団的に命を絶ったという。やがて、その団体は治安を乱すものとして検挙され潰滅《かいめつ》したが、末期には全国的なかなりの組織にもなっていたという。

圭一たちは黙ってきいていたが、圭一は、かれなりにそのはっきりとした動機もないらしい死の意味を、なんとなく理解できるような気がしていた。

旅立ちが、いつの間にか自然の成行きのように圭一たちの間で決定され、三宅を中心にしてその内容が入念に組み立てられていった。初めの頃感じられた死に対する悲壮感は徐々に影をうすめ、かれらは、死という言葉を陽気にもてあそびながら旅の企てを熱心に検討し合った。

旅の目的地は、簡単に北国の海辺ときまり、地図の上で、圭一たちは小さな漁村を探し出した。初めの計画では、列車で東京を出発し国鉄バスに乗りついでその村に到達する予定を立てていたが、急にトラックでの旅に変更になったのは、運送会社を経営する父を持つ有川の提案だった。大型二種の免許証を持つかれがハンドルをにぎり、トラックは、会社のものをひそかに引き出してくるというのだ。

圭一たちは、新たに自動車専用地図を買いもとめて、コースの研究に熱中した。

出発当日、有川は、ホロつきのトラックを引き出すことに成功し、ガソリンを入れたドラム缶《かん》、毛布、食糧等が荷台に積みこまれた。

かれらは、定時に出発した。

自慢していただけあって有川の運転は危なげなく、トラックはあらかじめ組み立てられた日程どおりに北へ北へと走った。

……その夜も、トラックは、ほとんど一時間のずれもなく国道からわずかに入った川ぞいの温泉町にたどりついた。かれらは、大きな旅館の近くでトラックをとめると、入湯料をはらって湯槽《ゆぶね》につかった。三宅と有川は、安全剃刀《かみそり》でほとんど生えてもいない顎《あご》のひげに大人びた仕種《しぐさ》で刃をあて、圭一は頭を洗った。タイル張りの思いがけないほど大きな風呂《ふろ》で、早速、望月が、亀《かめ》を裏返しにしたような奇異な恰好《かっこう》で湯の中を泳いでみせた。

幼い頃、ガソリンカーに轢《ひ》かれて関節がくだけ癒着《ゆちゃく》してしまっている望月の片足は、膝《ひざ》から下の成育がそのまままとまって短くゆがんではいたが、背泳ぎに似たその泳ぎはひどく巧みで、両手と片足をせわしなく動かしながら湯槽のふちにそって円形に泳ぎつづけている。眼鏡をはずした白けた顔には、真剣さがあふれ、その動きにはゼンマイ仕掛けの玩具に似た一定の速さがあった。

三宅と有川が、笑いながらしきりに望月をけしかけた。圭一は、その奇怪な泳ぎに苦笑しながらも、身体的な欠陥を故意に露出させている望月の姿に心の冷えるのをおぼえていた。

湯からあがると、しばらくして槙子も旅館から出てきた。頭を洗ったらしく濡《ぬ》れた短い髪が頭部にはりつき、その顔を一層小造りなものにみせていた。湯につかったことが女らしさを誘い出すのか、体の線も柔かそうにみえ、表情も妙に取り澄ましていた。

「槙子っていい女だな。一度でいいから寝てみてえや」

有川が、太い首をすくめた。

「いやらしいわね。ひっぱたくわよ」

槙子は、険しい目つきで有川を見すえると、小走りにトラックの方へ歩いて行った。

圭一たちは、薄笑いしながら荷台の中へ這《は》い上った。ホロの奥では、二人の女たちが相変らず毛布をかけて寝ころび、化粧品の饐《す》えた匂《にお》いを荷台の中に発散させていた。

トラックが、砂利道を揺れながら走り出した。

「槙子さんは、好きな人がいるのかい」

望月が、微笑しながら槙子の顔をのぞき込んだ。

「今はいないわ。でも、男なんて、臆病《おくびょう》でずるくて大嫌《だいきら》いよ」

槙子は、冷淡な口調で言うと顔をそむけた。

圭一は、ホロの外に視線を向けていた。有川からきいた話では、槙子は二度も掻爬《そうは》した経験があるという。まだ二十歳にも満たない槙子の体がそうした痛手を負っていることに、圭一は堪えがたい物悲しさをおぼえた。

トラックが、渓流《けいりゅう》にかかった石橋を渡った。圭一は、槙子の肌《はだ》から匂い出る湯の香を身近に感じながら、遠くなってゆく温泉町の灯をながめていた。

三

二人の女が降りる身仕度をはじめたのは、翌朝、トラックが走り出して間もなくだった。

トラックは国道からかなり県道に入っていて、いつの間にか山間部の起伏した道を屈折しながら進んでいた。夜半からの雨が車体を洗い、ホロを重く濡れさせていた。

女たちは、スーツケースを下げて荷台の奥から立ってくると、細かい雨の落ちている山路《やまみち》に降り立った。年上の娘の方はかなり疲労しているらしく、顔に血の色はとぼしく、細い鼻梁もうそ寒そうに骨ばってみえた。

「お世話になりました」

歯列の反った浅黒い少女が三宅に頭をさげ、その後ろに立っている年上の娘も無言でそれにならい、荷台の中の圭一たちにも頭をさげた。

「薬でもやるのかい」

三宅が、事務的な口調でたずねた。

少女は、曖昧《あいまい》な微笑をしかけたが、年上の娘を振返ると、

「さ、行こう」

と、素気《そっけ》ない声をかけた。

少女が先に、二人は、雨の中を前後して歩き出した。道の片側はゆるい傾斜になっていて、かなり密度の濃い雑木林がひろがっている。少女が林の中に足を踏み入れ、年上の娘がおぼつかない足取りでその後を追ってゆく。足を早めて登ってゆく少女の体にくらべて、白いハイヒールをはいた娘の体は、今にも崩折れそうに腰を曲げていた。

「年下の女の方が、男役か。なんだか逆みたいだな」

望月が、雨に濡れた樹幹の間を縫ってのぼってゆく女たちの後ろ姿を見送りながら言った。

女たちの衣服の白さが、やがて緑の色の中にうずもれると、三宅が煙草《たばこ》を取り出してマッチをすった。雨は小降りになって、あたりが明るくなりはじめている。雑木林の中にも時々風がわたるのか樹々《きぎ》の梢《こずえ》が一斉《いっせい》にゆれ、その度に樹葉からふり落される雨雫《あめしずく》の音が林の中に満ちた。

「見さだめてやるのかい」

有川が、運転台から顔を突き出して、三宅に不機嫌《ふきげん》そうな声をかけた。

「そんな必要ないよ、三宅さん。あいつら、人気のない所で長い間抱き合ったり泣いたりするんだろうから、きりがないぜ」

望月が、分別くさい表情で言った。

三宅は、黙ったままうなずくと煙草を捨て、助手席に勢いよく身を入れた。トラックが、雨水に洗われた砂礫《されき》の浮き出た路を、ホロをゆれさせながら動き出した。

「ああ、せいせいした」

槙子が、思いきり伸びをし両手を上げた。

圭一と望月は、顔を見合わせて笑った。

陽《ひ》がまばゆく射《さ》してきて、路の両側からさしかけてきている樹々の葉がみずみずしく輝きはじめた。時折りせり出した枝葉がホロの外側を音を立てて薙《な》ぎ、水滴が圭一たちの体にふりかかったりした。

「ちがうんだよな、あいつらとはさ」

望月が、口もとを不快そうにゆがめて言った。

「脳のこわれているやつと性倒錯者だもの、おれたちとは、まるっきり縁のないやつらなんだ。トラックに乗せたのがまちがいさ。おれたちの旅はちがうんだもの、そうだろう？」

望月は、圭一の顔に眼鏡を近々と寄せて言った。その厚いレンズに、雨滴に濡れ光った緻密《ちみつ》な樹葉の影が、目まぐるしくうごきながら凝集されて映っていた。

圭一たちの気分は、自然に浮き立ってきた。荷台が大きくゆれて体がはね上る度に、圭一たちは大袈裟《おおげさ》に荷台の中に倒れて咽喉《のど》を鳴らしながら笑い合った。

はしゃいだ声が運転台にもつたわったのか、おどけたようにホーンが断続して鳴り、トラックの運転も急に荒々しくなった。スピードも増して、変化に富んだ風光がつぎつぎに現われては消えていった。

細い滝のかかっている渓流が、ほとんど蛇行《だこう》している山路と平行に走っている。深い峡谷に架けられた吊橋式《つりばししき》の橋も渡った。なだらかな熊笹《くまざさ》の生い繁《しげ》った高原を進むかとみると、屹立《きつりつ》した岩肌につつまれた谷あいの路を通りぬけることもあった。その間に、苔《こけ》や雑草をのせた藁葺《わらぶき》屋根のつらなるいくつかの村落が点綴《てんてい》されていた。

トラックは、激しくゆれながら屈折した道を走りつづけた。

トラックが不意に停止したのは、午後もかなりまわってからであった。

運転台からのはずんだ声に、圭一たちは荷台の後部から顔を突き出し、トラックの前方に眼《め》を向けた。

「海だ」

期せずして、甲高い声が同時に洩《も》れた。

視野が広くひらけていて、起伏しながら傾斜している丘陵の背の下方に、紺青色《こんじょういろ》の水のひろがりがみえる。その海の色は、夏の陽光をまばゆく反射し、水平線に量感をはらんでふくれ上ってみえた。

「あの海なの?」

槙子が、浮き立つような声で言った。

「そうだ、あと三十分ばかりだ」

三宅の声が、反射的にもどってきた。

圭一は、無言のまま北国の海らしい冴《さ》えた水の輝きを見つめた。旅をくわだて、その計画どおりに旅をつづけ、現実に目的の海を眼の前にしていることが、感慨深く思えた。が、同時に、仲間たちが、実際にあの海で死を実行するのかどうか、かすかな疑念も湧《わ》いてきた。それにしては、かれらは余りにも陽気すぎる。気紛れなかれらは、死という刺戟《しげき》的な言葉を利用して集団旅行を試みただけのことではないのか。かれらと交渉を持ってからまだ日も浅い圭一には、正直のところ、かれらの実体はつかめないでいる。だが、それはそれとして、グループの者たちと旅をし積極的にこの地点に到達できたことは、それだけでも十分に意味がある。今までこれほど一つの行為に自分自身を没入できたことがあっただろうか。

望月と有川が、畠《はたけ》に入りこんで玉蜀黍《とうもろこし》をもいでいる。開墾地でもあるのか、疎林《そりん》の所々に白茶けた耕地がひらかれている。

「出掛けるぞ」

三宅の声に、望月と有川がうろたえたように駈《か》けもどってきた。

玉蜀黍が荷台に投げこまれ、望月がホロの中に這い上ると、トラックが勢いよく動き出した。砂埃《すなぼこり》が舞い上り、トラックは、ひどくゆれながら丘の傾斜を下りはじめた。

早速、望月が玉蜀黍の皮をはぎはじめたが、十本近い玉蜀黍はまだ実が熟していず、望月は、腹立たしげにトラックの外に一本残らず投げ捨ててしまった。

トラックは、曲りくねった林の中の道に入り、海の色は見えなくなった。しかし、道は確実に下りつづけていて、まちがいなく海岸線に到達できる唯一《ゆいいつ》の道であるにちがいなかった。

どれほどたった頃《ころ》だったろうか。急なカーブの坂を下りると、トラックのタイヤが短い古びた木橋の橋桁《はしげた》を鳴らしてはずんだ。同時に、トラックは、急ブレーキをかけて停止した。

圭一たちは、ホロの中で体の均衡を保つために、あわててホロのアングルにしがみついた。ホロの間隙《かんげき》から外をうかがうと、眼とほとんど水平の位置に青い水のゆったりとしたひろがりが眼に映った。

「着いた、着いた」

望月が、はしゃぎ出した。道は、T字型に行きどまりになっていて眼の前に波の寄せる砂浜がのびている。

圭一は、自分の体が濃い潮の匂いにつつみこまれているのを意識しながら、海岸ぞいにつらなった家並に眼を向けた。山の傾斜が背後にのしかかっていて、村落の家々は海岸線に一列にへばりつき、今にも海の中に落ちこぼれそうな不安定さで並んでいる。潮風に絶えずさらされているためなのか、低い板張りの家々は、一様に干柿《ほしがき》の粉にでもまぶされたように白くささくれ立ち、屋根の勾配《こうばい》にのせられた石塊までもすべて白い。

トラックは、駐車に適当な場所をもとめて村落の中の道に入りこんだ。が、二百メートルも進むと家並は呆気《あっけ》なく尽きて、道は再び山の傾斜の暗い樹林の中へのぼっている。せまい土地にいとなまれた村落に、駐車に適した空地などあるはずもなかったのだ。

有川は、トラックを反転させようと試みたが、せまい道幅は、トラックの車体の長さを自由にはしてくれなかった。やむなくトラックは、後退をつづけてまた村落の中にはいりこんだが、海岸線の屈曲にしたがって道がつくられているため、家の庇《ひさし》がホロすれすれにせまったりタイヤが家の礎石に乗り上げたりして、その度にガソリンの煙が砂埃とともに軒を並べた家々に吹きつけられた。いつの間にか、暗い眼をした人々の顔が重なり合って圭一たちを見上げている。それらは、ほとんど老人や女や子供たちばかりで、村落の狭さに比して不釣合いなほどのかなりの人の数であった。

有川は、運転台から半身を突き出し、三宅は、路上で声をからしながらトラックの後退を誘導しつづけている。二人の眼は血走り、顔には汗と砂埃がしみついていた。

ようやくトラックが、橋のたもとまでもどることができたのは、三十分近くもたってからであった。

「結局、ここ以外にはないわけだ」

三宅が、苦笑をもらして橋のかたわらにひろがるわずかばかりの河原を指さした。

トラックは、後部から石を荒々しくはねさせて車体を河原に突き入れた。

圭一たちは、トラックから飛び下りた。

「いい所だろう」

三宅が、海を見渡した。両翼に岬《みさき》が突き出ていて、眼の前にはおだやかな内海がひろがっている。

「泳ごうや」

望月が、荷台の中に這い上った。

圭一たちも荷台の中で海水パンツをつけると、道を突っ切って波の中に駈けこんだ。歓声があがって、かれらは思い思いに泳ぎはじめた。黄色い海水着をつけた槙子が遅れて砂浜にやってくると、槙子を中心にはしゃぎながら海水を互いにふりかけ合った。なんとなく有川に飛沫《ひまつ》が集中され、かれは悲鳴をあげて浜に駈け上った。その不恰好《ぶかっこう》な姿に、圭一たちは声を嗄《か》らして笑い合った。

ひとしきり泳ぎまわると、三宅の提案で潜水くらべがはじまった。体の肥えた有川は初めから棄権し、圭一と三宅と望月が水にもぐった。が、意外なことに、圭一たちがどんなに努力をしても、望月の息の長さにはかなわなかった。圭一たちが、堪えきれずに海面から顔を出しても、望月の体は、透き通った海の底でうずくまるようにして坐《すわ》っている。海水の中で眼をあげては、平然と圭一たちの顔をうかがっていた。

砂浜に坐っている槙子が、予想外の結果を可笑《おか》しがって手を叩《たた》きつづけた。やがて水の中から髪を額にはりつけて浮び上ってきた望月の濡れた顔は、水になじんだ強靭《きょうじん》な生き物にみえた。

一時間ほどした頃、泳いでいた圭一の眼に、三宅と有川が海水着姿のまま槙子を乗せてトラックに乗りこむのがみえた。トラックは、河原から出ると、村落とは反対方向の海岸ぞいの道を砂埃をあげて遠ざかっていった。

「どこへ行ったんだい」

泳ぎもどってきた圭一は、砂浜で甲羅《こうら》干《ぼ》ししている望月にたずねた。

「場所さがしだってさ」

望月は、突っ伏したまま答えた。

場所さがし……圭一は、トラックの消えた海岸ぞいの道に視線をのばした。岩肌の露《あら》わになった岬が海上に突き出ていて、白く波頭のくだけるのがみえる。不意に、背筋に冷たいものが刺し貫いた。かれらは、命を断とうとする場所をさがしに出掛けたのか。

圭一も旅にくわわったかぎり、かれらと行動を共にする気ではいるが、現実にかれらが場所をえらぶために出掛けたことを知ると、体の筋肉が急に収斂《しゅうれん》するのをおぼえた。かれらに比べて、自分には、まだ心の準備ができていないのだろうか。

西日が、海の色を華やかに染めはじめた。望月は、海に入ると仰向いた姿勢で波に身をまかせながら眼を細めて空を見上げている。

圭一は、心の動揺をふりはらうように荒々しく望月に泳ぎ寄った。

「みんな、本当にやる気なんだな」

圭一は、自分の言葉がさりげなく口からもれたことに満足した。

「そうらしいですよ」

望月は、素直に笑ってみせた。

「君、こわくないのかい」

圭一は、屈託のない口調で微笑しながら言った。が、さすがに頬《ほお》に妙なこわばりが湧くのを不安な気持で意識した。

「それは、こわいですよ。誰だって同じでしょう」

望月の分別くさそうな眼が、圭一に向けられた。

「でも、みんな平然としているね」

圭一は、自分のおびえをさとられまいとして、故意に顔を海水に荒々しくつけた。

「そう見えるだけでしょう。そういう御本人だって平気そうに見えますよ」

圭一は顔を手でぬぐいながら、望月の声に皮肉な響きがこめられているのに狼狽《ろうばい》し、黙ったまま苦笑した。三歳下の望月が、自分よりも年長の大人びた存在に思えた。

「ぼくは、これ以上生きたって仕方がないんだ」

望月は、つぶやくように言った。「今まで生きてくるだけだって精一杯だったし、ほかの人は知らないけど、ぼくは、もう生きていたって仕方がないんですよ」

望月は、朱色に染まりはじめた空を仰ぎながら、波に身をまかせていた。

圭一は、望月のそばに身を置いていることが堪えられない気がして、一人で沖の方向に泳ぎ出した。望月に自分の心の動揺をさとられたらしいことが気恥しく、卑屈感が体の中に満ちた。望月にとっては、旅立ちは疑うことのない死を意味するもので、それだけに圭一の言葉から、決断しかねているおびえをかぎとり、その臆病さを蔑《さげす》んでいるにちがいない。

海岸からかなり遠ざかったあたりまで泳ぐと、圭一は、海岸線を振返ってみた。望月の姿はみえず、その代りに村落の背後の傾斜に西日を浴びた墓石の群れが寄りかたまっているのが、際立《きわだ》って眼に映じた。それは、かなりの数で、一斉《いっせい》に海にむかって並び、その間隙には卒塔婆《そとば》らしいものが、割箸《わりばし》を突きさしたように立っているのもみえた。

圭一は、波に身をゆだねながら墓の群れの下方に白っぽく並んでいる村落の家々に眼を向けた。炊煙が所々に湧き人気を感じさせはしたが、墓標の群れのようには西日をいきいきと反射させてはいなかった。むしろ、それは、時化《しけ》の後に海岸に打ち上げられた難破船の残骸《ざんがい》のような、薄汚れた木片の堆積《たいせき》にしかみえなかった。

かれは、家々の戸口からのぞいていた数多くの老人や女や子供たちの血色の悪い顔を思い浮べていた。かれらは、おそらく出稼《でかせ》ぎにいった男たちの仕送りを唯一の支えに、海岸線でわずかばかりの魚介類をあさって飢えをしのいでいるのだろう。かれらに比べれば、自分たちにははるかに恵まれた豊かな生活環境がある。それなのに、不《ふ》遜《そん》にも生きることに飽いたというのはどういうことなのだろう。

冷静に考えれば、自分たちには、死をもとめる意味はなにもないのかも知れない。圭一が旅立ちに参加したのは、日々の平穏きわまりない倦怠《けんたい》から脱《ぬ》け出たいねがいと同時に、仲間たちのかもし出す熱っぽい雰囲気《ふんいき》に同調した傾きがある。若さの持つ虚栄心・意地から、その環《わ》の中にとどまろうという姿勢を維持しつづけているだけにも思える。

村落の者たちは、自ら死をねがうことがあるのだろうか。もしあるとしても、かれらの死と圭一たちの死とは、全く意味の異なった別種のものにちがいない。圭一たちの死は、すべてが過剰なほど満たされている結果から生れ出たものであり、貧しい海辺に住むかれらの死は、欠乏からやむを得ぬ帰結として訪れてくるものが多いにちがいない。

村落のくすんだ色と西日に輝く墓石の群れとの対比が、皮肉な意味をもって圭一の眼に映じてきた。死の象徴物である墓石の群れが、澄みきった海の色にふさわしい唯一の生き生きしたものに感じられた。

視線の隅《すみ》に、海岸線をトラックが、窓ガラスをまばゆく輝かせながらもどってくるのが遠く見えた。

圭一は、ゆっくりと海岸線にむかってもどりながら、望月の蔑んだ眼の光を思い浮べていた。だが、かれの胸の中には、いつの間にか萎縮感《いしゅくかん》はうすらいでいて、逆に望月の眼の光に積極的に挑《いど》んでみたい気持が湧きはじめていた。稚《おさな》い衝動であることは自分にも十分にわかってはいたが、年少で、小柄《こがら》であるかれに侮蔑《ぶべつ》されたくはないという意識が、かれの体の中に頑《かたく》なに根を張ってきていた。

四

西日が、山の傾斜を裾《すそ》を曳《ひ》いて這《は》い上りはじめると、急にあたりが暮れはじめた。

圭一は、三宅と手分けして樹林の中に入りこみ、枯枝を拾い集めて河原の一角で火を起した。槙子は、清水で米をとぎ飯盒《はんごう》を炎の上にかざした。有川と望月が村落の中に入って買ってきた鮑《あわび》が、貝殻《かいがら》をつけたまま焼かれた。フォークではがされた肉は柔かく、しかも歯ごたえがあって呆《あき》れるほどのうまさだった。

流れにひたされて冷えた缶《かん》ビールが、かれらの間に配られた。炎は、海面を渡ってくる風にあおられ、時々火の粉を散らしては音を立ててはためいた。

「あそこなら申し分ないな、有川」

三宅が、鮑をフォークで突きさしながら言った。

「絶好な場所だわ」

槙子が、代って断言するように言った。

「槙子が言うなら、まちがいないさ」

有川が、悪戯《いたずら》っぽい眼《め》を槙子に向けて咽喉《のど》の奥で低く笑った。

槙子には、過去に三回の前歴がある。一回目と二回目は、睡眠薬を大量にあおり、三回目は下宿先の部屋の窓の隙間《すきま》に目張りをしてガスを充満させた。理由は、ただ死にたくなったという周期的な動機だけらしいのだが、その度に早期に発見されて病院に担《かつ》ぎこまれたという。その不覚な失策にふれられることは、槙子にとってこの上なく苦痛らしい。が、圭一たち仲間の中で、ことに有川は、槙子を揶揄《やゆ》してそれにふれたがる。

槙子は、表情をこわばらせて拗《す》ねたように口もとをゆがめ、口をつぐむとビールの缶をかたむけた。

「どんな所なんです」

望月が、もどかしそうに言った。

「岩山をくりぬいた短いトンネルがあってな、そこをくぐると道の片側に小さな丘が海に突き出ているんだ。その丘を登りきって下を見ると、切り立った断崖《だんがい》が海に落ちこんでいて、黒ずんだ淵《ふち》が見える。すごい場所だぞ」

三宅の眼に、焚火《たきび》の炎の色が遠い火のようにやどっていた。

圭一は、三宅の薄ら笑いを浮べた顔に眼を向けていた。その表情には、死の怖《おそ》れは感じられず、圭一たちを確実に死にみちびくことのできる自信に似た色が浮んでいる。

崖《がけ》から飛び降りる間は、息苦しいのだろうか。海面に達するまでに、突き出た岩に叩きつけられることもあるにちがいない。圭一の眼の前に、波浪の逆巻く黒い淵がおびやかすようにひろがった。

いつの頃からか、圭一は、自分の首が斬《き》り落される夢にうなされて起きることが多くなっている。漠然《ばくぜん》としてはいるが圭一は受刑者らしく、処刑の儀式的な筋道にしたがうことを強《し》いられて土の上に引きすえられ、後ろ手にしばられたまま自分から首をさしのべる。死は、すでに避け得られぬ確定された事実になっている。周囲の物々しい静寂の中で、一瞬、首筋に衝撃がおとずれ、頸骨《けいこつ》のきしむ切断音と自分の頭部が体からはなれる奇妙な虚脱感におそわれる。同時に、かれの胸の中に激しいねがいが湧《わ》き上る。一刻も早く激痛から解放されて死の安らぎの中に身を没したい……と。そして、事実、かれの希望どおり意識が急速にしかも確実にうすらいでいって、やがて模《も》糊《こ》とした死の世界に沈下して行くのを感じる。夢の中の圭一は、ほとんど苦痛もともなわなかった死の訪れを謝したい思いにひたるのだ。

かれにとって、死がそんな風にやってきてくれることが望ましいのだが、現実のものとして、果してそうした形で訪れてくれるものかどうか甚《はなは》だ疑わしい。恐怖に近いものが胸の中をかすめ過ぎるのを、圭一は不安な気持でじっと見つめた。

「いつ出掛けるの」

槙子が言った。

「明け方だ」

三宅が、反射的に答えた。

「ロープで体をむすびつけ、石をズボンやシャツの間につめこむんだ。あの淵なら海水も渦巻《うずま》いているし浮び上ることもないだろう。おれたちが、永久に発見されない方がいいじゃないか」

「水葬ってわけか。そいつはいいや」

望月が、眼鏡をずり上げた。

沈黙が、焚火の周囲にただよった。圭一は、かれらの表情を恐るおそるながめまわした。かれらは口をつぐんではいるが、決して暗い翳《かげ》りはなく、むしろ団欒《だんらん》にも似た無言のなごやかさが感じられる。かれらは、小まめに枯枝を火にくわえたり、缶ビールをあけて手渡したりしていた。

いつの間にか、圭一の眼には、かれらがひどく奇妙な生き物のように映ってきていた。ビールの酔いと炎に赤々と染まったかれらの顔には安らいだ色があらわれ、その背後には、深々とした夜の闇《やみ》がはりつめている。炎を中心に輪を作って坐っているかれらの姿が、その闇に彫りきざまれ彩色された坐像《ざぞう》の群れのようにみえた。

ふと、圭一の胸の中に、海の底でたゆたっている仲間たちの姿が鮮やかな映像として浮び上った。

——深々とした青さをたたえた海水の中を、絶えず海藻《かいそう》がゆらぎ、大小さまざまな魚影がよぎる。ロープでつながれた圭一たちの体には、それぞれ色鮮やかな微細な魚が、巨大な薬玉《くすだま》のように音もなくむらがり、その小さな口吻《こうふん》が圭一たちの体を小止《こや》みなく突《つつ》きつづけている。皮膚もはがされ肉もむしりとられて、やがて、かれらの体には白い骨格だけがのこされる。それでもなおロープは、腰骨と腰骨を忠実に連結させてはなさない。望月の片足の骨格は短く彎曲《わんきょく》し、槙子の頭蓋骨《ずがいこつ》は、ひときわ小作りなものとして海水の動きにしたがってゆれている。圭一たちの骨は、白い珊瑚《さんご》の集落のように一個所に寄りかたまっている。

しかし、自分たちの体は、崖から落下する途中で岩に突きあたり、骨もすべてくだけてしまうかも知れない。皮膚がはがされ肉がむしりとられれば、露出した骨格は、くだけた部分から海底に白々と散って、またたく間に海水の流れに四散し、いつの間にか溶解し消滅してしまうだろう。

圭一は、落着かない気分で眼をしばたたき、ビールを咽喉の奥に流しこんだ。呼吸なって四肢《しし》の隅々《すみずみ》にまでひろがった。

「漁火《いさりび》だ」

不意の声に、圭一は、三宅の指さす方向に顔をねじ向けた。

水平線に、光の帯が流れている。漁船の数はおびただしいらしく、明るい光がほとんど切れ目もなく点滅してつらなっている。それは、夜の草原に壮大な陣を布《し》く大軍の篝火《かがりび》のようにみえ、光が、水平線から夜空一面にひろがる星の光と同じまたたきをくりかえしていた。

思いがけず、父と母のことが胸によみがえった。型どおりの親子の情愛らしいものはあるにはあったが、かれらは、自分の死をどんな態度で迎えるのだろう。葬儀の折には涙を流すかも知れないが、それから以後のかれらの生活は、ほとんど変化はないにちがいない。ただ同じ家に住んでいただけのことで、父も母も自分もそれぞれに個人個人であって、圭一という個人が消えても、かれらは今までと変りない平穏な日々を送ってゆくにきまっている。

圭一は、突き放されたわびしさをおぼえた。

星の配置がかなり動いて、黒々と突き出ている岬《みさき》の上方に、切りつまんだ爪《つめ》のような細々とした月が浮び上った。

「ぼくは、寝ますよ」

望月が、欠伸《あくび》をすると立ち上り、足をひきながらトラックに近寄ると、荷台の中に大儀そうに這い上った。

その後ろ姿を見つめていた槙子が、炎に眼を光らせながら、

「あの子、いくつだっけ」

と、言った。

「十六か、七だろ」

「道連れにするようで、ちょっと気にかかるな」

「なぜだ、今頃《いまごろ》」

「あの子、姉さんと二人きりだったわね。婚期がおくれたのも、あの子を育てるためだっていう話よ。生命保険の外交員をしているんですって。死んだってきいたら、悲しむだろうな」

「他人がどう思おうとかまわないじゃないか。あいつは、年は若いが子供じゃないよ、すっかり大人なんだ。第一、自分から発案したことなんだし、引きとめたってやめるやつじゃない。一人だってやるやつなんだ」

三宅は、眉《まゆ》をしかめると焚火の火に枯枝を大量にくわえた。煙が立ちのぼり、やがて、それが火になった。はじける音がして、火の粉が舞い上った。

「それよりも、槙子」

有川が、酔いで呂律《ろれつ》のみだれかけた声で言った。

「今夜、その体、抱かせてくれねえかな」

有川の薄ら笑いした顔には、冗談ともつかぬこわばった表情がかすかにただよい出ていた。

「御免だわ。あんただけはいやよ」

「じゃ、三宅とか光岡ならいいというのかい」

槙子は口をつぐみ、三宅と圭一に暗い視線を走らせた。

「やめな、有川」

三宅が、たしなめた。

「槙子を女と思っちゃいけないんだ。やるなら仲間以外の女とやんな。もっとも、もうその機会もなくなったがな……。それが、おれたちの約束だったはずだぜ。お前は酔っているんだ」

「酔ってなんかいるものか」

「じゃ、そんなことを口にするな。槙子は、おれたちの仲間なんだ」

「冗談で言ったんだよ。言ってみただけなんだ」

「それなら、それでいい。冗談ならかまわない。でも、もう口にするな」

「ああ、わかったよ」

有川は、萎縮した苦笑を浮べ、そのまま口をつぐんだ。

三宅も口を閉じて、焚火の炎に眼を落した。

「明日は、きっと晴れだわ」

槙子が、白けた沈黙を追いはらうように機嫌《きげん》よさそうな声で言うと、空を仰いだ。

都会では眼にすることのできぬほどの冴《さ》えた星が、夜空一面に散っている。

「ぼくも眠くなった」

圭一は、故意に大きく伸びをして立ち上ると、河原の石を踏んで荷台の中に身を入れた。焚火の周囲にひろがっている重苦しい空気からのがれ出たかったのだ。

暗いホロの中では、すでに望月が毛布をかけて寝息を立てている。眼鏡がホロの垂れ紐《ひも》にかけられ、望月の半開きにひらいた口からもれる寝息には、旅の疲労が重苦しくにじみ出ていた。

圭一は、毛布を引き出すと荷台の後部に横になった。三宅は、有川の槙子に向けられた不謹慎な言葉をなじったが、三宅自身は、槙子になんの感情もいだいていないのだろうか。槙子と三宅の間には、妙ななれなれしさがある。それが異性同士の関係をしめすものなのか、それともリーダーと仲間の一人としての単純な親密感からくるものなのか、表面にあらわれているかぎりでは、いずれともわからない。引きしまった小作りな槙子の顔立ちは、圭一の好みにも合っている。槙子の体を、林の中ででも抱くことができたらどうだろう。

槙子の胸はうすいらしいが、圭一は、その蕾《つぼみ》に似た乳首を唇《くちびる》で吸うことを空想する。その短い柔かそうな髪を、掌《て》でやさしく愛撫《あいぶ》してやるのだ。しかし、仲間たちの眼を考えれば、そうしたことはむろん不可能にきまっている。槙子自身も、そんな関係が仲間との間に生じることはきらうにちがいない。焚火のかたわらに槙子をはさんで三宅と有川がのこされたが、かれらと槙子との間には、おそらく何事も起らないだろう。

圭一は、腕をのばして夜光時計の針の位置を見さだめた。十一時を少しまわっていて、秒針が、夜光塗料の光を放ちながら、文字盤の上を清流をはしる魚鱗《ぎょりん》のように小気味よくまわっている。

夜明けまで五、六時間か……槙子に対する甘美な空想も消えて、再び波浪の渦巻く黒い淵が眼の前にひろがり、圭一は、ホロのはずれから星空を見上げた。

幼い頃、死者は昇天して星の群れの一つに化すのだという話を、祖母からきいた記憶がある。夜空に散った星は、すべて死者の化身で、死者の数の増す速さに応じて星の光は際限もなくふえているのだという。その証拠には、星の光と光との間の色濃い闇を見つめていれば、星の光が後から後から湧き出てきて、満天すき間なく星に埋めつくされているのを知るという。

星の冴えた光を見上げているうちに、その話にもなにか真実感があるように思えてきた。が、砂浜にくだける波の音に、圭一は、現実に引きもどされた。

逃げてしまおうか……、ふとそんな思いが胸の中をかすめ過ぎた。逃げるとするなら、仲間が眠りこんでしまってからが好都合にちがいない。河原から橋を渡って山道を駈《か》け上ってしまえば、かれらから離れることはさしてむずかしいことではないだろう。もしも、見つかって追われたとしても、道ぎわの密度の濃い林の闇の中に身を没してしまえば、それですべてが解決される。

いずれとも決めかねている自分を、圭一は持てあました。旅の企てにもすすんでくわわったし、旅に生き甲斐《がい》を感じてこの北国の遠い海にもやってきたのだ。それなのに、死ぬことに未練を残しているらしい自分に苛立《いらだ》ちをおぼえた。

いずれにしても、夜明けまでのわずかな時間に、いずれをえらぶか決めてしまわなければならない。仮に逃げ出すことに成功したとしても、多分かれらは追うことはしないだろう。旅立ちも、そして死も、一人一人の自発的行為で、互いに抑制したり強制したりするものではないのだ。ただ、かれらは圭一の臆病《おくびょう》さをわらい、卑劣さをさげすむだけにちがいない。

物憂《ものう》い疲労感が、足先から湧いて体中にひろがってくる。それを意識しながら、圭一は、無数の星の散った夜空を冴えた眼で見上げつづけていた。

いつの間にか、かれは自分の体がその星の群れの中にゆっくりと昇っていくのを意識しはじめた。眠ってはいけない、圭一は、徐々に光の輪をひろげる星々を頭上に仰ぎながら繰返しつぶやきつづける。が、反面では、まばゆい光に満ちた星の海の、悠《ゆう》長《ちょう》な散策に十分に上機嫌にもなっていた。

体が、揺れていた。トラックの震動なのだろうか、それとも波のうねりに身をまかせているためなのか。

激しい海鳴りの音がしていて、その音の間から遠い人声がしている。救いを呼ぶ声にきこえるかと思えば、はじけるような笑い声にもきこえる。それが、次第に大きくなると、不意に現実味をおびた声に変り、肩が荒々しくゆすられているのに気づいた。

圭一は、眼をあけた。顔の上に、近々と二つの大きなレンズがのぞきこんでいる。

「起きてください。もう時間です」

望月の声だった。

圭一は、一瞬、その言葉の意味をのみこみかねていたが、急に半身を起し、荷台の外に眼をこらした。河原には、かすかに夜明け間近い気配がただよい、谷川で腰をかがめて顔を洗っている有川の背がほの白くみえた。

「顔を洗ってください。すぐ出掛けるそうですから……」

望月は、トラックのへりから乗り出していた体を下ろして、焚火《たきび》の方に歩いて行った。火は、新たに起されたらしく勢いよく燃えていて、そのかたわらにすでに身仕度をととのえた三宅と槙子が坐《すわ》り、三宅はゆったりと煙草《たばこ》をすっていた。

波の音と谷川の流れの音だけしかきこえない静けさが、河原にただよっている。その中で、仲間たちの姿は、無言の緊張感につつまれているようにみえた。

圭一は、不覚にも眠りこんでしまったことを悔いた。かれらと行動を共にする心の準備が、今もってできていないことに怖れをおぼえた。樹林の梢《こずえ》には、まだ夜の色の残った空に星のまたたきがみえる。が、その光も、昨夜仰いだ星とはちがってはるかに遠く、そして薄ぼけてみえた。

三宅が、煙草を捨てると立ち上った。

「さ、石を拾ってトラックに載せようや。拳《こぶし》ぐらいの大きさのものがいいぜ」

圭一の眼の前に、ロープでむすびつけられた骨格の幻影が浮び上った。小魚の群れの口吻が、自分の皮膚に一斉に突き立てられる痛覚におそわれた。

「寝坊ね、早く顔を洗いなさいよ」

槙子の薄笑いした顔が、圭一に向けられた。

かれは、あわてて靴《くつ》をはくと河原に下りた。掌《て》ですくう谷川の水はひどく冷たく、樹皮の匂《にお》いがふくまれていた。

石が、音を立てて荷台の上にあげられている。圭一もそれにならって、石をつかんだ。夜露に表面が濡《ぬ》れていて、石にも夜明けの色がしみ入っていた。

逃げ出せないでいる自分が、不思議だった。たとえあたりがほの明るくなっていても、谷川を渡って樹林の中に駈けこんでしまえば、その奥には自分の体を没し去ってしまう十分な暗さが残っている。今ならば、それが可能なのだ。かれらは、自分の駈け去る後ろ姿をただ苦笑しながら見送るだけで、なんの感慨もなく出発して行くにちがいない。

「こんなところかな」

三宅が、腰を伸ばした。圭一たちは石を拾うのをやめた。槙子が、その体をホロの中に押し上げてやった。

「じゃ、出掛けましょう」

望月が、トラックの後部に近寄り片足をかけた。

今をおいて機会はない、と圭一は、三宅と有川が運転台に乗りこむのをうかがいながら思った。が、かれの足は自然にトラックの後部に動き、槙子の後ろから荷台の中へ体を落しこんでいた。

エンジンの音がして、河原にガソリンの煙が吐き出され、焚火の炎が激しくなびいた。トラックは、石をはねながら道にすべり出ると、ホロをふるわせて走りはじめた。

焚火の火の色が、岩かげにかくれて消えた。槙子も望月も、無言で海の方に顔を向けている。水平線のあたりは、かすかに白んできていて、その上方に淡い星の光が散っていた。

こわれた機械が、急に始動をおこしたような唐突なふるえが、圭一の体に起った。膝頭《ひざがしら》がはずみ、それがまたたく間に全身につたわって歯列も音を立てて鳴りはじめた。かれは、ホロの間から流れこむ風にあえぎ、息を吸い込んだ。頭の中には、なにか霧に似た漠《ばく》としたものが逆巻いているだけで、逃げようという積極的な気力もいつの間にか消え失《う》せていた。

トラックは、大きく揺れ、そしてしばしば曲りながら走りつづけた。

どれほど走った頃だろうか、岩肌《いわはだ》をあらわにした短いトンネルをくぐり抜けると、静かに停止した。

ドアの開く音がして、三宅と有川が荷台の外にまわってきた。圭一たちは、荷台の奥からロープを引き出して三宅に渡すと、それぞれ毛布に石をつつんで荷台から降りた。

三宅が、無言のままロープを肩に、道の片側の雑草の生いしげった傾斜の中の細い路《みち》を上りはじめた。毛布につつんだ石は重く、その重さが自分の体を水中に深く沈めさせるものだということを感じると、再び恐怖が体の中に湧《わ》いた。

ほの暗い路は、つづら折りに曲りながら上っている。太った有川は息が切れるらしく、肩をあえがせては時折り足をとめて息をととのえていた。

路の上方から風が流れ、周囲の草が音を立ててなびきはじめた。路を再び曲ると、圭一の眼の前に遠く水平線が横にひろがった。

圭一は、膝頭がくずおれそうになるのを感じながら足をとめた。仲間たちがただ荒い息をしているだけで口をきかないことが、かれを一層おびえさせていた。かれらは、互いに視線をそらせ合い、思い思いに水平線のあたりに顔を向けていた。

圭一は、胸の動悸《どうき》と口の中の激しい乾きを感じながら、今にも意識がかすむような眩暈《めまい》に必死に堪えていた。抱いている石の重みも忘れ、かれは、ただ水平線の明るみはじめた色を見つめているだけであった。

どれほどの時間がたったのだろう。圭一は、三宅の肩からロープが土の上に落されるのをぼんやりと意識し、そのロープの端が三宅の腰に巻きつけられてゆくのを、身じろぎもせずに見つめていた。

次に体を動かしたのは、槙子だった。槙子のうつむいた顔に、髪がはげしくなびいている。ロープが、望月の腰にもつながった。圭一に、太いロープが差し出された。望月が、かがんで圭一の腰にロープを巻きつけてくれた。有川が、最後尾になった。

毛布の中から、石が出された。圭一は、かれらにならって石をズボンのポケットに入れ、シャツの間につめこんだ。固いものが、体を重くつつみこんだ。

「じゃ」

三宅のかすれた声に、圭一は、顔を上げた。

その瞬間、圭一は、そこに恐しいものを見出《みいだ》して体が硬直するのをおぼえた。三宅は、微笑を浮べているつもりらしいが、顔には血の色がなく、皮膚が引きつれていて別人のように変貌《へんぼう》してみえる。その表情は三宅だけではなく、槙子も望月も有川も顔がゆがみ、唇が歯列をのぞかせてふるえていた。自分だけではなかったのだ……そう思うと、意外なことに胸の底から咽喉《のど》もとに妙なものが突き上げてきた。それは、卑屈感の消えた奇妙な可笑《おか》しさであった。

三宅の体がかすかに動くと、圭一たちも、それにつられて小刻みに移動した。圭一は、急に緊迫したこわばりが、仲間たちの体に異常な強さではりつめるのを凝視していた。それは、互いに気力を探り合い、確かめ合い、そして自分の内部のものに打ち克《か》とうと必死に戦っている姿にみえた。ロープは、引き合い、強く緊張して、岩のはずれにわずかずつ動いてゆく。

不意にロープが動かなくなり、次には後方に強い力でひかれた。圭一は、後ろをふりむいた。有川の眼《め》が露出し、口が半開きにあけられ、なにか叫ぼうとするらしく、それが息を吐くように動いていた。

圭一の胸に、思いがけぬたぎり立つものが湧いた。それは、有川に対する蔑《さげす》みと憤《いきどお》りのまじり合った感情だった。圭一は、ロープを引っ張った。力を入れた。有川の大きな体が反りかえった。

激しい動揺が、突然、起った。望月が、なにか叫んだ。槙子が白けた顔に眼を血走らせている。ロープが、強く緊張した。

「行くぞ」

望月の引きつれた叫び声がすると、その体が崖《がけ》の上からはずみ、呆気《あっけ》なく姿を没した。槙子の体が、その勢いに引かれて仰向きに崖から消え、同時に強い衝撃がロープにつたわり、圭一の体は、三宅の体と前後して岩の上からはなれた。仰向いた圭一の眼の前に、大きく腕をひろげた有川の体が崖の上からせり出し、ゆるく回転するのがみえた。その体から動物的な太い叫び声がふき出ている。

圭一は、自分の体の周囲に風が逆巻くのを感じながら水平線が斜めにかたむくのを見、白い飛沫《ひまつ》をあげる波濤《はとう》を見た。

水しぶきにぬれた岩が、急速に目の前にせまってきた。岩はいやなんだ、岩はいやなんだ、痛いからいやなんだ、圭一は身もだえし、顔をしかめた。が、岩に叩《たた》きつけられる瞬間はなかなかやってこなかった。長い時間が流れたように思った。岩肌がせまった。かれは、岩を避けるために手を伸ばした。

指先から掌へと、岩の粗い肌がふれてきた。岩の表面をぬらした海水の冷たさも鮮明に感じとれた。磯《いそ》の濃い匂いが、鼻腔《びこう》の中一杯にひろがった。

かれは、眉《まゆ》をひそめ、心持ち顔をそむけた。岩肌が、掌から頰《ほお》にかけてせまった。かれは、眼を薄くとじた。次の瞬間、皮膚の下の骨がきしみ音を立てて、一斉《いっせい》に開花するように徐々に散るのを意識した。

荒々しくおそってくるものを、かれは待ちかまえた。が、不思議に痛みは感じられず、不意に濃い闇《やみ》が自分の体をつつみこむのを感じただけであった。

かれは、闇の上方に眼を向けた。淡い星が所々にかすかに浮び上り、それが徐々に光を増して、やがて、闇は冷たい光を放つ星の群れに満ちた。

これが、死というものなのか。かれは、かすかな安らぎをおぼえながら、白っぽい星の光をまばたきもせず見上げつづけていた。

（昭和四十一年八月『展望』）

白い道

見なれぬ柄《がら》の浴衣《ゆかた》を着た父は、常とは少し変って見えた。若い頃《ころ》から事業に専心してきた父には家庭の空気を楽しむような風は全くなく、その眼《め》には、いつもなにかを追い求めているような落着きのない光が絶えずはりつめている。が、眼の前に坐《すわ》っている父は、小市民的な生活を送っている男のように見え、しかも私に時折り向ける眼には、気まずそうな弱々しい光がかすめ過ぎていた。

父は、私と視線を合わすことを避けるように、丹念に眼を硼酸《ほうさん》で洗いつづけている。十日ほど前、夜間空襲の炎に追われ、長い間鉄道のガードの下に身をひそめていた父は、その間に煙で眼をすっかりやられてしまっていたのだ。

「どんな具合ですか」

と、私がたずねると、父は、

「大したことはない」

と、充血した眼をしばたたきながら言った。

それきり会話はとだえて、父は容器に入れられた硼酸に脱脂綿をひたすことをくりかえし、私は、ただ黙って父の手の動きを見つめているだけだった。

女が、私と父との間の沈黙を追いはらうように、にこやかな表情をして台所から出てきた。そして、父と私の間に坐ると、

「ほら、こんなにいい蛤《はまぐり》」

と、はずんだ声をあげて、笊《ざる》に盛られた蛤を父の前にさし出した。

父は、顔をあげると硼酸に濡《ぬ》れた眼で笊の中をのぞき込んだ。食物などには無頓着《むとんじゃく》な父が、そんな仕種《しぐさ》を見せるのも、私にとっては初めて見る姿であった。

女は、四十七、八で、小さな待合の女将《おかみ》をやっていたが、銀行員の夫が病死してから偶々《たまたま》そうした世界に入ったといわれているだけに、幾分素人《しろうと》じみたところも残っていた。

「途中、よくつかまりませんでしたね」

と、女は、金冠のはまった犬歯をのぞかせて私に言った。

「トラックに乗ってきましたから……」

私は、答えた。

その日、私の寝泊りしている兄の会社のトラックが、千葉の山奥に木材を引きとりにゆくということをつたえきいて、それに便乗させてもらってきた。予想したとおり、浦安《うらやす》の町をはずれた路上で一回、江戸川《えどがわ》の上にかかった橋の袂《たもと》で一回、警察官に停車

を命じられたが、運転台の下にひそませた佃煮や蛤をつめた二個のボール箱は見つからないですんだ。

「お巡りさんも、当節いばっていますからね。でも、鼻薬をきかせればどうにもなるんですから……」

女は、一寸蓮葉《ちょっとはすっぱ》な口調で言うと、笊を手に台所の方へ立って行った。

父はまた眼を洗いはじめた。が、ふと手を休めると、樹葉の生いしげった庭の方に眼を向け、

「耕一が持っていけと言ったのか」

と、呟《つぶや》くように言った。

「ええ」

私は、父の横顔をうかがった。

眉《まゆ》をしかめた父の顔には、あきらかに不機嫌《ふきげん》そうな表情が浮び出ている。おそらく父は、十七歳の私に女と住んでいる家へ使いに寄越した兄の行為を、無神経なものとして不快感をおぼえているにちがいなかった。

父は、口をつぐんで庭に眼を向けつづけている。癇性《かんしょう》の父が、胸の中に醱酵《はっこう》してくる腹立たしさを押えようと努めていることが、私にもはっきりとかぎとれた。

私は、その場に坐っていることが気詰りになってきた。初めは玄関先で帰ろうと思っていたのだが、女の強いすすめに抗しきれず座敷に上ってしまったことが深く悔まれた。私が父と向い合って坐っていることは、全く意味のないことだし、一刻も早くこの場の重苦しい空気からのがれ出たかった。

「それでは、お父さん、また」

私は硼酸をひたした脱脂綿に再び手をつけた父に、思いきって言った。

「そうか」

父は、顔をあげた。その眼には、不機嫌さは消えて、気まずそうな色が落着きなくただよっていた。

女が、手を拭《ふ》きながら台所を走り出てきた。

私は、下駄《げた》をはくと敷台の上に立っている父に頭をさげ、格子戸《こうしど》をあけた。女が、後から門の外まで出てきた。

「父をよろしくお願いいたします」

私は、女に言った。

女は、一寸とまどったような眼をしたが、

「今日は、本当にありがとうございました」

と、丁重に頭をさげた。その姿には、待合の女将であった女の客を送り出す慇懃《いんぎん》な、しかしそれだけ事務的な仕種が感じとれた。

私は、戦闘帽をかぶると歩き出した。

母が子宮癌《しきゅうがん》で死亡してから、まだ一年ほどしか経《た》っていない。母は、腰部を襲う激痛をまぎらすために町医からモルヒネ注射を受けるようになり、その本数も次第に増して、死の直前には完全な麻薬中毒者になってしまっていた。髪も白髪と化し顔も痩《や》せこけて、母らしい矜持《きょうじ》も跡かたもなく消え、ただ嬰児《えいじ》のように泣きわめいているだけだった。

父は、そうした母の姿を見るのがいとわしいらしく病室へも滅多に足をふみ入れなかったが、父と女との関係は、母の発病とは無関係であった。父と女との間柄《あいだがら》は、すでに数年前からはじまっていて、母もその存在は十分知っていたようだった。

母の死後、父と女との関係は、半ば公然としたものになった。父の外泊も頻繁《ひんぱん》となり、女からの電話で出掛けることも多くなった。

すでに事業をうけつぎ妻帯もしていた三人の兄たちは、例外なく父と女との関係に必要以上に寛容だった。息子として父の女性関係に理解をしめそうという姿勢をとっていたのだろうが、頑固《がんこ》な父が事業に無用な干渉をしてくるよりは、むしろ女にその身をゆだねさせておいた方が無難だという打算もひそんでいたことはあきらかだった。私は、そうした兄たちの態度に煮えきらないものを感じていた。しかし、一方では父の行為を黙認することが、男として大人の世界に足をふみ入れる資格だという気持も無意識にはたらいていた。

私が、女に初めて会ったのは十日ほど前のことで、その夜、私の家は焼けた。父は、日が没した頃、女と女の娘を連れて私一人が留守番をしている家にやってきた。娘は、乳呑子《ちのみご》を抱き、三、四歳の女の子の手をひいていた。

父はひどく酔っていた。そして、私に弁解するように、

「このカアさんのな、店が焼けてしまったのだ」

と、呂律《ろれつ》のまわらぬ口調で言った。

女は、私に丁重な挨拶《あいさつ》をすると、

「かたく御辞退したんですが、どうしてもききいれてくれませんで……」

と、私の顔をうかがうような眼で言った。

父は、女たちを連れて離れに行くと、また酒を飲みはじめたようだった。どこで手に入れてくるのか、酒樽《さかだる》は幾樽も押入れの中に所せまいまでに積み上げられていた。

やがて空襲警報が鳴り、家の周囲に焼夷弾《しょういだん》が落下しはじめた。塀《へい》に接していた裏の

家の内部が、炎で明るくなった。

私は、用水桶《ようすいおけ》の水をバケツに満たし門の外に駈《か》け出ようとした時、女たちを連れた父が玄関から出てくるのに出会った。

「馬鹿《ばか》、お前ひとりで消せるか。早く逃げろ」

と、酔いの残った声で言うと、女たちを連れて大通りの方へ後も振り向かず歩いていった。

私は、母の位牌《いはい》やアルバムをつめたリュックサックを背に、谷中《やなか》の墓地に逃げのびることができたが、父は、その夜から消息を絶ってしまった。兄たちは、手分けして死体のころがる焼跡を歩きまわったが、その行方は全くわからず、酒に酔っていたことや女連れであることからその生存の可能性は考えられなくなった。

一週間ほど経った頃、浦安町で木造船工場を経営している長兄の許《もと》へ、父からの使いがきた。父は、浦安から程近い市川《いちかわ》市の、女とひそかに買っておいたらしい家に身を避けていたのだ。

私は、家が焼かれたので浦安の兄の工場へ行った。すでに二カ月前に中学校も卒業していたが、胸部疾患のため学校を休みがちだった私は、勤労動員も教練も規定日数に満たず上級学校への進学希望も絶たれていた。一カ月足らずで十八歳になる私には、その後すぐに徴兵検査が迫っていて、それまでの期間、兄の工場で働くことになったのだ。

しかし、私を迎えた兄の眼は、決して温かいものではなかった。毎日事業に走りまわっている兄には、私が病弱という隠蓑《かくれみの》のかげにかくれて徒食している無気力な弟としてしか見えないらしく、これといったさだまった仕事もあたえてはくれなかった。私は、そうした兄に反撥《はんぱつ》をおぼえて、最ももぐりこみやすい部門であった少年工たちのグループにくわわって、半裸になって竜骨材《りゅうこつざい》の運搬作業にしたがった。

私は、少年工たちと寄宿舎で食事をし、そして寝た。兄と会話をかわすことも絶え、顔を合わす機会もなくなった。が、その日の朝、兄は私を呼ぶと、食料品を父の許へ持っていけと言った。おそらく兄は、労働が私の体に悪影響をおよぼすことを気づかって、そんなことを口実に休暇をあたえてくれたものにちがいなかった。

私は、駅の方へ歩きながらしきりと体の萎《な》えてゆくような無力感を感じつづけていた。母が死亡してから、私と父や兄たちとを結びつけていた絆《きずな》は断たれ、わずかに弟と顔を合わす時、互いに肉親らしい感情をいだくことができた。が、弟にしても他兄の家に寄食して学校へ通っている身であるだけに、その眼には卑屈な光がかげっていて、それを眼にすることは一層自分の気持を萎縮《いしゅく》させてしまうのだ。

このままどこかへ行ってしまいたい、と、私は思う。が、食物のことを考えると、そうした気持もたちまち消えてしまう。食事をとることができるのは、さしずめ私にとっては兄の家しかなく、そこをいったん離れてしまえば、食物を口に入れることはほとんど不可能になるおそれがあるのだ。

食べるために帰るのか。私は、自分の肉体をうとましく思いながら、駅前から出る浦安行きのバス発着所に向った。

しかし、駅前広場の見える地点までくると、私は、足をとめた。すでに発着所の前には長い人の列がつくられ、さらに電車からの降車客らしい人の群れも列の後尾に争うようについている。かれらは、大半が荷物をもっていて、二時間おきにしか出ないバスに乗りきれるとは思えなかった。

バスに乗ることを諦《あきら》めたのか、荷物をかついで歩いてくる者もかなり多い。浦安までは十六キロほどで、急いで歩けば、三時間一寸で行きつくこともできるはずだった。

私は、踵《きびす》を返すと、町なかを通りぬけて国鉄の踏切を渡った。眼の前に直線状の道がのび、その上には荷物を背負った者たちが歩いている。その大半は女で、江戸川河口ぞいの漁師町に住む者らしい日焼けした顔と強靭《きょうじん》そうな腰つきをした者ばかりだった。

前を歩いている四人の女たちは、荷物を背に声高に言葉をかわし合っている。そして、その中の三十歳ぐらいの女が、私を二、三度振返っていたが、

「アニさんは、どこまで行くんかね」

と、笑いをふくんだ表情で声をかけてきた。

「浦安です」

私は、気圧《けお》されたように答えた。女たちの中には、二十歳にも満たぬような娘もまじっていたが、その娘も他の年長の女たちと同じように無遠慮な笑いを向けてきている。

「私たちは、今井《いまい》だけんど、浦安のどこだね」

「造船所にいます」

「ああ、造船所かい。今井からもたくさん働きに行ってるよ。だけんど船をつくっても、沖へ出ると、すぐ潜水艦に沈められてしまうって言うじゃないか」

女が、笑いを消すとかたわらに寄ってきて言った。

「さあ」

私は、首をかしげた。

たしかに、兄が一カ月ほど前「沈められるために造っているようなものだ」と、父

に苦笑しながら言っているのを耳にしたことがある。船は、平均二五〇トン程度の内海用運送船で、月に四隻《せき》は進水させているが、そのほとんどは他愛《たわい》なく沈められてしまっているらしい。しかし、おそらく幹部だけしか知らぬそうした秘密が、すでに近くの町の女たちにも知られていることは意外だった。

「浦安の海に、昨日B29が落ちたろ。みんな見に行ったらしいが、あんたも行ったかい」

女が、言った。

私は、頭をふった。

「アメリカの兵隊のは、ばかでっかいって言うじゃないかい」

女は、私から連れの女たちに視線を移すと、可笑《おか》しそうに顔を輝かせて笑った。

私は、仕方なく苦笑したが、江戸川河口ぞいの町々に話の伝わるすばらしい速さに呆《あき》れてしまった。

敵爆撃機編隊の中の一機が墜落したのは、浦安の海にひろがっている蛤の養殖地であった。丁度干潮時で、町の者たちは、女もまじえて鳶口《とびぐち》や天秤棒《てんびんぼう》を手に、造船所の前を川ぞいに走っていった。

私は、工員たちと進水直前の船の上にのぼって人々の向う方向を見つめた。広大な干潟《ひがた》には白い砂地があらわれ、その尽きるあたりに白々とした波がふちどるように寄せているのが見える。

そして、その附近にまばゆく輝くジュラルミンの尾翼が突き立ち、周辺に胴体らしいものが散乱しているのが望まれた。

干潟を走る人の群れも、ある距離まで近づくとそれ以上はなかなか進まなかったが、それでも人の環《わ》は徐々にちぢまり、やがてジュラルミンの残骸《ざんがい》に蟻《あり》のようにむらがった。

軍用トラックが河口に向って走り、しばらくして兵隊が残骸に近づいてゆくと、人の群れはジュラルミンの輝きから散った。

かれらは、遠巻きに再び環をつくったが、干潟をもどってくる者もかなり多かった。河口から川ぞいに歩いてくる男や女の顔には、一様に上気した火照《ほて》りがあった。かれらは門の所で待ちかまえていた造船所の工員たちに、口々に眼《め》にしてきた光景を興奮したように告げた。ことに女たちは、四人の即死しているアメリカ兵の露出した下腹部を交互に蹴《け》りつづけたことを、みだらな笑いを浮べながら話しつづけた。

奇跡的にも落下傘《らっかさん》で降下したアメリカ兵が二名、蘆《あし》のはえている河口で発見され、その夜、トラックでいずくともなく運び去られた。町の住民たちの中には、アメリカ兵の死体から腕時計や指輪をぬきとった者がいるという噂《うわさ》もひろがっていた。

東京とは川一つへだてただけの地域だが、江戸川河口附近の人々の気質は、漁師町のそれだった。町には魚介類の匂《にお》いがしみつき、人々の気性は荒々しかった。

女たちは、私に関心もなくなったらしく男の噂をしはじめ、ひどく淫《みだ》らなことを口にしては顔を輝かせて笑い合っている。彼女たちの背には、藷《いも》でもつめこまれているのかはちきれそうなリュックサックが背負われていた。

サイレンの音が、背後の町から断続的にふき出てきた。

私は、空を見上げた。薄れた雲が所々に浮んでいるだけで、空には、夏のきざしをみせたまばゆい輝きがひろがっている。幼い頃《ころ》から私の過した日々には雨や雪の記憶がふんだんに挿入《そうにゅう》されているが、一年ほど前からは、絶えず晴天ばかりつづいているような錯覚を感じている。それは、敵爆撃機の機影を探るために今までよりも頻繁《ひんぱん》に空を仰ぎ、そしてその空はいわゆる飛行日和《びより》——晴天にかぎられていたからにちがいなかった。

道が右に弧をえがいて曲り、前方に小さな橋が見えてきた。右手に江戸川、左手に江戸川放水路の水が光り、道の両側には一面の蓮田《はすだ》がひろがった。

歩いてゆく者たちは、時々不安そうに空を見上げている。前を行く女たちも、いつの間にか笑い声も立てなくなっていた。

遠く半鐘の音がきこえ、かすかに爆音がつたわってきた。

私は、音のする方角を見つめた。前方の晴れた空に、錫片《すずへん》のようなものが数多く湧《わ》いている。それは、幾何学的な隊形を組んで三つの集団にわかれ、しかもその集団も秩序ただしい間隔を保っていた。

「B公だ」

前を歩いていた女たちの中から、甲高い声が起った。と同時に、女たちは蓮田の畦《あぜ》道《みち》へうろたえたように走りこみ、かなり遠くまで行くと身をうずくまらせて蓮の葉の中に没した。

私は、歩きながら機影に視線を据《す》えた。東京の町なかに住みついていた私は、いつの間にか敵機の姿になじんでいて、その進路・位置から爆弾落下点を推測することにもなれていた。

敵機の進行方向が、自分の立っている位置から少しでもそれていればむろん危険はなかったし、爆弾が放たれる位置が、地上から四十五度程度の仰角を保つ空でないかぎり、自分の体の周辺に爆弾が落下することがないことも知っていた。爆弾が投下される瞬間は、肉眼でも充分にとらえられた。それは、含み針が射られるように無数のきらめきとなって、敵機群の下腹部から一斉《いっせい》に放たれるのだ。

川筋の上方に次第にその姿をはっきりとさせてきた編隊の機首は、確実に大きく右にそれ、しかも四十五度の仰角を示す位置にせまっても空にきらめきは湧かなかった。

私は、道の前後を眺《なが》めまわした。人の姿は、土手や下の蓮田の中にうもれていて、道を歩いているのは、私と近くを歩いている四十歳前後の男だけであった。

視線が合うと、その男は物憂《ものう》げに空に眼を向け、

「こんな所に爆弾なんか落すものか」

と、つぶやくように言うと私のかたわらへ歩み寄ってきた。

「落したって、全く別の方向にしか落ちやしませんよ」

私も、その男に同調するように言った。

「東京に近いといったって、田舎なんだね。逃げてみたって仕方がないのに」

男は、土手の下にうずくまっている男や女をさげすむような眼で見た。

私は、眼をあげた。右上方を、爆撃機の編隊が通過している。空のまばゆさを結晶させたような輝きで、長々と飛行機雲を幾筋も後方に曳《ひ》いている。

「行徳《ぎょうとく》というのは、この道を行けばいいんだね」

男が、私に顔を向けた。

私は、うなずいた。なんとなく私には、その男が東京の場末の町からやってきたように感じられた。

「買出しですか」

私は、長い道を歩く退屈をまぎらすのに、それほどいやな道づれではないと思いながらたずねた。

「いいや、一寸《ちょっと》、女房に……」

男は、口数少く言った。

爆撃機の爆音が遠くなると、道の上にも人の姿が見えるようになった。蓮田に風が渡って、蓮の葉が、白っぽい葉裏をひるがえして波頭のように走ってゆく。木橋に通じる坂をのぼると、土手の向うに乾ききった家並の瓦《かわら》の散在しているのが見えた。

橋の中央までくると、男は足をとめ、汗と脂《あぶら》のしみた戦闘帽をぬいで薄汚れた手拭《てぬぐい》で額の汗をふいた。頭髪がかなり薄く、男の顔は急に老《ふ》けて見えた。

「魚でもいるのかね」

男は、かなり傷《いた》んだ木の欄干にもたれ、流れを見下ろしながらつぶやいた。

「この頃、少し水が澄んできて魚もふえていると言っていますよ。工場が空襲で大分やられて、工場から出る汚れた水が少くなっているからでしょう」

「たしかにそうだよ。おれんとこの工場も近くの工場も滅茶滅茶《めちゃめちゃ》にやられたからな」

男は、水面を見下ろしたまましきりとうなずいた。

「工場は、どこにあるんですか」

「深川《ふかがわ》だよ。関東大震災につづいていつもひどい目にあう所だ」

男は、大袈裟《おおげさ》に顔をしかめた。

橋の上に涼しい川風が渡るためか、荷物をおろして憩《いこ》うている者も何人かいた。かれらは、土の上に腰をおろしてぼんやりと川の流れをながめている。

男は、思いついたようにボタンの欠けた上衣《うわぎ》のポケットから薄紙にまいた煙草《たばこ》を二本とり出した。そして、その一本をつまむと、

「やんなよ」

と、私の前にさし出した。

「すわないんです」

私は、言った。

「やんな、遠慮はいらないよ」

男は、気前よさそうにすすめた。

「本当にすわないんです。折角ですが……」

私は、頭をさげた。

「そうかい」

男は、ようやく諦めたらしく煙草を大切そうにポケットの中へしまいこむと、マッチをすってもう一本の煙草に火をつけた。

「煙草をやんないところをみると、あんたは、まだ徴兵検査前かい。おれは、ここんとこがだめでね」

と、男は、左の胸の一部を指先でつついた。

「心臓がね。あとは、どこも悪くないんだ。肺もきれいだし、眼もいいし、人並以上だ。だが、心臓が悪くちゃ、どうにもならねえよ。検査官は惜しがっていたけどね」

男は、私に年長者らしい口調で言った。

「行徳っていうのは、どんな町だい」

男が、歩き出した。

「よくは知りませんが、海苔《のり》や蛤《はまぐり》で生活を立てている町のようです」

男は、うなずくと短くなった煙草を指先でつまみ、せかせかと吸って道に捨てた。

橋を渡ってゆるい勾配《こうばい》の坂をおりて行くと、大きく枝葉をひろげた樹《き》の下に警官が立っているのが眼にとまった。私の近くを歩いていた女たちが、それに気づいたらしくうろたえたように無言で道を引き返してゆく。

樹の下には、穀物でも入っているらしい袋が戸板の上に積まれ、藷や蛤が土の上に盛り上げられていた。そして、リュックサックや風呂敷包《ふろしきづつ》みを手にした女や子供たちが、何人も血の気の失《う》せた顔で立ち、その前で五十年輩の警官と刑事らしい開襟《かいきん》シャツをきた男がしきりとメモをとっていた。

警官の眼が、私と男に向けられた。その指にはさまれた鉛筆が動いて、ここへ来いと合図した。私たちは、肩を並べて警官のかたわらへ歩み寄った。

「いいか、こんなものを持ち歩いちゃいけないことはわかっているんだろ？　今日だけは大目にみてやるが、今度見つけたら豚箱行きだぞ、わかったたな」

警官は、からのリュックサックを手にしている中年の女に言った。そして、私たちに眼を向けると、

「それ、なんだ。あけろ」

と、男のかかえている小さな風呂敷包みを指さした。

男は、風呂敷包みをほどいた。中には、男のものらしい古びた下着と、長方形をした洗濯《せんたく》用の固形石鹼《せっけん》が二本入っているだけだった。

警官は、石鹼をとり上げると、

「これは、どうした」

と、男の顔を見つめた。

「そいつは工場で配給を受けたものでして、鉄工所におりますものですから手が油でよごれましてね、それで配給をしていただいているんです」

男は言葉づかいをあらためて言った。

「工場は、どうした。こんなところをぶらぶらしていて、怠けて休んでいるのじゃないのか」

警官は、男の顔を見据えた。

「とんでもありません。工場が、十日前に焼けまして、焼跡の整理をやっていたんですが、それも一段落つきましたので……」

「どこへ、なにしに行くんだ」

「女房と子供の所へ行くんです。行先は、ここなんですが……」

男は、ポケットから紙きれをとり出すと、警官の前にさし出した。

警官は、紙片に眼を落したが、男の答えからなにも引き出せないことを知ったらしく、

「よし、行け」

と、不機嫌《ふきげん》そうに言った。

男は、風呂敷包みをまとめると警官に頭をさげて歩き出した。

「なにも入っていないのがわかっているくせに……」

私は、男に慰めるように言った。が、男は、暗い眼をして黙っていた。

道の両側に家並がつづき、右側の家々の間から、道に平行して流れる江戸川の入江の水の色が見えている。

「行徳は、まだかね」

「このつづきですが、まだ先ですよ」

私は、家並に視線をのばした。どの家もすっかり乾ききっていて、板壁も瓦も粉をふいたように白くなっている。

「暑いね」

男は、また戦闘帽をぬぐと額を手拭でぬぐった。そして、私に眼を向けると、

「あんた、東京だろ？」

と言った。

「日暮里《にっぽり》です」

「それじゃ、焼け出されたな」

私は、うなずいた。

「おれも、焼け出されちゃってさ」

男は、手拭で首筋をふいた。

「女房子供を連れて逃げたのはいいが、どこも火の海でよ。あっちだ、こっちだと逃げまわっているうちに一寸した空地に出たんだ。見たこともない所だったが、真中に池があってね。女房は、子供たちと池に漬《つか》ったんだが、おれは、どうもそこが好かなかったんだ。おれは、勘がいい方でね、どうもそこが好かなかったのさ。女房にほかへ行こうといったら、女房はそこがいいと言うんだ。夫婦喧嘩《げんか》しているひまがないからね、じゃ、おれはほかへ行くよ、と言って一人で逃げたんだ。仕様がねえだろ、おれは、おれの勘で動いたんだから……。はっきり言えば、女房子供は足手まといだったんだよ。おれだって自分の生命《いのち》が大事だものな、あんな熱さじゃ、自分のことしか考えられねえよ」

男は、額に湧《わ》く汗をしきりとぬぐった。なにか胸につかえたものが堰《せき》をきって流れるように、男の言葉は淀《よど》みがなかった。

「朝、火もしずまったので、おれ、その空地に行ってみたんだ。驚いたよ、池の岸に女房が子供二人かかえて坐《すわ》っているんだ。着ているものに火がついたらしく、女房も子供も裸同然さ、ともかく生きていやがったんだよ」

男は、ゆがんだ苦笑を浮べて、私の顔を臆病《おくびょう》そうな眼でうかがった。

私は、どのような表情をしてよいのかわからず、ただうなずいただけだった。しかし、男の話は、それほど珍しいことではない。家が焼けた夜、私は、谷中の墓地への階段を裸足《はだし》で這《は》っている老婆《ろうば》を抱え上げてやった。「長病《ながわずら》いで……」と、老婆は言った。たしかに老婆の体からは、病人特有の饐《す》えたような体臭が匂《にお》い出ていた。

階段を上りきると、私は、老婆を警防団員に引き渡したが、老婆は、警防団員の質問に、

「残されまして、残されてしまいまして……」

と、ふるえをおびた声で繰返しているだけだった。しかし、その声にも表情にも恨みがましい感情は見られず、老婆自身もある程度そういう扱いを受けることもやむを得ないことだと諦《あきら》めているようだった。

「それで、奥さんを行徳へ疎開《そかい》させたわけですね」

私は、ようやく納得がいったように男の顔を見つめた。

「疎開なんてものじゃないよ。無断で来てしまっているんだ。おれは、一度も会ったことがないが伯母とかいうのがいてね、その家へ来ているらしいんだ」

男は、苦笑した。

背後から、自動車のエンジンの音がしてきた。私たちは、道の片側によりながら振返った。人の体でふくれ上ったバスが、砂埃《すなぼこり》をあげて車体をゆすりながら緩慢な動きで近づいてくる。乗降口には、二人の男の体がはみ出し、内部には、人の体がひしめき合って揺れていた。

「今頃《いまごろ》きたのか」

男が、車体の後ろから舞い上る砂埃の中で言った。

バスの後部の木炭窯《もくたんがま》から流れ出る黒い煙が、砂埃とともに家並にふきつけられてゆく。

「全く暑い」

男は、上衣をぬぐと腕にもち、また手拭で首筋をぬぐった。

「女房のやつ、黙って行っちまいやがってね」

と、男は、シャツのボタンをはずしながら口をひらいた。

「おれたち、とりあえずその空地の近くの壕《ごう》にもぐりこんで一晩あかしたんだが、次の日おれが一寸壕をはなれたら、もういなかったのさ。両親のいない奴《やつ》だからね、てっきり妹の所へでも行っているんだろうと思って行ってみたんだが、そこにもいないし、女房の行方も知らないというんだ。ところがその妹の奴、女房の行先を知っていやがってね、ようやく昨日、ここにいるということを口にしてね、それで地図を書いてもらって出掛けてきたんだ」

男は、地図の入っているポケットを手でたしかめるようにおさえた。

「奥さんは、怒っているわけですね」

私は、男の横顔を見つめながら言った。

「そうらしい」

男は、焦点のさだまらない眼《め》を道の上にのばした。

ふと、幼い頃の記憶がよみがえった。四歳か五歳の頃だったと思うが、風呂場から出た火が屋根にひろがった。幸い小火《ぼや》で終ったが、私はただ一人肉親から外へ出されもせず、鎮火した折、水びたしになった廊下に坐って泣きじゃくっているのを発見された。なぜ逃げ出さなかったのか、その理由については忘れてしまったが、おそらく恐怖で体もすくんでしまっていたからなのだろう。ただ、その折の深い孤独感は私の体にしみついていて、自分だけがいつもただ一人取り残されているような卑屈感が今でも胸の片隅《かたすみ》に巣食っている。「本当にお母さんの子？」と、母に真剣な表情をしてきいたことも何度かあった。

男の妻は、二人の子をかかえ衣服を焼く火をはらいながら、どんなことを考えつづけていたのだろう。生命の危険をおぼえて妻とそして子供を捨てて逃げていった夫に、憎悪《ぞうお》とか憤《いきどお》りとかいったものよりは、人間としての悲しみを感じつづけていたにちがいない。ほとんど裸同然の姿であったということは、炎の勢いがいかにはげしかったかをしめしている。子供を抱いて池の中に身をひたし、炎を必死にはらいつづけている間、地底に深く沈んでゆくような深い孤独感におちいっていたにちがいない。男は、すでに遠い他人でしかなく、妻として夫に対する感情は、跡かたもなく消滅してしまっていたのだろう。

男は、おそらく工場で配給になった石鹼を手に、妻との感情の恢復《かいふく》をねがって妻や子供を訪れようとしているのだろう。しかし、男の妻は、すでに妻ではなく、子供もすでに子供ではなくなっているにちがいない。かれらは、ただ男を木石を見るような冷ややかな眼でしか見ないだろう。

「咽喉《のど》がかわいてやりきれねえや」

男が、足をとめた。

家並の間から、手こぎの井戸がのぞいている。私は、男の後からせまい路地に入りこんでいった。

井戸の向う側には、入江の水が光り、その向うに江戸川の土手が立ちはだかっている。

「水を飲ませてくださいな」

男は、家の裏手で魚網の手入れをしている老人に声をかけた。そして、ポンプの柄《え》をこぐと、ほとばしり出る水を掌《て》に受けた。

私が掌を出すと、男がポンプをこいでくれた。鉄錆《てつさび》の匂いがしたが、水は冷たく、それが咽喉を快く越えていった。

「なにがとれるんですね」

男は、老人に近づくと半腰になって老人の手の動きを見つめた。

「魚だよ」

老人は、網に眼を落したまま答えた。

「どんな魚だね」

男は、素気《そっけ》ない返事をする老人の顔をいぶかしそうにながめた。

「いろいろだよ」

老人の声には抑揚がなく、その眼も網に据《す》えられたままだった。

男は、ばつの悪そうな顔つきで体をのばすと、入江の水に眼を向けた。その横顔には、卑屈な虚脱した表情が浮んでいた。

「さ、行きましょう」

私は、背を向けている男に言った。

男は、振返ると手にしていた戦闘帽をかぶり、黙って私の後から路地を出た。白っぽく乾いた道がつづいている。路上には貝殻屑《かいがらくず》が敷きつめられているらしく、土の中に細かい貝殻の破片が散っている。

「ここらあたりから行徳ですが……」

私は、男に言った。

男は、立ちどまるとポケットから紙片をとり出して私の前にさし出した。

「町はずれに近いですね。まだ二キロぐらいはありますよ」

「まだそんなにあるのかね」

男は、顔をしかめた。

町は、道をふちどるように両側に家並が連なっているだけで奥行は全くない。右側が入江、左手が蓮田《はすだ》で両側からはさみつけられてしまっているため、自然とそうした形をとったものにちがいなかった。魚介類の匂いは浦安ほどではなかったが、道の両側からかなり濃くただよい出ている。

私は、貝殻屑で敷きかためられた足もとを見つめて歩きながら、この男には人間としてなにか重要なものが欠けているように思えてならなかった。場末の町の職工らしい人あたりのよさはあるが、ただ自然の流れに身をまかせて無気力に日を送ってきたような物憂《ものう》さが感じられる。妻や子を捨てて逃げた行為も、この男の本質的な性格と十分関連のあるもので、炎に追われた夜の偶然な出来事から生れたものではないのだろう。

疲れたのか、男は口もつぐんで大儀そうに歩いている。その眼には、投げやりな怠惰な色がにじみ出ていた。

空襲警報解除のサイレンが、あたりの空気をふるわせた。と同時に森閑とした町にかすかなざわめきが湧き、それが徐々に潮騒《しおさい》のようにひろがっていった。そして、人影の乏しかった路上にも、家並から人の姿が湧き出てきた。

「まだかね」

男が、こらえ性もないように苛立《いらだ》った声をあげた。

道の前方に、火の見櫓《やぐら》が家並の上からのぞいている。

「もうすぐです。あの火の見櫓の……」

私は、指さしながら歩きつづけた。

トラックが後方から近づき、そして過ぎた。あたりは、砂埃で充満した。火の見櫓が近づいた。男の地図によると、その前を通りすぎて初めての角を右に曲れば、路地の奥に目的の家があるはずだった。

「あの角を曲ればいいんです」

私は、前方の家並を指さし、男に顔を向けた。

男は、うなずきもせず私の指さす方向に眼を据えている。その顔には、妙におびえに似た色が浮び出ていた。

路地への曲り角にきた。

「それでは……」

私は、戦闘帽をとると軽く頭をさげた。男は、帽子をかぶったままそれに応《こた》えると、路地に弱々しい視線を走らせた。

私は、歩きだした。男への関心はすぐに薄れて、造船所の気づまりな生活が重くのしかかってくるのを意識した。

私は、何気なく道を振返った。思わず私は、足をとめた。

男は、道傍《みちばた》の石の上に坐っている。風呂敷包《ふろしきづつ》みは両足の間の土に置かれ、男は、上眼づかいで路地の奥をうかがっている。

私は、男の姿から眼をそらすと背を向けて歩き出した。

右手に今井橋が見え、道も左へ弧をえがいて曲っている。私は、曲り角にくると首をめぐらしてみた。私の眼の前には、貝殻屑の敷きつめられた道が一直線に伸びた。私は、男の姿を眼でさぐった。が、路上から立つ陽炎《かげろう》と長々とつづく電柱のかげにかくれて、男の坐っている姿はとらえることができなかった。

川風が、右方向から川の匂いをはこんで流れてくる。私は道を曲ると、橋の袂《たもと》から新たにはじまっている家並の道に足をふみ入れていった。


（昭和四十二年十月『季刊芸術』）

解説

磯田光一

吉村昭氏の評論集『精神的季節』（昭和四十七年、講談社刊）に収められている『二つの精神的季節』というエッセイは、吉村氏の文学を考える上できわめて重要なものと思われる。そこに述べられている体験と現実感覚とは、この文庫に収められた作品をも含めて、後年の吉村氏の作品の原型を形づくっているともいえるからである。少し長いがあえて引用する。

　私は、幼い頃から凧《たこ》が好きだった。（中略）

中学三年生になって間もない土曜日の午後、私は、物干台の手すりに横坐りに腰をかけて、六角凧をあげていた。役者絵の描かれた七、八十センチほどの凧で、私は、かなり糸をのばしていた。

ふと私は、一台の飛行機が、凧の方向にむかって近づいてくるのに気づいた。そ

れは、草色の迷彩をほどこした見たこともない双発の飛行機で、身を少しかしげながらゆっくりと飛んでくる。(中略)

が、三十分ほどすると、私がたまたま眼にした双発機は、東京に初侵入することに成功したアメリカの爆撃機であることをラジオのニュースで知らされた。そのノースアメリカンB25型という中型機は、日本本土にひそかに接近した航空母艦から発進し、海面すれすれに飛来して東京に侵入することができた敵機だったのだ。

……私が、初めて戦争に具体的に接触したのは、その時だった。

ここに述べられている〝凧あげ〟は、青空をめざして凧を飛翔《ひしょう》させるという点で、吉村氏の作品の魅力の一つである〝幼児的ロマンティシズム〟の軸を象徴している。『星への旅』の圭一は、子供のころ「小動物ことに昆虫との交渉に熱中しつづけた」し、『石の微笑』の英一は、墓地の周辺で「蜻蛉《とんぼ》、蟬《せみ》、かぶと虫、野鳥」などによって遊びを豊かなものにしているのである。凧あげや昆虫採集によって象徴されるロマンティシズムは、しかし戦中派世代に属する吉村氏にとっては、「草色の迷彩をほどこした見たこともない双発の飛行機」によって、突如その夢想を突き崩される。だが、ここで重要なのは、(右の引用では省略したが)この飛行機が少年期の吉村氏によって、最初は「中国大陸で捕獲した敵機を戦意昂揚《こうよう》の示威行為として飛行させている」と錯覚されていたということである。ところがそれが、じつはアメリカの飛行機であったのだ。

この体験の構図はかなり象徴的な意味をもっていると思われる。つまり、少年のロマンティシズムを突き崩す現実は、飛行機という鉱物的なものとして出現したということ、しかもその鉱物的な現実は主観によって意味が変るということである。長編『戦艦武蔵《むさし》』や『逃亡』が、それぞれ軍艦・飛行機という素材をめぐって、即物的な手法で作品が書かれているのは、吉村氏にとっては〝現実〟とはロマンティシズムと対立する鉱物的なものとして感受されているためである。しかも人間は、鉱物の上にさえ夢を織りあげることをやめないのだ。氏の鉱物への偏執は、鉄橋・機関車・トラック・解剖医のメス・墓石などという形で、この文庫に収めた中短編にも繰返してあらわれる。このような鉱物的なものへの執念が、吉村氏の作品に自然主義的リアリズムとは異質の即物性を与えているように思われる。

しかし吉村氏の体験のうち、もう一つ重要な意味をもっているのは、〝幼児的ロマンティシズム〟を破ったアメリカの飛行機が、やがて東京大空襲をもたらして無名の庶民を次々に死体に変えていったということである。前記の『二つの精神的季節』に

よれば、

そしてその頃から、私は、多くの死体にふれるようになった。動員先の工場は隅《すみ》田川《だがわ》の畔《ほとり》に建っていたが、川面《かわも》に多くの水死体が流れるようになった。それらは、火に追われて川に身をひたし、やがて窒息死して川面に漂い流れるようになったものであった。

爪をあげながら空を見あげた吉村氏の眼は、ここでは地上の死体に向けられざるをえない。かつての〝幼児的ロマンティシズム〟は、鉱物的な現実によって破られ、いまや氏の視線は死体という物体に向けられる。もしここで吉村氏が、空襲の死者の恨みを代弁する態度をとったならば、戦後の氏はいわゆる〝反戦的〟な方向に向ったかもしれない。また逆に、死を栄光化《グロリファイ》する道を選んだならば、吉村氏は三島由紀夫の立場に近接することもありえたかもしれない。だが、空襲の死体の上に偶然かつ無意味な死を見た吉村氏にとっては、〝生〟もまた無意味と徒労に通じる何ものかであった。そして徒労にすぎない人生のなかで、人間たちがなおも生き続けているのは何によるのか。この暗い好奇心にも似た感情が、〝幼児的ロマンティシズム〟の残像と、鉱物的な現実感覚とに出逢《であ》ったとき、そこに吉村氏の文学が成立したといってもよさそうに思われる。

＊

ここに収められた六つの作品のうち、最も初期に属するものは『鉄橋』である。ボクサーの死をめぐるこの小説は、構成の上からいえば謎解《なぞと》きの技法が用いられている。だがこの作品をたんなる謎解きから救っているのは、一つの死にたいする客観性をめざす意味づけと、客観性に還元できない主観の意味との裂け目を、作者自身が問うているからである。新聞報道は状況証拠をもとにして現実を推理する。しかしそうして意味づけられた〝自殺〟という断定は、死者の内面について何ごとも語ってはくれない。このとき吉村氏の関心が、死者の内的な孤独に向けられていったのは当然であろう。

一つの死をめぐる客観的報道と、それとは別の次元にある内面の秘密との裂け目は、いっそう一般化していえば、人間を精神と見るか物体と見るかという問題に帰着する。この問いが最も微妙な意味あいをもつのは、おそらく〝死体〟においてであるだろう。というのは〝死体〟がすでに意志をもたないものならば、それは確実に物体化を完成しているともいえるからである。しかしそれならば、死者の家族にとっても〝死体〟はただの物体なのであろうか。こういう局面にあらわれる問題が、あの〝幼児的ロマンティシズム〟の残像に出会ったとき、そこに結実したのが『少女架刑』であったといえるであろう。

呼吸がとまった瞬間から、急にあたりに立ちこめていた濃密な霧が一時に晴れ渡ったような清々《すがすが》しい空気に私はつつまれていた。
澄みきった清冽《せいれつ》な水で全身を洗われたような、爽《さわ》やかな気分であった。

生存が現世の束縛の中での生存であるなら、死はすべての拘束からの解放である。それは青空に凧をあげるように、地上の俗塵《ぞくじん》から解き放たれることであるかもしれない。死んだ少女が解剖を受ける過程を、少女の死後の意識というフィクションを用いて描いたこの作品は、少女のロマンティシズムが解剖医の処置によって徐々に浸蝕《しんしょく》されていく物語である。もしこれを死体への冒瀆《ぼうとく》として告発調で描けば、リアリズム的な作品になったであろう。しかし吉村氏の詩心は、鉱物的に動いていく外界を、少女のロマンティシズムを通して描いているため、それほどどむごたらしいいやみがない。

だからといって感傷的でもない。端的にいえば、詩的残酷美の世界とでも呼んだらよいであろうか。〝架刑〟という表題の語そのものが、医学的にとらえられる解剖とは別次元の、なかば詩的な世界を暗示していることは明らかであろう。

しかし興味ぶかいのは、吉村氏が『少女架刑』を書く半面、その陰画ともいうべき『透明標本』をも書いているということである。解剖される側が人間の死体であるなら、解剖したり処置したりする側も人間である。人骨の標本は、医学的にはたんなる資料たるにとどまるであろう。だが人骨の標本もまた一つの美であるという詩的なモチーフが導入されるならば、事態はかなり変ったものにならざるをえない。骨の標本を美しく作りあげることを生きがいとする主人公にとっては、それは固有の美への執念でさえもある。にもかかわらず現実の人間社会は、死体から骨の標本を作るような人間をけっして快いものとは思わない。一つの執念がやがて生涯《しょうがい》の徒労感をもたらすところに、作者は人生の不条理そのものを見ているように思われる。

人間は何にたいして情熱をもつかわからない。また情熱のもち方によっては、文字どおり異様な世界が成立するであろう。『透明標本』の世界はすでに異様であった。だが〝死体〟そのものの醜さと、それから作られた〝透明標本〟の美とを比べるならば、人生の実体はやはり〝死体〟によって表象されるむごたらしさのうちにあるといってもよいであろう。人生が重圧にみちた徒労の世界であるなら、そこからの脱出は〝死への希求〟となってあらわれる。少年の集団自殺を描いた『星への旅』は、そういう地点に成立していると思われる。だが注意すべきは、この自殺が厭世観《えんせいかん》や絶望によるものではなく、むしろ無動機の遊戯性に裏づけられているということである。ここに現代のニヒリズムを読みとるのも一つの読み方であるかもしれない。しかし明確な絶望はリアリズムの表現には適しても、詩的世界に昇華させることはきわめてむずかしい。作者は、無動機の遊戯的な自殺こそが、少年の純粋さと残酷さとの表現たりうることを、おそらく知りぬいていたにちがいない。またそれだからこそ、〝幼児的ロマンティシズム〟がもたらす遊戯的な死を、冷徹かつ即物的な手法によって一つの美に高めることができたのである。

少年の無動機的な好奇心は、山間に放置された石仏類を収集する話を書いた『石の微笑』にもうかがわれる。そしてまた、ここに収められた諸作品に見られる生死の危機、人間の行為の荒唐無稽《こうとうむけい》さや徒労感などの根にあるものを、空襲の体験を通じて描いているのが『白い道』である。

（昭和四十八年十一月、文芸評論家）

「鉄橋」は南北社刊『少女架刑』（昭和三十八年七月）読売新聞社刊『鉄橋』（昭和四十六年九月）に、「少女架刑」は南北社刊『少女架刑』筑摩書房刊『星への旅』（昭和四十一年八月）三笠書房刊『少女架刑』（昭和四十六年六月）に、「透明標本」は文藝春秋刊『海の奇蹟』（昭和四十三年七月）に、「石の微笑」「星への旅」は筑摩書房刊『星への旅』に、「白い道」は三笠書房刊『少女架刑』文藝春秋刊『海の奇蹟』にそれぞれ収録された。

吉村昭著　戦艦武蔵

菊池寛賞受賞

帝国海軍の夢と野望を賭けた不沈の巨艦「武蔵」——その極秘の建造から壮絶な終焉まで、壮大なドラマの全貌を描いた記録文学の力作。

吉村昭著　高熱隧道

トンネル貫通の情熱に憑かれた男たちの執念と、予測もつかぬ大自然の猛威との対決——綿密な取材と調査による黒三ダム建設秘史。

吉村昭著　冬の鷹

「解体新書」をめぐって、世間の名声を博す杉田玄白とは対照的に、終始地道な訳業に専心、孤高の晩年を貫いた前野良沢の姿を描く。

吉村昭著　零式戦闘機

空の作戦に革命をもたらした〝ゼロ戦〟——その秘密裡の完成、輝かしい武勲、敗亡の運命を、空の男たちの奮闘と哀歓のうちに描く。

吉村昭著　陸奥爆沈

昭和十八年六月、戦艦「陸奥」は突然の大音響と共に、海底に沈んだ。堅牢な軍艦の内部にうごめく人間たちのドラマを掘り起す長編。

吉村昭著　漂流

水もわかず、生活の手段とてない絶海の火山島に漂着後十二年、ついに生還した海の男がいた。その壮絶な生きざまを描いた長編小説。

吉村昭著
空白の戦記
闇に葬られた軍艦事故の真相、沖縄決戦の秘話……。正史にのらない戦争記録を発掘し、戦争の陰に生きた人々のドラマを追求する。

吉村昭著
海の史劇
《日本海海戦》の劇的な全貌。七カ月に及ぶ大回航の苦心と、迎え撃つ日本側の態度、海戦の詳細などを克明に描いた空前の記録文学。

吉村昭著
大本営が震えた日
開戦を指令した極秘命令書の敵中紛失、南下輸送船団の隠密作戦。太平洋戦争開戦前夜に大本営を震撼させた恐るべき事件の全容——。

吉村昭著
背中の勲章
太平洋上に張られた哨戒線で捕虜となり、アメリカ本土で転々と抑留生活を送った海の兵士の知られざる生。小説太平洋戦争裏面史。

吉村昭著
羆嵐（くまあらし）
北海道の開拓村を突然恐怖のドン底に陥れた巨大な羆の出現。大正四年の事件を素材に自然の威容の前でなす術のない人間の姿を描く。

吉村昭著
ポーツマスの旗
近代日本の分水嶺となった日露戦争とポーツマス講和会議。名利を求めず講和に生命を燃焼させた全権・小村寿太郎の姿に光をあてる。

吉村昭著　遠い日の戦争

米兵捕虜を処刑した一中尉の、戦後の暗く怯えに満ちた逃亡の日々――。戦争犯罪とは何かを問い、敗戦日本の歪みを抉る力作長編。

吉村昭著　光る壁画

胃潰瘍や早期癌の発見に威力を発揮する胃カメラ――戦後まもない日本で世界に先駆け、その研究、開発にかけた男たちの情熱。

吉村昭著　破船

嵐の夜、浜で火を焚いて沖行く船をおびき寄せ、坐礁した船から積荷を奪う――サバイバルのための苛酷な風習が招いた海辺の悲劇！

吉村昭著　破獄　読売文学賞受賞

犯罪史上未曽有の四度の脱獄を敢行した無期刑囚佐久間清太郎。その超人的な手口と、あくなき執念を追跡した著者渾身の力作長編。

吉村昭著　雪の花

江戸末期、天然痘の大流行をおさえるべく、異国から伝わったばかりの種痘を広めようと苦闘した福井の町医・笠原良策の感動の生涯。

吉村昭著　脱出

昭和20年夏、敗戦へと雪崩れおちる日本の、辺境ともいうべき地に生きる人々の生き様を通して、〈昭和〉の転換点を見つめた作品集。

吉村昭著
長英逃亡（上・下）
幕府の鎖国政策を批判して終身禁固となった当代一の蘭学者・高野長英は獄舎に放火させて脱獄。六年半にわたって全国を逃げのびる。

吉村昭著
冷い夏、熱い夏
毎日芸術賞受賞
肺癌に侵され激痛との格闘のすえに逝った弟。強い信念のもとに癌であることを隠し通し、ゆるぎない眼で死をみつめた感動の長編小説。

吉村昭著
仮釈放
浮気をした妻と相手の母親を殺して無期刑に処せられた男が、16年後に仮釈放された。彼は与えられた自由を享受することができるか？

吉村昭著
ふぉん・しいほるとの娘
吉川英治文学賞受賞（上・下）
幕末の日本に最新の西洋医学を伝え神のごとく敬われたシーボルトと遊女・其扇の間に生まれたお稲の、波瀾の生涯を描く歴史大作。

吉村昭著
桜田門外ノ変（上・下）
幕政改革から倒幕へ——。尊王攘夷運動の一大転機となった井伊大老暗殺事件を、水戸薩摩両藩十八人の襲撃者の側から描く歴史大作。

吉村昭著
ニコライ遭難
〝ロシア皇太子、襲わる〟——近代国家への道を歩む明治日本を震撼させた未曾有の国難・大津事件に揺れる世相を活写する歴史長編。

吉村昭著
天狗争乱
大佛次郎賞受賞

幕末日本を震撼させた「天狗党の乱」。水戸尊攘派の挙兵から中山道中の行軍、そして越前での非情な末路までを克明に描いた雄編。

吉村昭著
プリズンの満月

東京裁判がもたらした異様な空間……巣鴨プリズン。そこに生きた戦犯と刑務官たちの懊悩。綿密な取材が光る吉村文学の新境地。

吉村昭著
わたしの流儀

作家冥利に尽きる貴重な体験、日常の小さな発見、ユーモアに富んだ日々の暮し、そしてあの小説の執筆秘話を綴る芳醇な随筆集。

吉村昭著
アメリカ彦蔵

破船漂流のはてに渡米、帰国後日米外交の先駆となり、日本初の新聞を創刊した男――アメリカ彦蔵の生涯と激動の幕末期を描く。

吉村昭著
生麦事件（上・下）

薩摩の大名行列に乱入した英国人が斬殺された――攘夷の潮流を変えた生麦事件を軸に激動の五年を圧倒的なダイナミズムで活写する。

吉村昭著
島抜け

種子島に流された大坂の講釈師瑞龍は、流人仲間と脱島を決行。漂流の末、流れついた先は何と中国だった……。表題作ほか二編収録。

井上靖著
猟銃・闘牛
芥川賞受賞
ひとりの男の十三年間にわたる不倫の恋を、妻・愛人・愛人の娘の三通の手紙によって浮彫りにした「猟銃」、芥川賞の「闘牛」等、3編。

井上靖著
敦煌（とんこう）
毎日芸術賞受賞
無数の宝典をその砂中に秘した辺境の要衝の町敦煌――西域に惹かれた一人の若者のあとを追いながら、中国の秘史を綴る歴史大作。

井上靖著
あすなろ物語
あすは檜になろうと念願しながら、永遠に檜にはなれない〝あすなろ〟の木に託して、幼年期から壮年までの感受性の劇を謳った長編。

井上靖著
風林火山
知略縦横の軍師として信玄に仕える山本勘助が、秘かに慕う信玄の側室由布姫。風林火山の旗のもと、川中島の合戦は目前に迫る……。

井上靖著
氷壁
前穂高に挑んだ小坂乙彦は、切れるはずのないザイルが切れて墜死した――恋愛と男同士の友情がドラマチックにくり広げられる長編。

井上靖著
天平の甍
芸術選奨受賞
天平の昔、荒れ狂う大海を越えて唐に留学した五人の若い僧――鑑真来朝を中心に歴史の大きなうねりに巻きこまれる人間を描く名作。

池波正太郎著

忍者丹波大介

関ケ原の合戦で徳川方が勝利し時代の波の中で失われていく忍者の世界の信義……一匹狼となり暗躍する丹波大介の凄絶な死闘を描く。

池波正太郎著

男（おとこぶり）振

主君の嗣子に奇病を侮蔑された源太郎は乱暴を働くが、別人の小太郎として生きることを許される。数奇な運命をユーモラスに描く。

池波正太郎著

食卓の情景

鮨をにぎるあるじの眼の輝き、どんどん焼屋に弟子入りしようとした少年時代の想い出など、食べ物に託して人生観を語るエッセイ。

池波正太郎著

闇の狩人（上・下）

記憶喪失の若侍が、仕掛人となって江戸の闇夜に暗躍する。魑魅魍魎とび交う江戸暗黒街に名もない人々の生きざまを描く時代長編。

池波正太郎著

上意討ち

殿様の尻拭いのため敵討ちを命じられ、何度も相手に出会いながら斬ることができない武士の姿を描いた表題作など、十一人の人生。

池波正太郎著

散歩のとき何か食べたくなって

映画の試写を観終えて銀座の〔資生堂〕に寄り、はじめて洋食を口にした四十年前を憶い出す。今、失われつつある店の味を克明に書留める。

内田康夫著
幸福の手紙
「不幸の手紙」が発端だった。手紙をもらった典子の周辺で、その後奇怪な殺人事件が発生。事件の鍵となる北海道へ浅見光彦は急いだ！

内田康夫著
姫島殺人事件
夏祭りの夜に流れ着いた、腐りかけの溺死体――。伝説に彩られた九州の小島で潜行する悪意に満ちた企みに、浅見光彦が立ち向かう。

内田康夫著
斎王の葬列
伊勢へ遣わされた皇女の伝説が残る地で起きた連続殺人。調査に赴いた浅見光彦は三十年前の惨劇に突き当たる。長編歴史ミステリー。

内田康夫著
蜃気楼
舞鶴で殺された老人。事件の鍵は、老人が行商に訪れていた東京に――。砕け散る夢のかけらが胸に刺さる、哀感溢れるミステリー。

内田康夫著
不知火海
失踪した男が残した古いドクロは、奥歯に石炭を嚙んでいた――。九州・大牟田に長く封印されてきた恐るべき秘密に、光彦が迫る。

内田康夫著
黄泉から来た女
即身仏が眠る出羽三山に謎の白骨死体。妄念が繋ぐ天橋立との因縁の糸が。封印されていた秘密を解き明かす、浅見光彦の名推理とは。

北方謙三著　武王の門（上・下）

後醍醐天皇の皇子・懐良は、九州征討と統一をめざす。その悲願の先にあるものは――。男の夢と友情を描いた、著者初の歴史長編。

北方謙三著　陽炎の旗

日本の〈帝〉たらんと野望に燃える三代将軍・義満。その野望を砕き、南北朝の統一という夢を追った男たちの戦いを描く歴史小説巨編。

北方謙三著　風樹の剣
―日向景一郎シリーズⅠ―

「父を斬れ」。祖父の遺言を胸に旅立った青年はやがて獣性を増し、必殺剣法を体得する。剣豪の血塗られた生を描くシリーズ第一弾。

北方謙三著　降魔の剣
―日向景一郎シリーズⅡ―

黙々と土を捏む焼物師。その正体は、ひとたび刀をとれば鬼神と化す剣法者・日向景一郎――。妖刀・来国行が閃く、シリーズ第二弾。

北方謙三著　絶影の剣
―日向景一郎シリーズⅢ―

隠し金山のために村を殲滅する――藩の陰謀で人びとが斬殺・毒殺されるなか、景一郎の妖剣がうなりをあげた！　シリーズ第三弾。

北方謙三著　鬼哭の剣
―日向景一郎シリーズⅣ―

妖しき剣をふるう日向景一郎、闘いごとに輝きを増す日向森之助。彼らの次なる敵は、闇に棲む柳生流だった！

佐々木 譲著

ベルリン飛行指令

開戦前夜の一九四〇年、三国同盟を楯に取り、新戦闘機の機体移送を求めるドイツ。厳重な包囲網の下、飛べ、零戦。ベルリンを目指せ！

佐々木 譲著

エトロフ発緊急電

日米開戦前夜、日本海軍機動部隊が集結し、激烈な諜報戦を展開していた択捉島に潜入したスパイ、ケニー・サイトウが見たものは。

佐々木 譲著

ストックホルムの密使（上・下）

一九四五年七月、日本を救う極秘情報を携えて、二人の密使がストックホルムから放たれた……。〈第二次大戦秘話三部作〉完結編。

佐々木 譲著

天下城（上・下）

鍛えあげた軍師の眼と日本一の石積み技術を備えた男・戸波市郎太。浅井、松永、織田、群雄たちは、彼を守護神として迎えた――。

佐々木 譲著

制服捜査

十三年前、夏祭の夜に起きてしまった少女失踪事件。新任の駐在警官は封印された禁忌に迫ってゆく――。絶賛を浴びた警察小説集。

佐々木 譲著

警官の血（上・下）

初代・清二の断ち切られた志。二代・民雄を蝕み続けた任務。そして、三代・和也が拓く新たな道。ミステリ史に輝く、大河警察小説。

新潮文庫最新刊

仁木英之著
鋼の魂
—僕僕先生—

唐と吐蕃が支配を狙う国境地帯を訪れた僕僕一行。強国に脅かされる村を救うのは太古の「鋼人」……？　中華ファンタジー第六弾！

仁木英之著
僕僕先生　零

遥か昔、天地の主人が神々だった頃のお話。世界を救うため、美少女仙人×ヘタレ神の冒険が始まる。「僕僕先生」新シリーズ、開幕。

秋田禎信著
ひとつ火の粉の雪の中

鬼と修羅の運命を辿る、鮮烈なファンタジー。若き天才が十代で描いた著者の原点となる幻のデビュー作。特別書き下ろし掌編を収録。

榎田ユウリ著
ここで死神から残念なお知らせです。

「あなた、もう死んでるんですけど」——自分の死に気づかない人間を、問答無用にあの世へと送る、前代未聞、死神お仕事小説！

北大路公子著
最後のおでん
—ああ無情の泥酔日記—

財布を落とす、暴言を吐く、爽やかに記憶をなくす。あれもこれもみんな酒が悪いのか。全日本の酒好き女子、キミコのもとに集え！

パラダイス山元著
読む餃子

包んで焼いて三十有余年。会員制餃子店の主にして餃子の王様が、味わう、作る、ふるまう！　全篇垂涎、究極の餃子エッセイ集。

星《ほし》への旅《たび》

新潮文庫　よ－5－2

昭和四十九年二月二十二日 発行
平成二十五年十月二十五日 三十六刷改版
平成二十七年一月二十日 三十七刷

著者　吉《よし》村《むら》昭《あきら》

発行者　佐藤隆信

発行所　株式会社新潮社

郵便番号　一六二―八七一一
東京都新宿区矢来町七一
電話 編集部(〇三)三二六六―五四四〇
　　 読者係(〇三)三二六六―五一一一
http://www.shinchosha.co.jp

価格はカバーに表示してあります。

乱丁・落丁本は、ご面倒ですが小社読者係宛ご送付ください。送料小社負担にてお取替えいたします。

印刷・大日本印刷株式会社　製本・加藤製本株式会社

ISBN978-4-10-111702-7　C0193